目次

行き倒れの黒狼拾いました

口絵・本文イラスト／麻々原絵里依

黒狼は徒花を恋慕う

この頃、つまらないことばかりだ。年を取ると人生がつまらなくなる。

「う、う。痛い。頭が割れる」

夢路は情けなく呻いて、夜着から這い出した。頭が痛い。気持ちが悪い。

庭に面した部屋の障子が開いていて、春先の柔らかな陽が差し込んでいる。もう昼時だ。

「痛い。苦しい」

昨日はどれくらい飲んだんだったか。

ヤケ酒を呷り、へべれけになって家に帰ってきたのは覚えている。

酒を飲んでこんなに酷いことになったのは、初めてだ。昔はどれだけ飲んでも、一晩寝ればけろっとしていたのに。

若い頃は――。

夢路はまた、ううっ、と呻いた。

それは年寄りのセリフだ。自分は三十二、まだそんな年じゃない……はず。

ふと見ると、枕元に水差しと湯呑が置かれていた。家の者が置いてくれたのだろう。

どうにか起き上がって水を飲むと、少しだけ、気分がさっぱりした。

「うう……」

けれど同時に、昨日のことを思い出して悲しくなる。

夢路は昨日、同じ男に二度も振られた。

年下の若い情夫が、女と所帯を持ちたいと言うから別れてやったのに、昨日になってその男が、別の若い男と付き合っていることを知ってしまったのだ。

女に取られるのはもう、仕方がない。諦めている。男なんてどうせ、最後はみんな女のところに行ってしまうのだ。

これだから両刀は信用ならないんだと愚痴をこぼしつつ、夢路はその手の男が嫌いじゃない。男なんざまっぴら御免、などとうそぶく野郎をこちら側に落としてやるのが、夢路の悪辣な趣味なのである。

まあだから、女と所帯を……と、持ちかけられた時も「またか」と思った。

飾り職人のその情夫は、お世辞にも腕がいいとは言えないし、当人も、いつまでもうだつが上がらないのを焦っているようだった。

ここらで親方の薦める相手と所帯を持って腰を据えたい、という男の話をもっともだと思い、そんなら仕方がないねと、さっぱりきれいに別れてやった。

昨日、所帯の話が真っ赤な嘘で、夢路よりうんと若い男と一緒にいるのを知り、ぽっかり空いた穴に落ちたような気分になった。

嘘をつかれたのも気に食わないが、新しい相手が若い男だというのも癪に障る。

器量なら夢路のほうがいいし、あっちのほうだって、青くて固いだけの蕾より、熟れてこなれた名器のほうがよっぽど具合がいいに決まってる。

やっぱり若さか。若いのがいいのか。

すっかりやさぐれて、むちゃくちゃに酒を飲んだ。

「私も焼きが回ったね」

湯吞を覗きながら、夢路はしょんぼりつぶやいた。

近頃、こんなことばかりだ。

昔は老いも若きも、男たちはみんな夢路の美貌と身体にむしゃぶりついてきた。

幼い頃からまるでお雛様のようだと美貌を褒めそやされ、二十歳になる前にぐんと大きくなり、女と間違えられることもなくなったけれど、それでもまだ、流し目一つで男たちが付いてきた。

女たちからも騒ぎたてられ、芝居を観に行くとあまりに夢路に衆目が集まるので、役者たちから嫌な顔をされたくらいである。

年を取ったらてんで相手にされなくなるなんて、当時は思ってもみなかった。

——あの頃はよかった。

また年寄りじみたセリフが頭に浮かぶ。

「はーっ」

盛大についた自分のため息が、妙に年寄り臭く聞こえて、夢路は悄然とした。

黒乃屋の夢路と言ったら、この日本橋界隈でちょっとは知れた名だ。

なぜ知られたかと言えば、一つにその美貌。

肌はきめ細かく滑らかで、抜けるように色が白く、ぽってりとした唇だけが紅を刷いたように紅い。

瞳は濃い鼈甲のように赤みがかった褐色だった。髪の色も黒より淡く、真っ白な美貌を柔らかに縁取っている。

両親は江戸の生まれだが、父方の家は北方、帝のおわす京の都の出身である。

大陸に近い北、上方の者は南にある江戸の人々に比べて、肌も髪も、色が薄いのだとか。

上方の文化をやたらありがたがる江戸の者にとっては、京の都人を彷彿とさせる夢路の風貌に一層の憧れを抱くのだろう。

女のように柔らかな身体を蹂躙したがる男もいたが、多くは夢路を天女のように扱ったものだ。

秀でているのは美貌だけではなかった。

生家はもともと裏店の小間物屋だったが、夢路の才覚で小間物だけでなく呉服その他にも手を伸ばし、今や日本橋の大通りに店を構える大店になった。

両親が早々に隠居した後は、店を弟夫婦に継がせた。

長男の夢路は新しい商売を考えては流行らせて、黒乃屋をますます繁盛させている。

近ごろは家の商いに留まらず、夢路の商才を見込んだお店の主人たちから相談事を持ち掛けられて、それに手を貸すこともあった。

弟夫婦に子供ができたのを頃合いに、黒乃屋の近くに居を構え、毎日好き勝手にやっていた。

黒乃屋を裏で支える若大御所、とは誰が言ったのか。言われた夢路も悪い気はしない。

仕事はいい。まあちょっといろいろ、屈託がないではないが、それでもやることなすこと、みんな上手くいっている。

問題は色恋の方だ。

「商いの半分くらい、男とも上手くいくといいんだけどねえ」

独り言ち、酒の残る頭を振りつつ、湯あみをして出かける支度をした。

家にいてもくさくさするばかりだから、黒乃屋に顔を出すことにしたのだ。

昼過ぎ、町はどこも活気に満ち、人々がせわしなく行きかっている。

家から歩いて小半時もかからない大通りの一角に、黒乃屋はあった。

店の間口が三十間を超える広い店だ。ヒノキ造りの看板を掲げ、東と西に出入口が二つあった。暖簾をくぐると広い土間と、その奥に畳敷きの座敷がある。

大きな店に慣れない客がたまに、恐る恐る中を覗くことがあるが、そうすると入口の土間には黒乃屋印の化粧水をはじめ、安価で誰もが手に取りやすい品がわかりやすく値を付けて陳列されている。

怖気づいていた客も、案外手ごろだな、と思って中に入るのである。

土間には他にも様々な品が陳列されているから、ゆっくり見て回ってもいいし、店の者に用向きを言いつけるか、座敷に上がってゆっくり品を見てもいい。

さらに上得意には、個別に応対できるよう、二階に座敷も用意していた。

そういう商いの方法は、すべて夢路が考えた。真似をする店も増え、今でこそ珍しくなくなったけれど、夢路が始めた当時は画期的な商法だった。

夢路が案を出し、弟や先代からいる番頭や店の者たちと、商品の並べ方、値札の書き方一つ一つに至るまで知恵を出し合い、工夫を凝らした。

そのおかげで、今の黒乃屋がある。跡目は弟が継いだけれど、自分も黒乃屋の一員だという自負があった。

「あっ、夢路様。いらっしゃいまし」

夢路が暖簾をくぐった途端、近くにいた手代がすぐに気づいて声を上げた。すると、周りにいた店の者たちも「いらっしゃいまし」とにこやかに挨拶をする。

歓迎してくれているのが、一目でわかる。

なのに、夢路はちょっとだけ胸がちくりとした。

自分も黒乃屋の一員なのだ。いらっしゃいましはないだろう。

でもここで、口やかましく言うのはせっかく温かく迎えてくれた彼らの気勢を削ぐ。にこやかに微笑んだ。

「ちょいと寄らせてもらっただけだ。こっちのことは気にしないで、お客様のお相手をしておくれ」

弟と大番頭の姿はなかった。

店には今日も客がよく入っていて、手代から小僧まで忙しそうに動き回っている。

夢路はそれを邪魔しないよう、店の中を見て回った。

「あっ、夢さん」

「え、どこ?」

座敷で呉服を見ていた娘衆が、夢路に気づいて声を上げた。にっこり笑って会釈すると、きゃあっと黄色い声が上がる。

いずれも年頃のお嬢さんたちだ。

若い娘というのは、夢路を見ると決まってきゃあきゃあ甲高い声を上げる。

女に興味はないけれど、騒がれて悪い気はしない。

「おや、それはお前さんの反物かい？　そんなら右の桜色の江戸小紋が似合うよ。こっちなら、こないだ買ってくれた帯にも合うだろ」

夢路が言うと、娘たちがまた、きゃあっと声を上げた。

「夢さんが見立ててくれるなんて、嬉しい。これに決めた」

「ねえねえ夢さん。この子にも見立ててやってよ。引っ込み思案で、似合う着物がわからないって言うのよ」

娘の一人が言い、少し身をずらす。仲間たちの後ろに隠れるようにして、もう一人、娘がいた。

夢路はそれを見て、おや、と軽く目を見開く。娘の頭には、尖った獣の耳が二つ、にょっきり生えていた。こちらからは見えないが、きっと尻には尻尾も生えているだろう。

獣人だ。かつては大陸の住人だった彼らも、近頃の江戸では珍しくなくなった。

獣人とは、獣の耳と尻尾を持つ人間のことで、狼や犬、猫、狐に狸と、獣の由来は様々らしい。

目の前の娘は、猫のような耳をしている。耳も髪も白かった。

「真っ白なお耳が可愛いね。横浜の子かい」

横浜に異国人の居住区があるのだ。夢路が話しかけると、娘はぽっと顔を赤らめてうなずいた。

「今年になって、江戸に越してきたの。親御さんが帝国の人なんだけど、ひのもとに根付いてこっちでお店を開くんだって。ねっ」

隣にいた友人が言い、獣人の娘はこくっとうなずく。

異国人、特に獣人と言ったらまだまだ、江戸の人々には奇異の目で見られがちだけど、この娘たちは仲良くしているようだ。

「よっし、それじゃあ僭越(せんえつ)ながらこの夢路が、お嬢さんの衣装をお見立てしてしんぜましょう」

冗談めかして言い、軽く腕まくりをする。すると娘たちがまたもや、きゃあっと黄色い声を上げた。

「さすが夢路様ですね。ほんのわずかな間にこれほど売り上げるとは」

黒乃屋を出る際、見送りの手代がしきりと感心した様子で夢路を褒めちぎった。

夢路は半時ほど店にいて、時に客の買い物の見立てをしたり、雑談を交わしたりしながら店を見て回った。

夢路は客から絶大な支持があり、見立てた品はどんなに高価なものでも必ず売れる。

この半時ほどで、夢路が売り上げた代金はかなりの額にのぼったようだ。

でもそれは、店の表で言うことではない。こら、と、夢路は軽く手代を睨む。

「そういうことを大声で言うもんじゃない。それより、表の化粧水が品薄になってるよ。目玉の品はいつも目いっぱい盛っておくんだ。スカスカじゃあ、お客さんの買う気が削がれるだろ。それから……」

夢路はほかにもこまごまと、店を見回って思いついたことを手代に言いつけた。小姑みたいに小言を言いたくないが、どれも大事なことだ。幸い、手代は煙たがることなく聞いてくれた。

「ぜひまた、近いうちにいらしてください。夢路様がいるといないのとでは、店の活気が違いますから」

番頭の一人が、夢路が帰ると気づいて、飛んで出てきた。手代と一緒に頭を下げる。それが得意客に対するもののようで、夢路はまた、胸がちくりとした。

「うん。それじゃあ、後は頼むよ」

にこやかに言い、踵を返す。通りを南へ、家とは反対の方角へ歩き出した。

酒はだいぶ抜けた。まだ身体がだるいが、頭の痛みと胃の腑のムカムカしたのは治まった。小腹も空いて、何か食べようかとぶらぶらする。

店に出れば気持ちが晴れるかと思った。確かにお客と話をしたりして、少しは気が晴れたけれど、すっかり良くなったわけではない。別の気鬱の影も差す。

店は順調だ。夢路は今も、たまに新しいことを考えつくし、弟はそれを鬱陶しがることなく、熱心に取り入れてくれる。

番頭以下、使用人たちは主人の弟ばかりでなく、夢路の言うこともよく聞いてくれた。店に顔を出せば下にも置かない扱いで、夢路様、夢路様と慕ってくれる。

でも近頃その気遣いに、そこはかとなく疎外感を覚えてしまうのである。

店の者に聞けば、夢路は黒乃屋の一員だと答えてくれるだろう。のけ者にされているわけではない。それはわかっている。

でも店だって、夢路が顔を出さなくてもちゃんと回っている。

弟夫婦は、夢路に比べるといささか真面目すぎて頭が硬いところがあるが、裏を返せば堅実ということだし、大店の主人だからと無闇に威張ったりすることがない。使用人からも慕われている。

夢路の才覚で、黒乃屋は大きくなった。

今も夢路の築いた人脈、夢路が新たに考えた商法で店は変わらず活気に満ちている。

自分が不要だとまでは思わないけれど、店に顔を出すとつい、「もう私は、ここのうちの子じゃないんだ」とでもいうような、ひねた気持ちが頭をもたげてしまうのだ。

（なまじ、立派な家を建てちまったのが悪かったかねえ）

何年か前、両親に倣って隠居屋を建てて移り住んだ。

ちょうどその時分、好き合っていた男がいて、一緒に暮らそうか、なんて言っていたのもある。

あの時は、家を出てもまだ、黒乃屋に自分の居場所があると勘違いしていた。

でも実際、家を出るともう夢路は家族ではなくお客様で、使用人たちの慇懃な扱いもむしろよそよそしく感じてしまう。

共に暮らそうと約束した男にも、同居の前に手ひどく振られてしまい、隠居屋には今、自分と下働きの壮年の夫婦、それに通いの手伝いがいるだけだ。

どこを遊び歩こうが、夕方まで寝ていようが、うるさく言う者はいない。

家にいても寂しいから、遊び歩く。

別れた端から新しい男とくっついて、その時は楽しいのだけど、すぐ振られてしまう。

自分はもう、若くないのだ。そう気づいたのは、三十に差し掛かったあたりだろうか。

以前とは、男たちの反応が違う。以前は男はみんな、夢路に夢中だった。

ところが今は男たちの、特に若者たちからの憧れと崇拝が薄れ、代わりに媚びるような、上役におもねるような卑屈な色が垣間見えるようになったのである。

夢路の身体は欲しがるが、心まで得ようとしない。かわりに夢路の懐をあてにする。

昔だったら、こちらに金を出させようとする男はいなかった。夢路は十代の頃から店を切り盛りし、じゅうぶん裕福だったけれど、それでも男たちは貢ごうとした。たとえ少ない給金だって、夢路に美味しいものを食べさせたいと、あれこれ尽くしてくれたのに。

足元にかしずいて、愛と献身を捧げていた男たちが一人減り二人減り、かわりに夢路の金や人脈、もしくはそこらの娼妓より手練れた性技を目当てに近づく者が多くなった。要は、金と身体が目当てなのだ。

金持ちの年寄り連中は相変わらず、夢路をお姫様のように可愛がってくれて、それはそれで嬉しいのだけど、若い男たちの変化にしばし、夢路は呆然とした。

自分の魅力の、魅力だと思っていたものの半分は若さだった。時と共にどんどん失っていくもの。

目を背けていた事実に気づいたら、途端、何もかもに自信がなくなった。

容色も、二十代の頃と比べてさほどは衰えていないつもりだったが、そう思っていたのは自分だけかもしれない。

考え、気にし始めるとたまらなくなる。

ちょくちょく男に捨てられる頻度が増したのも、そういう卑屈な心が表に出ているからかもしれない。

「はーっ。やめだやめだ」

ウジウジしたって変わらない。気を取り直し、夢路はしゃんと背筋を伸ばした。腹が減ってるから、余計に考えがいじましくなるのだ。何か美味しいものが食べたい。日本橋から南へ下って、木挽町の辺りを歩く。芝居小屋や、小さな飲み屋なんかが居並ぶ界隈だ。

どこで何を食べようか思案していると、どこからか香ばしい匂いが漂ってきた。鰻だ。匂いのする方へ目をやると、確かに鰻屋の暖簾があった。匂いはそこから来るのだろう。夢路が驚いたのは、その鰻屋ではなく、隣の居酒屋に大勢客が入っていたからだ。中だけではなく店の外にも床几が出ていて、むしろそちらに人が集まっている。しかも酒を飲む客より、飯を掻きこんでいる客の方が多い。不思議に思ったが、表の張り紙を見て合点がいった。

『たれ飯　十六文』と書かれている。蕎麦一杯の値段だ。見れば確かに居酒屋の客は、艶のある醬油だれのかかったどんぶり飯を掻き込んでいた。

隣の鰻屋から漂ってくる匂いを嗅ぎながら、たれ飯を掻き込む。安い値で鰻を食べた気になれるというわけだ。

どこぞの落語みたいだ。夢路は笑ってしまい、釣り込まれるようにその居酒屋に向かった。鰻の匂いにそそられるが、酒がもたれた胃にはちと重い。たれ飯なら食べられそうだ。ちゃっかりした商売も面白い。鰻屋はたまったものではないだろうが。

居酒屋に入ると、小上がりに通された。奥に行くほど匂いが薄くなるので、むしろ床几のほうが人気があるようだ。夢路もそちらに行きたかったが、あいにく席がなかった。

たれ飯を一つ頼む。白飯にたれをかけるだけだから、すぐできる。

食べ終わるのも早いから、次々に客が入れ替わる。よく考えたものだ。

ただやっぱり、隣の鰻屋が気の毒だった。

裏で何がしか話がついていれば別だが、そうでなかったらこの商売、長くは続かないだろう。

そんなことを考えていた時、店の中の床几の端が一つ空き、次の客が入ってくるのが見えた。

獣人の男だった。

真っ黒く尖った耳がピンと頭から伸びている。着物の後ろが不自然に盛り上がっているから、尻尾も立派なのだろう。

かなり大柄で、空いた席に窮屈そうに座る。隣の客が顔をしかめるのに、おずおずと頭を下げた。

隣が顔をしかめたのは、ただ窮屈だというだけではない。男の身なりは、たいそうひどいものだった。

真っ黒い髪は目を覆うほど伸びていて、髭(ひげ)も伸び放題、どんな顔をしているのかもわからない。

寸足らずの着物はボロボロだし、肌も垢(あか)じみて汚かった。そこらの宿無しだって、もう少しましな格好をしている。

「た……たれ飯を一つ」

立派な体軀に合わない弱々しい声で、男は言った。店の者は一瞬、蔑むような目を向けた後、返事もせずに奥へ引っ込んだ。

夢路のところにたれ飯が運ばれてきてすぐ、男の前にも椀が置かれた。他の客よりあからさまに盛りが小さい。

それでも男は、何も言わずに箸を取った。丸まっていた背筋がぴんと伸びる。綺麗な所作だ。そう思ったのは一瞬だった。

男はごくりと飯を見つめたかと思うと、ものすごい勢いで掻き込んだのである。よほど腹が減っていたのだろう。

なんだか侘しい気持ちになって、夢路は目を逸らした。自分のたれ飯を食べる。

やたらと盛られた飯は、よく見れば白米ではなかった。麦だの雑穀が混ざっている。上にかかっているたれもちょびっとだ。それも水っぽくて美味しくない。

隣の匂いを盗んだ挙句、これで十六文とは、ぼろい商売である。早晩潰れるな、と思いつつ、自分には多すぎるたれ飯を食べた。

美味くもない飯で腹がいっぱいになり、楽しい気持ちもすっかり消えていた。もう今日は、家に帰れということかもしれない。

ため息をつきつつ、腰を上げかけた時だった。

「ま、待ってくれ」

焦った声が聞こえた。先ほどの獣人だ。

巨軀を屈め、床几の足元を這うようにして何かを探している。それを、店の男があざ笑うかのように見下ろしていた。

「へっ、くだらねえ芝居ぶちやがって。どんなに待ったって出てきやしねえさ」

「本当だ。本当にここに来るまではちゃんとあったんだ。懐にしまって、ちゃんと……」

どうやら金を落としたらしい。先ほどの様子からして、ようやっとできた金で飯を食べに来たのだろう。

(気の毒に)

たった十六文、されど十六文。金を落とした客も困るが、店だって困る。

(ここは私が、ひと肌脱ぐところかねえ)

夢路は、どっこらしょ、と腰を上げた。店の男に声をかけようとしたが、男は周りのことなど見えないようで、ねちねちと獣人の男に嫌味を言っていた。

「ここんとこ、てめえが店の周りをうろうろしてたのは知ってんだよ。汚えなりした野良犬が店の前にいるから、客の入りが悪くなったんだ。あげくにタダで飯を食おうなんて、勘弁ならねえな。番屋に突き出してやる」

言うなり、地面にしゃがむ獣人の襟首を摑んだ。そのまま後ろに引き倒すつもりだったのだろう。けれど、獣人の男はびくともしなかった。

ただ単に、身体が大きいというだけではない。足腰が良く鍛えられて、どんな姿勢でも重心がしっかりしているのだ。

「違うと言っている」

獣人の男がきっぱりとした声音で言った。低いがよく通る、いい声だ。

さらにボサボサの髪の間から、相手の男を強く睨み上げた。その眼力に店の男が思わずたじろぐ。

（へえ）

夢路は興味を惹かれた。

不思議な男だ。声の感じは思っていたよりも若い。獣人だが言葉は流暢で、まるで侍のような喋り方をする。

この男なら、店の男の手を振り切って逃げることもできただろう。侮辱を受けて、血の気の多い奴ならカッとなって相手を殴りつけたかもしれない。

辛抱強く、そして融通の利かない頑固な性分がそこから透けて見えた。

とはいえ、男が無一文なのは動かしようのない事実だ。店だって引っ込みがつかない。

「開き直りやがったな、この野郎」

獣人の眼力に気圧(けお)された店の男が、さっと顔を紅潮させた。一人では無理だと思ったのか、周囲をぐるりと見回して声を張り上げる。

「おい誰か、食い逃げだ！　ひとっ走り行って番屋に……」

「金ならあるよ」

夢路は言って、小上がりから降りた。

店の男と、それに獣人の男がはっとこちらを振り返る。

並ぶと店の男より、夢路のほうが背が高かった。

「な、なんだてめえ」

「金ならあるって言ったんだ。私がこの兄さんの分も出すよ。それでいいだろ」

言って、財布から一分銀を取り出し、ぺしっと床几の上に置いた。一分は千文だから、たれ飯を六十杯食べてもお釣りがくる。

「周りのお客さんの分も、こっから出してくれ。騒がせちまった詫(わ)びだ」

店の隅々まで聞こえるように声を上げて言うと、成り行きを見守っていた周りの客がワッと喜びに沸いた。

これにて一件落着……と、思ったのに、店の男はお気に召さなかったようだ。

「ばっ、馬鹿野郎。銭がどうこうって話じゃあねえんだよっ」

客が「もうよしなよ」となだめたが、「うるせえっ」と怒鳴る。まるで駄々っ子だ。夢路は内心でため息をついた。

　こんな鼠みたいな顔の男と、いつまでも顔を突き合わせていたくない。こっちの興味があるのは、獣人の男なのだ。

「それじゃあ、どういう了見だってんだい。お代はきっちり払ったんだ。私も暇じゃないんでね。それで文句があるってんなら、お前さんからうちに来るがいいさ。私は日本橋の黒乃屋、夢路ってもんだ」

　それを聞いて、店の男の顔色が変わった。

「黒乃屋の夢路……あの、若大御所？」

　客たちもざわめく。大店の若隠居が、こんなところでフラフラしているなんて思わなかったのだろう。

「どうだ。まだこれ以上、ぐだぐだ言うつもりかい」

　鼠男を睨むと、相手は呆然としたままかぶりを振った。夢路はにっこり微笑む。

「そうかい。そんなら良かった」

　身を翻し、「邪魔したね」と誰にともなく言えば、酔客が「よっ、日本一！」と、芝居の大向こうみたいに声を掛けた。それにまた微笑んで見せ、颯爽と店を出る。

　獣人の男には、一瞥もくれなかった。足早に店から遠ざかる。期待していたものはすぐ、後ろから追いかけてきた。

「まっ、待ってください」

焦るからなのか、ほんの少し異国の訛(なま)りを覗かせて呼び止められた。二度ほど呼ばれるのを知らんぷりしてから、三度目で足を止める。

振り返ると、呼び止めた男がなぜか、息を呑んだ。

「何か用かい」

「あ、あの、ありがとうございました」

大きな身体を曲げて、深々と頭を下げる。

黒く尖った耳が、後ろにぺたりと寝ていた。犬がしょぼくれているみたいで、大男だというのにどうにも可愛らしい。

「どれほどかかるかわかりませんが、必ずお金はお返しします」

「返すって、当てがあるのかい。その日食べる物にも困ってるお前さんが」

当てなどないはずだ。膝に当てていた無骨そうな手が、ぐっと握りこまれた。

「お前さん、背の丈はどのくらいだ。七尺近くあるんじゃないか」

江戸の者にはまず見ない巨体である。

上背があるだけでなく、腰の位置が高く、膝から下もすっと伸びて長い。それでいて、剣客(けんかく)のようにどっしりと腰が据わっている。

いじけたように背を丸めているが、先ほど飯を食う前に一瞬見せた姿勢は美しかった。

肌は垢で煤けたようになり、痩せて手足の骨も浮いているが、恐らくもともとは相当に逞しい身体をしていたに違いない。

綺麗にして、この男の丈に合うように着物を誂えて着せたら、どれほど映えるだろう。

夢路の頭の中に、さまざまな装いをした男の姿が駆け巡る。

「さっき、必ず借りは返すと言ったね」

夢路が言うと、男が「えっ」と、驚く。オロオロと耳を寝かせながらあちこち見回し、それでも意を決したように「はい」と、答える。夢路はにんまりした。

「すぐに借金を返させてやるから、私に付いておいで」

言うなり、店を去った時と同じく、颯爽と身を翻して先を歩く。すぐ後ろに男の足音が聞こえて、夢路は我知らず笑顔になった。

何だか楽しいことになる予感がする。

失恋のことも店での疎外感も、すっかり頭から消え去っていた。新しい商売を思いついた時のように、わくわくと胸が躍った。

夢路の居宅に着くまで、男は黙って後ろを付いてきた。こちらも何も言わず、向こうも何も聞かない。

家に着くなり夢路は、下働きの夫婦、又造とお熊に食事の支度と風呂の用意をさせた。

「湯をじゃんじゃん沸かしとくれ。それから腹ごしらえだ」

気まぐれな主人が、今日は垢じみた大男を連れてきた。しかも獣人である。

二人はわずかに驚いたものの、すぐに気を取り直してそれぞれの仕事にとりかかった。主人の突飛な行動には慣れたもののだ。

いつまでも、玄関先で所在なげに立っているのが獣人の男だった。

「お前さんはまず、裏に回って風呂に入っておいで。うちに上げるんだから、垢が出なくなるまでちゃんと擦るんだよ」

夢路は綺麗好きだ。自分では何もしないが、泥やら虱やらを家に上げられるのは困る。

ところが男は遠慮をしているのか、それとも立派な家の構えに気圧されたのか、「いや」とか、「あの、俺は……」などと口ごもるだけでその場から動こうとしない。

「いいから風呂に入んな。つべこべ言ってると、この場で引ん剝くよ」

夢路が威勢よく言うと、男はようやく又造に付いて風呂場の方へと去っていった。

それを見届け、家の奥へ行って男の着るものを見繕ってやる。夢路のだと裾も袖もつんつるてんだろうが、今は仕方がない。

（あの髪と髭をなんとかしてやらないと。それから明日はお熊を古着屋にやって、黒乃屋の者

に来させて……いや、こっちから行く方が早いか）

頭の中ではあれこれ、男の身の回りを整える算段をする。

とても楽しい。まだ出会ったばかりなのに、あの男をそばに置いておくといいことがある気がした。

こういう時、自分の勘はよく当たる。

（それにあの男、地は男前なんじゃないかな）

髪と髭で顔のほとんどが隠れていたが、鼻が高くすらりと通っていて、ちらりと覗く眼は形が良かった。

浴衣を用意してやり、そわそわしながら待っていると、だいぶ経ってようやく男が座敷に入ってきた。

その姿を見て、夢路は目を瞠る。

「ずいぶん男前が上がったじゃないか」

又造が気を利かせたのだろう、伸び放題だった髪は綺麗に洗われた後、後ろで一つに結わえられていた。まだ髭はそのままだが、前髪も上がって顔半分が見えるようになった。

その顔半分が、こちらの思っていた以上に若く美しく、夢路は驚いたのだ。

自分よりうんと年上だと思っていたのに、今は夢路と大して変わらないように見える。

大陸の出自を窺わせる彫りの深い造作で、瞳は金がかった翡翠色をしている。垢を落とした肌は、滑らかな小麦色をしていた。

浴衣はやはり寸足らずだが、そんなことは気にならない。痩せぎすなことと、頭のてっぺんにある耳が相変わらずぺったり後ろに寝ていることを除けば、浮世絵にしたくなるような美丈夫だった。

男が湯から上がったのに合わせて、お熊が膳を運んでくる。次々に並べられる料理を見て、男はごくりと喉を鳴らした。

「さあ、綺麗にしたらお次は飯だ。あのしょっぱいだけのたれ飯じゃ、腹は膨れなかったろう。食べられるだけ食べな」

そう言って、まだオドオドしている男を自分のはす向かいに座らせる。徳利の酒を自分の盃に注ぎ、男にも注いでやった。

その間も、男はじっと食べ物を見つめて目を離さなかった。よくよく腹が減っているのだろう。それでも箸を取らずにいるのは、夢路の目的がわからず不安だからかもしれない。

先ほどからちらちらと、物問いたげにこちらを窺っている。

「遠慮ならするだけ無駄だよ。残されたって誰もそんなに食べられないんだから」

夢路は言って、男の視線など素知らぬふりで酒を飲んだ。

男はしばらく黙っていたが、やがて意を決したように箸を取る。ピカピカの白米を盛った飯碗を手にすると、大きく一口食べた。すぐさま、翡翠色の眼が瞠られる。

さっきのたれ飯より、ずっと美味かったのだ。もう一口、二口と、わしわし米を平らげる。お菜も食べたら、と言おうとした時、男が突然泣き出した。

「……っ」

何か、異国の言葉をつぶやいたが、それがどういう意味か夢路にはわからなかった。男はボロボロと大粒の涙を流す。

「……美味い……っ」

今度はこちらの国の言葉で、夢路にもわかった。けれどその、涙の絡んだ声にはっと胸を突かれる。

流暢な言葉を話すけれど、男の生まれ育ちは恐らく大陸だ。そうして、それなりに裕福な家の出なのだろう。時おり見せる美しい所作が、出自を窺わせる。

そんな男がここに来るまでに、どれほどの苦労を重ねてきたのか。

男のひび割れた爪から新しい血が滲(にじ)んでいるのを見て、夢路は軽率に浮かれていた自分を恥じた。

そっと、男の肩に触れる。それは痩せていてもなお分厚く、逞しい。触れた身体がびくりと揺れ、咎(とが)められることを恐れるように、怯(おび)えた目が夢路を見返した。

夢路はうんと柔らかな笑みを浮かべる。

「もう、何も心配しなくていいから。たくさんお食べ。食べて、ゆっくり休むんだ」

笑って、優しい言葉をかけて。それくらいしか、夢路にできることはない。

「……うっ」

翡翠色の眼に、ぶわっと涙が溢れる。嗚咽を飲み込んで、男は再び飯を食べ始めた。もう遠慮はない。

わっしわっしと次々に皿を平らげるのを、夢路は酒を飲みつつ、小気味よく眺めていた。

さほどの間もなく、男は運ばれた膳もお櫃の米もすべて食べ尽くした。

「そういや、お互いちゃんと名乗らないまんまだったね。私の名は夢路という。ここに来る前、大通りに黒乃屋って大きな店があっただろ。あそこのもんだ」

腹がくちくなると、男の表情はぐっと柔らかくなる。

ほうっ、と気の抜けた顔で男が腹を撫でるのを見て、夢路はさりげなく切り出した。

「夢、路……様」

おずおずと、男は口の中で夢路の名を転がした。

「夢路さんでも夢さんでも、好きに呼ぶといい。店は弟が継いで、私は店の手伝いみたいなことをやってる。まあ気楽なもんだよ。お前さんの名前は、なんて言うんだい」

「クロ……です」

おずおずと、男は名乗った。真っ黒い髪と尻尾だからクロ。そのまんまだ。犬猫の名前じゃあるまいし。

こちらに来てから、誰かが適当に呼んだのを名前にしたのだろう。

「クロねえ。あんた、生まれはどこだい」

「……オロス国です」

長い間があって、クロは答えた。

「オロス国」

おうむ返しに答えたのは、そこがどこかわからなかったからではない。夢路も聞いたことのある国だったからだ。

「……おおかみ国か」

「はい。もう、今はありませんが」

大陸の極東、海を挟んでひのもとにもほど近い。

夢路たち、ひのもとの者が「おおかみ国」と呼ぶその国、オロス王国は、狼の獣人が治める国だった。

大陸の西にあるクリム帝国に滅ぼされたのは、四年前だったか。

オロスがなくなって、オロスからの獣人が難を逃れて江戸にやってきた。

彼らは他の異国人とは違い、着の身着のまま逃れてきて、貧しい者が多い。

「そうか。それは大変だったね。けど、その様子からするにお前さん、いいとこの出だったんじゃないのかい」

クロの拳が、膝の上でぐっと強く握りこまれた。

「いや、無理に聞き出そうってんじゃないんだ。言いたくないなら言わなくていいよ」

夢路が先回りして言うと、クロはわずかに目線を上げて、こちらを窺い見る。

その表情に警戒と怯えが覗いていて、夢路は胸を突かれた。

虐げられることに慣れた者の表情だ。

でもこの男に、こんな表情、仕草は似合わない気がした。

彼にはもっと背筋を伸ばして、堂々とした姿が似合う。

「いいよ。野暮なことを聞いて悪かった。無宿人が訳ありなんざ、当たり前のことだ」

もう怯えなくていいよ、というつもりで言い、酒を呷った。それをクロは、突き放されたように感じたのだろうか。

「……二年前まで、オロスにいました」

しばしの沈黙の後、おずおずと、言いにくそうに口を開いた。

夢路の視線とぶつかると、すぐに目は伏せられたが、それでも訥々と言葉を続ける。

自分から話すのなら止める理由もないので、夢路は黙って聞いていた。

「オロスでは、兵士でした。帝国と戦っていた。戦が終わって、オロス国はなくなってしまった。でもその後もしばらく、俺は国に……国のあった土地にいました。やらなければいけないことがあったので」

クロの言葉は流暢だが、時どき言葉を思い出しているような間があった。この二年、あまり人と喋ることもなかったのだろうか。

「それが終わって、もうその土地にはいたくなくて、遠くに行こうと思った。どこでもよかった。家族も……大事な人もみんな死んでしまったから」

「戦で亡くなったのか」

クロはこくりとうなずく。

大事な人とは、女だろうか。恋仲だったのか、女房だったのか。それがみんな死んでしまって、クロは一人なのだ。

「たまたま乗った船が、江戸に行く船でした。その時にはもう金もあまりなくて、働こうと思ったけど、いい仕事がなくて」

国の滅亡から逃れて江戸に来たオロス国の獣人たちは、だいたいがクロと同じだ。

先に江戸に来ている親類縁者でもいれば頼れるが、大抵は後ろ盾も金もなく、流れ着いてくる。

そんな身元の保証のない異国の者に、長屋の大家はなかなか部屋を貸してくれないし、仕事を探すのも難しい。

「宿も仕事も、あったりなかったり。この二年はずっと、そんな生活でした。……で、でも、俺は決して……誓って、食い逃げをするつもりはなかったんです」

クロは伏せていた顔を上げると、必死で身の潔白を訴えた。

「わかってるよ」

夢路もクロの目を見て、強くうなずく。

「食い逃げするつもりなら、あんなふうにもたもたせずに逃げてるさ。痩せてはいるが、あの店の男くらい、その気になりゃなぎ倒して逃げられただろ？　でもお前はそうせず、不器用で馬鹿正直に釈明していた。私はね、あんたの所作にもだが、その頑固さに興味をもったんだよ。食い逃げなんて端から疑っちゃいない」

最初からわかっていた。その言葉は、クロには意外だったようだ。

ぽかんと口を開いた後、闇夜に灯りを見つけたような、ひどくホッとした表情になった。

クロにとって、卑しいことをしたと疑われるのは、何より堪えがたいことなのだ。

この男の心は高潔だ。それだけに、江戸に流れてからの暮らしはさぞ、辛いものだっただろう。

「ここに来るまで、さぞ苦労したんだろう。だのに今日まで、道を外れることなくやってきたんだ。誰にでもできることじゃない。お前は偉いよ」

夢路の言葉など、大した慰めにならないのはわかっている。それでも何か言わずにはいられなかった。

「……っ」

じわっと翡翠色の瞳から涙が溢れる。

「……ありがとう、ございますっ」

米を食べた時と同じく、人目をはばかることなく、ぽろぽろと涙を流す。

そんな大男を見て、夢路はきゅうっと胸が切なくなるのだった。

夢路の暮らすひのもとの、海峡を挟んだ北側に大陸がある。

大陸は広く、たくさんの国があり、肌や髪、目の色も国によって様々だという。

獣人の国も人間の国もある。

大陸の詳しい話は、夢路も良く知らない。

でも、人間の皇帝が支配する西のクリム帝国と、極東にある人狼の王が治めるオロス王国については、ひのもとの多くの人が耳にしているはずだ。

もとは西にひっそりあったクリム国は、夢路たちの祖父だか曽祖父だかの時分からどんどん勢力を広げ、周囲にあった人間やら獣人やらの国々を併合し、帝国を築いた。

夢路の父親が言うには、父が子供の頃には一時、このひのもとも帝国に攻め入られる寸前だったのだそうだ。ひのもとの北から南まで、それはもう大騒ぎになったとか。

時の公方（くぼう）様が帝国と話し合い、銀の輸出をはじめ、帝国に大変有利な条件で交易を行う代わりに、ひのもとには攻め込まないという約束を交わしたおかげで、戦を免（まぬが）れた。

今では京と横浜に異国人居住区ができ、大陸から定期船が通うようになっている。

江戸の町も、近頃では異国人の姿がそう珍しくはなくなった。

親の代から江戸に移り住み、容姿は異国めいているが中身は江戸っ子、という者もちらほら現れている。

大陸式の文化も少しずつではあるが、庶民の暮らしに溶け込み始めた。

帝国のご機嫌を伺わなければならない立場ではあるが、ひのもとでは泰平の世が続いている。

けれど、大陸のオロス王国はそう上手くいかなかったようだ。

夢路がまだ子供の頃、帝国は侵略戦争の総仕上げ、とばかりにオロス王国の領土に攻め入った。

オロスはひのもとより大きな国で、かつては大陸の東を統治していたという。

そうした矜持（きょうじ）があったのか、オロスは帝国との交渉に応じることなく交戦を選ぶ。

その戦は、間に幾度かの停戦を挟んだものの、実に二十余年の長きに及んだという。

次第に、オロスも帝国の遠征軍も疲弊していった。今から四年ほど前、ついにオロスが帝国に王城を明け渡し、王国は滅びた。

国王と妃は自害したそうだが、その他のオロスの民が蹂躙されることはなかったそうだ。

とはいえ戦は長く続き、最後には王都も戦場になった。オロスの民は国の外に逃れて散り散りになり、江戸にもオロスから流れた獣人が増えた。

クロも、そうしたオロス人の一人なのだ。

ただの一兵卒にしては品があり、何かもっと話していないことがありそうだが、夢路は深く詮索しないことにした。

大変な戦場にいたのだ。話したくないことだってたくさんあるだろう。

「……すみません。泣いたりして」

出自を語り、居酒屋の件で泣き出したクロは、それからしばらく、無言で涙をこぼしていた。

いかつい大男が肩を震わせてぼろぼろと泣く様は、可哀そうで、でも美しかった。

涙と一緒に、心に溜まった澱も吐き出したのだろう。

涙が止まると、クロは恥ずかしそうに顔を赤らめて謝った。

「男なのに、こんな」

「私なんかいつもベソベソしてるよ。男だって、泣きたい時は泣けばいいんだ。涙と一緒に嫌なことも流してしまえるから。ほら、ちょっとすっきりした顔をしてる」

夢路が言い、指先でそっと涙の跡を拭うと、クロは驚いたように大きく目を見開いた後、かあっと目に見えて赤くなった。

（おっと……）

思っていた以上に初心なようだ。

無垢な反応に、むくりと腹の底の欲望が頭をもたげるのに気づき、夢路は慌てて彼から離れた。

「さっき居酒屋の前で話したが、たれ飯の代金を相殺する代わりに、お前さんにやってもらいたいことがある。だがこれは、明日改めて話そう。なに、悪いようにはしないさ。今夜はゆっくり休もう」

ね、と微笑むと、クロはこくりと素直にうなずき、小さな声で「ありがとうございます」と言った。

まだ顔が赤い。またもや邪な衝動に駆られそうになり、夢路は立ち上がった。

「私は風呂に入ってくる。お前さんは眠かったら先に休んでな」

言い置いて、風呂へ向かった。汗を流し、さっぱりして戻ると、クロは同じ場所に、寸分たがわぬ姿勢で正座している。

まだ寝ていなかったのかと奥の座敷を覗くと、お熊がちゃんと床を敷いておいてくれていた。

ただし、夜具は一つだ。

「すみません。どこで寝ればいいのか、わからなくて」

お熊は気を利かせて夜具を一つだけ用意し、クロはそれを見て、自分の夜具はないと思ったようだ。

どうしたものか。共寝するのも、それ以上のことをするのも、こちらとしてはやぶさかではない。しかし、この初心な男を強引に誘うのも気が引ける。

少し考え、夢路は又造を呼ぶと、髭剃り（ひげそ）の道具を一式持ってこさせた。

その間もクロは、座敷にしゃんと正座をしたまま、次に夢路から声をかけられるのをじっと待っている。

まるで犬みたいだ。尖った耳と尻尾は、犬のようでも狼のようでもある。でも、どっちですかと尋ねるのは失礼な気もして、それはまだ聞いていない。

「寝る前に、髭を剃ろうか」

彼の伸び放題の髭が、ずっと気になっていたのだ。

「えっ？　……あ、髭」

「ずいぶん伸びてるが、オロス国では髭を伸ばすのが習いだったのかな」

「いえ、オロスで髭を伸ばすのは、既婚で跡取りのいる男だけです。これは、剃るものがなくて。江戸の人は石で切るけど、やり方がよくわからなかったんです」

毛切り石のことを言っているのだろう。それはともかく、

「クロは、年はいくつだい」

もう一つ、気になっていたことを尋ねた。

てっきり、自分と同じくらいだと思っていたのだが。

「二十三、いえ、四になりました」

「……若いね」

まさかそんなに年下だったとは。どうりで肌がツルツルなはずだ。

「そんなら、剃っちまっても構わないね。そこに横になりな」

「は……えっ？　いえ、自分でやります」

大人しく言うことを聞きかけて、途中で我に返ったようだ。慌ててかぶりを振るのに、夢路は強く相手を睨んだ。

「いいから寝な。三度目は言わないよ」

睨むと、それ以上は抗えないとわかったのか、クロは渋々といった様子でその場に横たわる。

真っ黒く雄々しい尻尾が、今はしょんぼり垂れて足の間に潜り込んでいた。夢路の視線に気づいて、クロはハッと巻き込んだ尻尾を足でモゾモゾ後ろに追いやる。

夢路に任せるのが不安らしい。

「そんなに心配しなさんな。こう見えて、腕は確かなんだから」

一時期、男の髭を剃るのが趣味だった。無防備に横たわる情夫に剃刀を当てて、丁寧に身づくろいしてやるのだ。

夢路は男に尽くされるばかりでなく、自分から尽くすのも好きだった。特に、美男の身なりを整えるのが好きだ。

そして、クロは今まで夢路が出会った男の中で、間違いなく一番美しい男だった。

「力を抜いて、ゆっくりしてな」

耳をぺしょりと寝かせ、不安げな顔をするクロに、夢路はにこりと笑った。

それから又造が剃刀や湯桶と共に運んできた、藁籠の蓋を開ける。

中は熱々に蒸した手拭いだ。それを広げ、軽く冷ましてから、肌に沿って髭の周りを覆う。

「熱くないかい」

恐々とこちらを窺っていたクロだが、熱い手拭いを巻くと心地よかったのか、ふうっとため息をついて目をつぶった。

「気持ちがいいです」

「良かった。これで肌と毛を柔らかくして、刃の滑りをよくするんだ。いいかい、今から剃刀を当てるよ」

目をつぶったままのクロに言い置いて、剃刀を肌に当てた。クロの髭は見かけより柔らかくて、滑らかな肌は刃の滑りもいい。

そりそりと小気味のいい音を立てて、髭が落とされていく。

「本当にお上手です」

剃刀が離れるのを見計らって、クロが言う。

ぷるぷるしていた耳も、今はぴんと伸びていた。耳も尻尾も正直だ。獣人というのは、嘘が付けない質（たち）なのだろうか。

「ありがとうよ。男の身づくろいをするのが好きでね。よくイロの髭を剃ってやったんだ」

「いろ……」

聞き慣れない言葉だったらしい。二年間の江戸の生活では、その手の言葉には触れなかったのだろうか。

「男だよ。私は女がだめなんだ。だから、三十を超えても独り身なのさ」

「女が……」

意味がわからないのだろうか。呆然としたように、夢路の言葉を繰り返す。

「男色ってやつだ。お前さんの国では珍しいかい」

「いえ、オロス国にも男色はあります。恋仲というだけではなくてその……戦の時などは、どうしても男ばかりになるから」

言いにくそうに、ゴニョゴニョと言葉を濁す。髭が半分ほど剃られた右頬にさあっと朱色が差すのを見て、夢路は「おやおや」と、内心で驚いた。

やっぱりこの男、色事にはてんで無垢なようだ。ふと、夢路の中でいたずら心が頭をもたげた。

「女っ気がないいんじゃしょうがないね。もっとも私は、女がいてもいなくても、平素から男が好きなんだ。気色悪い陰間と思われるかもしれないが」

わざと卑屈に言うと、クロは慌てた。

「そんなこと思いません。オロスでも、そういうことはありました」

むきになったように言う。いい子だ。夢路はほっこりして目を細めた。

「ありがとう」

心から礼を言う。我知らず、笑顔になった。

するとなぜか、クロがまたさあっと顔を赤くする。

これはもしかして、もしかするだろうか。

胸を高鳴らせつつ、表向きは平静を装う。湯桶で剃刀を洗い、再び髭に刃を当てた。

「まあそれで、店も弟に継がせて、今はこの家で気ままな独り暮らしさ。ちょうど先日、情夫に振られたばかりで、連れ込む相手もいないから、お前は何の気兼ねもせずにここに居てくれたらいいよ」

わざとあけっぴろげに言ってみせる。クロはどう返答をしていいかわからないようだ。

そもそも刃物を当てられているから、自由に喋れない。「う」とか「いえ」とモゴモゴつぶやく。ピンと伸びていた耳もぺたりと寝てしまった。

その困った様子が可愛くて、気持ちがうずうずした。

「クロさんは、その様子だと男を抱いたことはなさそうだね」

相手が男好きかどうかは、見れば何となくわかる。男を見る目が違うのだ。

しかしこのクロは、男か女かに関係なく色事に関して奥手そうだった。

男を抱いたかどうかなんて、聞くまでもなくわかる。女だって怪しい。

わかっていて尋ねると、クロはこちらの思う通りの態度を取った。

「お、俺は……あっ」

慌てたように首を動かし喋るから、刃で肌を切りそうになった。

「ほら、急に動いたら危ないじゃないか」

慌てさせたのは夢路なのに、クロは「すみません」と申し訳なさそうに謝った。

「肌は……傷になってないね」

髭を落として綺麗になった頬を、優しく、しかしいささか淫靡(いんび)な手つきで撫でる。

「よかった」

「……っ」

下心などありません、というように慈愛に満ちた微笑みを向けると、相手の顔面が面白いくらい真っ赤になった。楽しい。

夢路は内心、上機嫌で髭を剃り続けた。

手際よく剃刀を動かし、間もなくクロの顔はつるりと綺麗になる。

「男前になった」

目鼻立ちを見た時にわかっていたことだけれど、クロはやはり、相当な美貌の持ち主だった。髭に隠れていた顔の輪郭は精悍で、口元も引き締まっている。

どこを取っても男らしく、それでいて無骨なだけではない、気品のようなものが感じられた。

「仕上げをしよう。そのまま楽にしてな」

濡れた手拭いで、顔や首を丁寧に拭いてやる。ことさら丁寧に。時にいやらしく。

さりげなく首や鎖骨を撫で上げると、クロの身体がピクリと動いた。

「痛かった？　どこか、しみるところはあるかい？」

そのたびに、夢路は惚けた顔で尋ねる。クロが焦ったように「だ、大丈夫です」と答えるのが可愛くて、ぎゅっと抱きしめたくなるのをこらえるのに必死だった。

最後に蒸籠から新しい蒸し手拭いを取り出し、相手を覗き込んだ。

「熱かったら言っておくれ」

いいね？　と、念入りに確かめる必要もないのに、相手の瞳を意味ありげにじっと見つめる。

ここまでわざとらしくすればさすがに、「何だか変だなあ」と、訝しさを覚えてもおかしくない。

でもクロは、ただそわそわと目を泳がせながら「は、はい」と、生真面目に答えるだけだ。

可愛い。楽しい。

あまりにも初々しい男の反応に、夢路の良心も理性の箍(たが)も、すっぽり抜けてしまった。

こうなったら、使える技はぜんぶ使って籠絡(ろうらく)してやる。

……などという心の内は、もちろんおくびにも出さない。

「はい、おしまい。お疲れさん」

蒸し手拭いでやんわり顔の周りを温めた後、それを外してさっぱりした声で言うと、うっとり目を閉じていたクロは、ハッと夢から覚めたような顔をした。

「あ……ありがとうございました」

もぞもぞとバツが悪そうに起き上がる。そこで彼は、自分の身体の変化に気が付いた。

「う、わぁっ」

投げ出した足の間が、不自然に盛り上がっている。裾が割れ、今にも中の物が顔を出しそうな、きわどい状態だった。

「す、すみません。すみません」

顔を真っ赤にして、耳を震わせている。

実を言えば、夢路は少し前からそれに気がついていた。気づいて、素知らぬふりをしていたのである。

「何を謝るんだ。元気になった証拠じゃないか。それにしてもお前、私が出してやった下着は着けてないのか」

その状態を見るに、浴衣の下は何も身に着けていない様子だ。その理由は薄々わかっているのだが、例によってわざわざ尋ねてみた。

「新しいのを出しておいただろ」

「それが……いつものと違うから、その……俺には小さくて」

しどろもどろに答える男に、やっぱり、と、内心でにんまりする。

そういうことになるかもしれないと思いながら、あれを用意したのだ。

窮屈そうに締めてくるか、何も付けずにくるか、どちらであっても楽しい。

「そうか。あれは黒猫っていうんだ。黒猫褌。黒乃屋が元祖の人気商品でね。もっこ褌って知ってるかい？　あれを改良したやつ。異国の人にとっては、ずるずるした褌よりもっこや黒猫の方が締めやすいと思ったんだけど。かえってやりづらかったね」

すまなかったね、と、申し訳なさそうに微笑む。

黒猫褌は、もっこ褌という昔からある簡易褌を元に、夢路が考案した新しい下着である。前を包む布と、あとは紐だけの簡易褌で、素早く着脱できるし、後ろの紐をちょっとずらせばそのまま男とまぐわうことができる。

家にも他に下着がないわけではないが、紐褌を締めているクロが見たいなと思ったのだ。

「私はいつも黒猫なんだ。ほら」

股間を押さえて真っ赤になる男の前に回り、涼しい表情で言うと、ぺらりと浴衣の裾をめくって尻を出した。

クロは大きく目を見開いて、夢路の尻を凝視する。ぐう、とおかしな呻きが彼の喉の奥から漏れた。

素直な反応に、夢路の身の内にも自然と火が灯る。自分の身体にここまで欲情してくれるのが嬉しかった。

「やり方は簡単だよ。一度見ればすぐ覚える。ここの紐をねじってるだけだから」

言いながら、男の足を跨いだ。すぐ間近で見せつけるように、裾をたくし上げて尻を剝き出しにし、腰骨の辺りで捻じった下着の紐をゆっくり解いて見せる。

背後でごくりと生唾を呑む音が聞こえた。ハアハアと息遣いも荒くなっている。

はらりと紐がほどけた。夢路の足元に、わずかな布と紐だけの下着が落ちる。

「……あっ」

思わず、というように、クロが小さく声を上げた。顔を真っ赤にして興奮しきっていて、自分が声を上げたことにも気づいていないようだった。

夢路は艶然と微笑み、たくし上げていた裾を元に戻した。露わになっていた尻が隠れて、男が悲しそうな顔をする。

その反応に内心でにんまりしながら、足元の黒猫褌を拾う。

「ね、簡単だろ？　お前も付けてみるかい」

クロには布も紐の長さも足りないだろうが、そんなことはどうでもいい。

脱ぎたての下着を手に提げて、くるりと振り返る。向かい合わせになると、クロの足の上にそっと腰を下ろした。

そうして立派な一物を拝もうと、前を隠すクロの手に触れた。大袈裟なくらい、その身体が揺れる。

「あ、ま……待っ」

「大丈夫だから……」

言いかけた、その時だった。

「あ、ぅう」

クロは顔を真っ赤にして呻いたかと思うと、股間を押さえたままビクビクと震えた。

何もしないうちから吐精してしまったのだ。

夢路は呆気にとられてしまった。

それでも、恍惚として精を吐き出していた青年が我に返り、羞恥に涙を浮かべるのを見て、再び気持ちが高揚した。

「すみません、すみませんっ」

クロは粗相をした下半身をぎゅっと握りしめ、いかつい身を屈めて必死に謝る。

夢路はにっこりと、慈愛に満ちた微笑みを返した。もう一度、優しく男の手に自分の手を重ねる。

「そんなに謝らなくていいって。男なら当たり前のことじゃないか」

言えばクロは、まるで神仏にでも縋るような眼差しで夢路を見る。

「でも、着物を汚して……」

「ただの浴衣だ。綺麗にすればいいさ」

クロを跨いだまま、腕を伸ばして湯桶と手拭いを引き寄せる。相手に考える暇を与えず、クロの浴衣の身頃をめくった。

青臭い匂いが鼻先をかすめ、逞しい陽根が顔を出す。こちらが想像していた以上の巨根だった。獣人の男は皆、こんなふうに立派なのだろうか。

そして己の腎精で濡れたそれは、まだ硬く勃ち上がったままだった。

「若いねえ」

夢路が思わず言うと、かあっとクロの顔に朱が散った。

その表情がひどく愛おしくて、夢路は自分でも気づかぬうちにクロの唇を吸っていた。

意識せずそんなことをした自分に驚く。

けれどもう、この頃には、夢路はすっかりクロに夢中になっていた。

こんな気持ちは初めてだ。今までいろんな男と付き合ってきたけれど、この男ほど胸のときめくことはなかった。

まだ出会ったばかりなのに。でも、時など関係ないのだろう。

湯に浸けた手拭いを絞り、髭を剃る前後のように男の陽根を包み込んだ。

両手でやんわりとそれを拭う。反り返った一物は、精を吐く前のように硬かった。

「……あぅ」

手の中で一物が撥ね、それに呼応するようにクロが呻きを漏らす。

じっとこちらを見るその目には困惑の色があったが、夢路を制することはなかった。

戸惑いながらも抗えない、そんな様子だ。

手拭いで包んだ一物を、手の中でこねるように拭ってやると、もともと硬かったそれはさらに育った。

「ね。綺麗になった」

残滓を丹念に拭き取った後、相手を見つめて微笑むと、クロがぽーっとなる。

可愛い彼を喜ばせたくて、夢路は顔を伏せた。勃ち上がったそれに顔を寄せる。

亀頭はぷっくりと膨れ、鈴口からはぽろぽろと大量の涙をこぼしていた。夢路は軽く髪をかき上げ、ぱくりとそれを咥えた。

「え、えっ」

頭上で困惑の声が聞こえたが、そのまま口淫を続けた。

口いっぱいになるまで頬ばると、じゅぷじゅぷと音を立てて出し入れする。といっても、クロの陽根は大きすぎてすべて口に入りきらず、手を使って肉茎を扱き立てた。

「そんな、夢……様っ、ああっ、あっ」

快感に喘ぐ男の声に気を良くし、夢路はさらに追い立てようとした。

深く陰茎を口に含んだ時、それがビクビクと震えたかと思うと、熱いものがどっと喉の奥に流れこんできた。

「ん、ぐ……っ」

咽そうになって、咄嗟に飲み込む。相変わらず早い。それに、二度目だというのに信じられないくらい濃くて量も多かった。すべてを嚥下しきれず、結局、咽てしまった。

「ああっ、夢路様っ」

そんな夢路を見てクロは慌てていたが、それでも驚いたことに、陰茎は硬く勃ち上がったままだった。

「すごいね。立て続けに二度もやって萎えないとは」

局部を凝視しながら感心して言うと、クロは心底恥ずかしそうに前を押さえる。

「すみません」

耳がぴるぴる震えるので、胸がまたきゅんとしてしまう。

「なんの。男として羨ましい限りだ。獣人さんってのは、みんなこういうもんなのかい」

「いえ、皆がこうとは」

「それじゃあ、お前さんが特別に絶倫というわけだ」

からかうように言うと、クロは真っ赤になって顔を伏せた。

「も、申し訳ありません」

「お前はずっと謝ってばかりだねえ。いい男なんだから、しゃんとおし」

ぽん、と相手の胸を軽く叩く。ハッと顔を上げた男のあごを、つと指でつまんだ。

首を伸ばし、深く唇を合わせる。クロは目を見開いていたが、夢路が唇を甘く食んで愛撫するようにしていると、やがて口淫の時と同じくとろりとした目になった。

おずおずと自分をまたぐ夢路の腰に、手が添えられる。

最初はそっと触れ、夢路が応えるように男の首に手を回すと、我慢するのをやめて強く腰を引き寄せた。

「あっ」

クロの力が強すぎて、体勢を崩してしまう。

膝の上に崩れ落ちるのを、クロはさらに強く引き寄せ抱きしめた。

「夢路様、夢路様……っ」

夢中になって夢路を呼び、口を吸う。その必死さに、夢路は嬉しくなった。

尻のあわいに、先ほどからゴリゴリと硬いものが押し付けられている。これをどうにかしなければ、今夜はどちらも眠れまい。

「クロ、苦しい」

食われるかと思うほど、深く何度も口づけてくる。ぎゅうぎゅうと抱きしめられるのでさすがに苦しくなった。

夢路が胸を押して言うと、クロは我に返って抱擁を解いた。

「も、申し訳」

また謝ろうとする唇に、優しく人差し指を当てる。ぴたりと言葉が止まった。

「指」

「へ？」

「舐っとくれ」

唇をなぞった後、そろりと口の中に指を差し入れる。口腔は熱く、それだけで夢路はぞくりと肌が粟立った。

「さっき、私がお前の摩羅を舐ったみたいにさ」

相手の心を絡め取るように、その瞳を覗きこむ。おずおずと指に舌が絡められ、熱くぬめった感覚に思わず笑みが浮かんだ。

「そう、上手」

指をもう一本増やす。指先で口腔を愛撫してやると、クロはうっとりとし、しばし夢中で指を舐った。

「お前、男を抱いたことはないと言ったね。女のほうはどうなんだい」

言いながら濡らされた指を引き抜くと、クロは我に返ったように瞬きした。

「女。女は……十五の時、初陣に出る前に花街に連れて行かれて、一度だけ、その」

「十五……それ一度きりかい？」

聞けば、こくりとうなずく。

玄人の女を抱いて、それから今日まで、誰とも交わったことはないという。

これだけの美貌と身体を持ちながら、もったいないことだ。

でもそんなことより夢路は、十五で戦に出たというクロの言葉が気にかかった。

「恋仲の娘や、嫁さんはいなかったのか」

「いません」

彼は十五で、戦場に出た。家族もみんな失い、人の肌を知らず今日まで生きてきた。

ふと目を落とすと、男の衿元から覗く鎖骨に古傷が見える。

切ない気持ちが溢れ、夢路はそれ以上、彼の生い立ちについて気にかけるのをやめた。

戦も生きる苦労も知らない夢路が、半端な同情などして何になるというのだろう。

これ以上、余計な同情も詮索もしない。心に決め、つと腰を上げた。

「そうかい。それじゃあ、今夜のこれは、筆おろしとそう変わりはないね」

艶然と微笑むと、着物を端折り、尻の窄まりに指を差し入れる。

「ん……っ」

帯は解いていない。衣に隠れてはっきりと見えていないはずだが、夢路が後ろを指で慣らすのを、クロは目を凝らして食い入るように見つめていた。

慣らし終えると、後ろ手に男の肉茎を取る。手の中でびくりと跳ねたそれを、己の窄まりに押し当てた。

「……んっ」

力を抜いてゆっくり腰を落とす。子供の拳ほどもある亀頭を、慎重に飲み込んだ。

「あっ、あっ」

やはり根元までは飲み込めず、半ばで腰を落ち着けた時、ぶるぶると唇をわななかせて喘いだのはクロの方だ。

顔を真っ赤にし、天を向いて堪えるように目をつぶる。

「玄人の女と比べたらどうだい。男同士はやっぱり、気色悪いか」

寂しげに言ったのは、わざとだ。

目をつぶって身を震わせ、こちらを見ようともしない彼をからかったのだった。

生真面目な男は、思った通り、慌てて目を開けた。

「ち、違う。今、あなたの姿を見たら……」

はたと目が合った。夢路は微笑んで、ゆっくりと腰を使う。

最初はねっとりと焦らすように、次第に追い上げるつもりだった。

けれど、二度、三度と腰を動かした途端、またクロが「あぅっ」と呻いて吐精してしまった。

三度目となればもう、夢路も驚かない。

自分の身体で、男が三擦り半ももたずに達してしまったのがむしろ嬉しかった。

「少しは悦んでもらえたかね」

さすがに、もう打ち止めだろう。

夢路の方は、まだ一度も達していない。物足りなくはあったが、まあ今日のところは仕方がない。

そう思って男の物を抜こうとしたのだが、がしっと両手で腰を掴まれた。

「え？」

「夢路様」

こちらを凝視する、クロの目は据わっていた。ハアハアと鼻息が荒い。咥え込んだままの男根は硬く萎えていなかった。

「夢路様」

「え？　わっ」

下半身が繋がったまま、身体が宙に浮いた。視界がくるりと回転し、気づいた時にはもう夢路はクロの身体の下に組み敷かれていた。

「すみません、夢路様。どうか、どうか……もう一度……っ」

目を血走らせて懇願するのに一瞬、呆気に取られ、次に胸に花が咲くような喜びが込み上げる。

こんなふうに激しく求められるのは、いつぶりだろう。若い時分にだって、これほど身も世もなく縋りつかれたことはなかった。

そう思うと、夢路のほうも、もっと男を悦ばせたくなる。白い腕をするりと伸ばし、男の背に回した。

「いいよ。何度でも、気の済むまで抱いておくれ」

「夢路様……っ」

優しく微笑んで、かすめるような口づけをする。男の目の色が変わった。

覆いかぶさるように夢路を抱きしめて、すぐさま腰を振るのかと思いきや、クロは夢路に頬ずりし、口を吸って、何か聞き取れない言葉を繰り返した。

「夢路様」

名を呼んでいないと消えてしまう。そんな切羽詰まった響きが、その声にはあった。

「クロ」

だから夢路も、名を呼び返した。大丈夫、自分はここにいると、頬を撫でて口を吸ってやる。

クロはくしゃりと顔を歪ませ、息ができなくなるくらい夢路を抱きしめた。

「夢……っ」

声は途中で途切れた。夢路はまたクロの名を呼ぼうと思ったが、強く腰を穿たれて、そうすることは叶わなかった。

ひとたび抽挿が始まると、クロの腰使いは激しかった。極太の肉棒に突き上げられ、夢路はこらえきれず、素のままの声を上げてしまう。

「……ん、うっ……っ」

それでも痛むことはなかった。やみくもに腰を動かしているようでいて、夢路の様子を窺いながら穿っている。

ガツガツと腰を振りたくりながらも、クロは熱を帯びた眼差しで夢路を見つめていた。

「……あっ?」

とその時、背筋が震えるような快感が、身体中を駆け巡った。

男の切っ先が、肉壺の浅い部分を突き上げたのだ。

ほんの偶然だったのだろう。けれどクロは、夢路の変化を見るや、その部分を執拗に穿ち始めた。

「あ、あぁっ……っ」

それも逐次こちらを窺って、夢路の反応に合わせて緩急をつけている。

剛直が肉壁を擦り、浅くていい部分だけを突かれて、身体がたちまち絶頂へと追い立てられた。

「く、ぅ……っ」

男は初めてで、女だって、玄人相手の一度きりしかないはずなのに。この男、恐ろしく勘がいい。

「あ、やっ」

「夢……夢路、様」

「あ、んっ……もう……っ」

夢路が喘ぐのを見て、嬉しそうな顔をするのが憎らしい。

このまま翻弄（ほんろう）され続けるのも業腹だ。夢路は腰を浮かせると、相手の抽挿に合わせて自ら動いた。

同時に肉棒を舐るように、強弱をつけて締め上げる。

「は……くぅ……っ」

クロが切なげに呻いた。それでも律動を止めない。

そればかりか、激しく腰を振りながらも、夢路の唇や首筋に、食いつくようにして唇を寄せる。

衿の合わせを乱暴に開くと、身を屈めて夢路の胸の突起に吸い付いた。

「ぁ、そこ……や……っ」

甘く舌を絡めて吸われ、もう片方も指の腹で捏ねられる。弱いところを弄られて、夢路は思わず身もだえた。

よもや自分が、若く初心な男にこれほど翻弄されるとは。

「夢路様」

欲望のまま突き上げながらも、この男は真剣な眼差しで夢路を見つめ続ける。

「……綺麗だ」

思わず、というようにクロがつぶやいた。

世辞でも閨の睦言でもない、感じたままを口にした素直な言葉。

飾りのないその言葉に、夢路はいたく感動した。胸がざわざわとざわめく。

「夢路様、夢路様」

夢中で腰を振っていた男が、ぶるっと震えて夢路を抱きこんだ。

夢路の身体に覆いかぶさって、身動きができないくらい強く抱きしめたまま、四度目の精を中に吐き出す。

熱いものがじわりと、奥に流れてくるのが感じられた。

「あ、や、ぁ……」

身も心も快楽に押し流され、目がくらむ。

白い喉をのけぞらせ、激しい絶頂に身を震わせた。

精を吐きながらひとりでに涙が零れ、クロはそんな夢路の頰に唇を寄せる。

愛おしげにまた、異国の言葉で何かつぶやき、夢路に微笑んだ。

「……あなたは、女神だ」

心臓が跳ねる。何を馬鹿なことを言ってんだと、軽くいなすことができなかった。

「……夢路様。どうか、もう一度」

「へっ？」

しかし、最後の言葉は聞き間違いだと思いたかった。

「え……いや、ちょっと」

尻に入ったそれが、まだ硬いままなのに気づいて青ざめる。確かに、気の済むまで何度でも、とは言った。

クロが絶倫だというのも聞いていた。けれどここまで立て続けに挑まれるなんて、ちょっと考えていなかった。

「まさか……まだ、できるのかい」

恐る恐る尋ねると、クロは尻尾をパタパタ振って「はい」と笑顔で答えた。

「夢路様となら、何度でもできます」

「や、それは」

「夢路様のも、まだ硬い」

やわやわと、腹の間にある肉茎を弄られる。これがまた妙にツボを心得た動きで、夢路は「あっ」と思わず甘い声を上げてしまった。

こちらの反応に気を良くしたのか、クロは前を擦りつつ、夢路の胸の突起を口に含む。

「待っ……ちょっと休ませ……あ、あっ」

拙(つたな)いせいか少し強くて、でもそれくらいが夢路にはちょうどいい。

「……くそっ」

「夢路様、可愛い」

冗談じゃないよと、悪態をつく前に口を塞(ふさ)がれた。

「ん、んっ」

身をよじると抱きしめられ、身動きができないままガツガツと腰を穿たれる。

これがまた乱暴で、まるで無理やり凌辱(りょうじょく)されているみたいで……たいへん興奮する。

(くそ、くそっ。私としたことが)

可愛い年下の男を翻弄するつもりが、すっかり逆転している。

こんなはずじゃなかった。悔しさに内心で舌打ちしながらも、身体は悦んでいる。

「あ、あーっ」

「夢路様、夢路様っ」

若い男に貫かれ、夢路はいつしか我を忘れ、欲望のまま腰を振りたくっていた。

そうしてそのまま、意識を飛ばすまで抱かれ続けた。


翌日、夢路が目を覚ましたのは、日がだいぶ高くなってからだ。

いつ寝たのか覚えていない。

昨晩はクロに何度も挑まれ、へとへとになるまで付き合わされた。

いつの間にか寝入ってしまったようだが、身体は綺麗に拭き清められ、浴衣も昨日とは別の物を身に着けていた。

ただ、帯が不格好に結ばれている。クロがしてくれたのだろう。あくせく帯を結んでいる彼の姿を想像してくすりと笑ったが、当の本人が見当たらなかった。

どこに行ったのだろう。寝床から起き上がろうとして、「あ、痛」と呻いた。

身体のどこもかしこも痛い。手足が鉛を含んだように重かった。あそこも、まだ何か挟まっているような気がする。

「本当に好き放題しやがって……うう」

姿の見えない男に悪態をつく。

けれど重い手足とは裏腹に、身体の芯は妙に軽く、頭も靄が晴れたようにすっきりしていた。クロにはめちゃくちゃに貪られたが、こちらも夢中になった。クロの何もかもが、ものすごく良かったのだ。

手玉に取ったつもりが取られたようで、思い返すと悔しい。

「あいつめ、どこいっちまったんだ」

あちこち軋む身体をどうにか起こし、奥座敷を出てクロを探すと、台所から賑やかな声が聞こえてきた。

「今日の仕事がもう、終わっちまった」

「こっちで一服しようよ。クロさんもおいで。あんた、本当に力持ちだねえ」

又造とお熊の声だ。楽しげな二人の声に、クロがボソボソ返しているのが聞こえる。

「賑やかだね」

ひょいと夢路が顔を出すと、又造とお熊は形だけ慇懃に「おはようございます」と、返した。

クロはといえば、夢路を見るなりビクッと身を震わせて直立する。

目が合うと、かあっと赤くなった。

「おっ、おはっ……ようございます!」

彼の後ろで、尻尾がパタパタうるさいくらい振れていた。耳が後ろに寝ているが、ぷるぷる震えて何だか嬉しそうだ。

見ればクロは、昨日の浴衣ではなく、又造の木綿を着ていた。動きやすいようにと、お熊が用意したに違いない。

又造は小柄なので、夢路の浴衣を着た時よりもさらに丈が足りず、すっかり脛が出ている。おかげで尻尾の動きも、昨日より顕著に見えた。

クロは何やら一仕事終えた後のようで、額に流れる汗を拭っている。そんな恰好をしても、やはり男前だった。

黙って涼しい顔をしていたら、きっと江戸中の女がこぞって彼を追い回すだろう。なのにクロときたら、耳を震わせながら真っ赤になって顔をうつむけ、でも夢路が気になる、というようにチラチラとこちらを窺い見ている。

そんなクロを見ると、夢路の方もそわそわしてしまうのだった。

顔が赤くなりかけて、ハッと我に返る。

いつの間にか、又造とお熊がじっとこちらを見ていた。

「三人で賑やかじゃないか」

誤魔化すように言うと、へい、と又造がにっこりする。

「クロさんが、あっしらの仕事を手伝ってくださるってんで、お願いしてたんでさ」

「勝手をしてすみません。起きて何もすることがなかったので」

クロが大きな身体を縮めて言い、お熊が嬉しそうに言葉を添えた。

「それがクロさん、たいそうな力持ちでね。しかも仕事が丁寧なんですよ。おかげであたしらもずいぶん助かりました」

又造も大きくうなずく。この半日で、クロはこの壮年の夫婦からいたく気に入られたらしい。

「それはいいが、腹に入れるもんをこしらえておくれ。食べたら、クロを連れて店に行くんだ」

夢路が店、と言ったら、それは黒乃屋のことだ。又造とお熊は心得たもので、それぞれ無駄のない動きで仕事に戻った。

「クロ。お前は手足を洗って奥においで」

言い置いて、さっさと奥に引っ込む。ほどなくしてクロが、お熊が持たせたらしい湯呑を二つ盆に載せて、おっかなびっくり運んできた。

昨夜の夕餉と同じく、自分のはす向かいにクロを座らせると、お茶を飲みつつ「さて」と、切り出した。

「お前さんの今後のことだが」

真面目な声で言うと、クロが湯呑を手に小さく肩を震わせた。

又造とお熊の間で幸せそうにしていた表情が、しょんぼり沈んでいく。

「はい」

と、礼儀正しく居住まいを正した男は、これから先に起こることに何も期待しないように、何があっても傷つかないようにと、心構えをしているように見えた。

きっと今まで、楽しいこと、幸せなことは長く続かなかったのだろう。

どうすれば彼が心底安らげるようになるのか、夢路にはわからなかった。

わからないながら、どうにかしてやりたいと思う。

「そんなにビクビクしなさんな。悪いようにはしないと言ったろ。お前さんのその、役者みたいな男ぶりを見込んで、頼みたいことがあるんだ」

言うと、クロがおずおずとこちらを窺うように見上げる。

「……俺、の？」

容姿を褒めたのが、今一つぴんと来ていないようだった。これほど顔も身体も美しいのに、無自覚なのか。

「行くところがないなら、ちょっと私の下で働いてみる気はないか、って話だ。もちろん、給金もはずむよ」

「俺でもできる仕事なら、何でもやりたいです」

「お前さんにしかできない仕事だ。と言っても、力仕事じゃない。なんと言ったらいいんだろうね。この仕事にはまだ、名前がないんだよ。お客を呼ぶための引札（ひきふだ）みたいなもんかな。でもお前が手を貸してくれたらきっと、うちの店は今よりうんと繁盛する」

店の宣伝広告、そんな役目を、クロにさせたいのだ。

た。クロはよくわからないようで、訝しげな顔のまま、それでも夢路の言葉を真面目に聞いてい

それは以前、夢路自身が役目を担っていた。

黒乃屋の店の商品を身に着けて、町を歩く。

大店では自前の呉服を着せた役者絵を描かせたり、同じく人気の役者に身に着けてもらい、宣伝を行ったりすることがある。

しかし、かつての黒乃屋はそこまで大きな店ではなかったし、絵を描かせるにも役者に頼むにも、伝手がいって元手がかかる。

そこらの役者より私の方が見栄えがいいし……と、自分で身に着けて歩いたのが、「黒乃屋流広告」の始まりだった。

これなら金も伝手もいらないし、時間もかからない。流行りそうな品を、ここぞと思った時に売り出せる。

もっともこれは、夢路だからできたことだ。

黒乃屋が繁盛するのを見て、他の店も夢路の着想を真似たけれど、みんな上手くいかなかっ

た。

ただ売りたいものを着せて街を歩かせればいい、というわけではない。

着こなしにも小物の使い方にも、身に着ける者の感性が必要だ。

それを見た人たちが、自分も着てみたい、身に着けてみたいと感じなければ意味がない。

それからさりげなく、自然であること。

いかにも広告です、といった風では、人々の気が削がれる。

夢路が後年、自分で商品を身に着けなくなったのは、それが広告であると広く知れ渡ったこと、そして夢路の洒落た姿に、人々の目が慣れてしまったからだ。

商売の宣伝だと知ると、人々はどうしても穿った目で夢路を見てしまう。粗を探すし、素直に良いものを良いと思えなくなる。

その上、最初は奇抜で新鮮に感じた格好でも、慣れてくると目に留まらなくなる。

「芝居だって、どんなに人気の役者でも、一人だけだと飽きるだろ。役者が何人もいて、それぞれ個性があるから、客も飽かずにいられるんだ。そこへ行くとうちの店は、私一人だったからね」

それで夢路は長らく、自分の代わりになる者はいないかと思案していた。

「そこにお前が現れたんだ。お前は何と言っても姿がいい。上背もある。それに異国人、獣人だ。私はね、異国人向けの商品を、大々的に黒乃屋で売りたいんだ」

「異国人向けの……」

「うん。近頃は帝国の人たちをはじめ、大陸の異人さんたちがちょくちょく、江戸に現れるようになったからね」

黒乃屋にも、異国の客が現れるようになった。江戸に留まる人も、これからどんどん増えるだろうと、夢路は見ている。

大陸の人々の人種は様々で、身の丈も違えば、似合う色や柄も異なる。好みだって当然違うだろう。

黒乃屋でも、大陸出身の顧客に向けて品揃えを増やしてはいるが、まだ数が少ない。

従来の客層に比べて、大陸からの客はまだ少ないからだ。

しかし早晩、買い物客が増えることは目に見えている。そうなった時に慌てて品を揃えても遅い。

「黒乃屋は、今でこそいっぱしの大店ぶっちゃいるが、まだまだ老舗には及ばない。いざという時、老舗のほうが断然、底力がある」

仕入れの伝手、資金力や人脈も、まだまだ黒乃屋は古くからある大店には及ばない。同じ土俵に立ったのでは戦えないだろう。

「それで、競い合いになる前に、こちらから先んじて手を打とうというわけですか」

神妙に話を聞いていたクロが、恐る恐る声を出す。夢路はぱちんと指を弾いた。

「その通り。お前さん、勘もいいね」

褒(ほ)めるとクロは、照れたように顔を赤くする。可愛(かわい)いなあ、と夢路は内心でにんまりした。

「お前さんには、私が昔やっていた役目を引き受けてもらいたいんだ。これからお前が身に着けるものは、すべて私が用意する。お前はめかしこんで、江戸の町を歩くだけでいい」

この男なら何でも似合う。一見、無骨そうな大男が艶(つや)めいた装いをしたら、さぞ人の目を奪うだろう。

クロに何を着せるか、小物をどうするか、考えただけでわくわくする。

そして夢路のこの心の高揚は、経験から言って大きな儲(もう)けに繋(つな)がる。

「そう難しいことじゃない。私が着せた着物を着て、一緒に芝居に行ったり、舟遊びをしたりする。それだけのこった。あとはそうだね、この家でたっぷり飯を食って寝て、たまに私の相手をしてくれると嬉(うれ)しいな」

つと、男の頬に手を伸ばす。さらりと撫(な)でると、浅黒い頬がたちまち赤くなった。

「……昨日、ちっとは良かったかい？」

淫靡(いんび)に囁(ささや)くと、クロはさらに赤くゆでだこみたいになる。耳を震わせ、何度もコクコクとうなずいた。

「とても……良かったです。あの、すみません。昨日は気持ちが良すぎて、止まらなくて。もう止めようと思ったら夢路様も腰を振って……あ、あっ、痛いっ、すみません！」

余計なことを言うので、獣の耳を軽く引っ張ってやった。耳の毛は意外に柔らかくて気持ちがいい。

「また、したいと思う？」

相手の顔を覗き込むように問うと、クロはまた、コクコクうなずいた。

「お前が望むなら、吉原の妓楼に連れてってやるよ。お前は男より、女の方が好きなんじゃないかい」

「お、俺は、女はいりません。夢路様がいいです！」

焦った様子で即答した。相手の必死な顔に、胸が熱くなる。こんなふうに求められるのは久しぶりで嬉しい。

作り笑いでない笑顔が自然と浮かんだ。

「それじゃあお前さんは今から、私の助手で、なおかつ私の情夫だ」

「お、とこ……」

「私の情夫なんて、嫌かい？」

「いえ、いいえ！　嫌だなんて。どうか、俺を情夫にしてください」

瞳が煌めき、尻尾が後ろでパタパタと激しく振れる。

おべっかではなく、本気の答えだ。嬉しいし、ホッと安堵した。少しでもクロがためらいを見せたら、情夫の件は冗談だと言おうと思っていたのだ。

「じゃあ決まり。取り引きは成立だ」

「取り引き……？」

うるさく振れていた尻尾が、ぱたりと止まった。でも夢路は気づかなかった。

「うん。これは商いだ。お前は店のために働いてくれて、私の相手もしてくれる。だから私は、お給金をはずむ。衣食住も与える。私が着る物や振る舞いを指図するから、ちょっと窮屈かもしれないが許しておくれね。別に、一生奉公しろってんじゃない。金が貯まったら自由にするといい」

クロが辞めたいと言ったら、その時は仕事や住まいの世話もしてやるつもりだ。

手放すには惜しい男だが、たれ飯一杯でいつまでも恩に着せるわけにはいかない。

そう思って自由にしてやると言ったのだが、クロがいつの間にか、呆然とした顔でこちらを見つめているのに気がついた。

「あ……何か、不服だったかい」

あまりに心細そうな顔をしているから、こちらもつい、おずおずとした問いかけになってしまった。

けれどクロは、静かに「いいえ」と首を横に振った。

先ほどの嬉しそうな様子とは一転、感情の読めない顔をして座布団を外し、落ち着いた所作で畳に手をついた。

「精一杯務めさせていただきます。どうぞ、よろしくお願い致します」

冷静で丁寧な口調に、夢路は自分が何かしくじって、クロを失望させたのだと悟った。

悟ったものの、そのしくじりが何なのか、考えてもとんと見当がつかなかった。

お互いすっきり、とはいかないまでも、交渉が成立し、二人はさっそく黒乃屋へ向かうことになった。

クロはそれから特段、沈んだ様子も見せず、出かける時には子犬のように尻尾を振って後をついてきた。

今さら何が嫌だったのかとも聞けず、夢路はそれ以上、その時のことを考えるのはやめにした。

「そういえば。クロはオロス人だろ。ということは、狼の獣人なのかい」

店のある大通りへ差し掛かったところで、夢路はふと思い出した。

後ろを歩く男を振り返る。並んで歩けばいいのに、クロはなぜか、三歩下がって付いてくる。

おかげで話すのにもいちいち、足を止めて振り向かなければならない。

「獣人さんは種族によって、ご先祖様が違うんだろ。狐とか犬とか。こういうことを尋ねるのは、失礼に当たるのかね。不作法だったらごめんなさいよ」

クロが犬なのか狼なのか、ずっと気になっていたのだ。

「いえ、不作法ということはありません」

クロは目をぱちぱちさせながら言い、「狼です」と答えた。

「あの、でも、オロスの民は人狼ですが、決して狂暴ではありません」

「知ってる。そんなの、お前さんを見りゃわかるよ」

焦って言うから、夢路は笑ってそう返した。

同じ種族だからといって、十把一絡げに同じ気性とは限らないが、クロが狂暴なんてことはないだろう。

夢路は感じたままを口にしただけで、それほど深い考えがあったわけではなかった。

けれどクロは、ハッとしたように目を見開いた。

また何か、気に障ることを言ってしまったか。ひやりとしたが、今回は違った。

「ありがとうございます」

くしゃりと顔を歪ませた後、クロが見せたのはとびきりの笑顔だった。尻尾もパタパタ振れている。

「別に、礼を言われることでもないだろ」

「いいえ。江戸では俺が狼の獣人だと言うと、怖がられることがあったんです。だから」

夢路の何気ない一言が、とても嬉しかったと言うのだ。

ふわふわと屈託のない笑顔を見せられて、夢路は何だかドキドキして、胸が苦しくなった。顔が熱くなりかけて、慌ててふいっとそっぽを向く。

「お前みたいな礼儀正しい男に、何を怖がることがあるのかね。それよりさっさと歩きな。日が暮れちまうよ」

先に足を止めたのは夢路なのだが、クロは「はい」と、嬉しそうに付いてくる。

大通りに出れば、黒乃屋はすぐ目と鼻の先だ。店は今日もよく繁盛していた。

通りから店の客入りの様子をしばらく眺めた後、夢路は裏に回った。

使用人たちが使う通用口から中に入ると、近くにいた小僧がすぐ夢路に気づき、頭を下げた。それから後ろのクロを見て、驚いた顔をする。クロの巨軀が珍しいのだろう。

「幸路か、孫兵衛はいるかい」

幸路は夢路の弟で、孫兵衛は先代からいる大番頭である。

どちらも店にいるというので、どちらかを呼んでほしいと頼んだ。

「二階の座敷は空いてる？　なら、そこにいるから」

言うだけ言って、二階にある上得意のための座敷へ上がった。

二間ある座敷のうちの一つに入ると、間もなく小僧がお茶を運んできた。

「誰かに言って、反物と帯を見繕って持ってきてもらえるかい。この男に誂えたいんだ」

注文を付けると、すぐさま手代と小僧がたくさんの反物や帯を抱えてやってきた。

夢路はざっとそれらの生地を見て、次の指示をする。

「これとこれはいらない。こっちの帯に似たので、もっと柄に朱色の入ったのがあっただろ。あと反物は木綿のものと、紬もっと欲しい。街着は何枚あってもいいからね。それと羽織も……」

夢路が早口に次々と言いつけるのを、手代は一言も聞き漏らさず言われた通りにする。黒乃屋の者はみんな優秀だ。

夢路の言いつけを聞き、クロの姿を見て、クロに映えそうな生地を選んでくる。ただ、手が足りずに小僧と下働きの男衆を増やして、座敷は瞬く間に反物で埋め尽くされた。

「いいね、いいね。こんな柄の似合う男は、そうはいないよ」

夢路はほくほくした。あれもこれも、クロに似合う。クロを立たせて、これはと思う反物を当てていった。

「足元も決めたいが、小間物も選びたくなってきた。扇子に袋物、あと櫛と簪、派手で売れ残ってたのがあっただろ。まだあるかい？　あ、眼鏡をかけるのもいいかもね。もう、蔵に行っちまった方が早いかな」

夢路は水を得た魚のように、クロの周りをまわって喋り、動く。クロは戸惑いながらもじっとしていた。

「今度は何を始めるつもりなんです、兄さん」

そうしているうちに、弟の幸路が現れた。

商品が所狭しと広げられているのを、呆れたように一瞥した後、夢路の後ろにいるクロに視線を定めた。

「これまた、ずいぶん毛色の変わったのを連れてきなすったね」

鋭い目つきで上から下まで、じろじろ眺めるので、クロはすっかり委縮して大きな身体を縮めてしまった。

三つ年下のこの弟は、顔立ちこそ兄と似ているが、性格はまったく違う。

生真面目で堅物で、いい加減なことが嫌いだ。遊び心というものをすべて兄に吸い取られて生まれてきたようで、子供の頃から外で遊ぶより、そろばんをはじくほうが好きだったというから、弟も一種の変人だ。

それでも商才はある。兄がやたらめったら広げた商いを、損ねることなくしっかり守ってきた。

浪費はしないが使う時は大胆に使う。金の使いどころを知っている。

弟の幸路に加え、先代からいる大番頭の孫兵衛は人を見る目が確かで、下の者の扱い方を知っている。

この二人ががっちり黒乃屋を守っているからこそ、夢路は思うまま新たな商売に手を出すこ

とができるのだった。

そんなわけで、兄は大いに弟を信頼しているのだが、弟はどうだろう。

昔から男癖が悪いので、兄を見る幸路の目はいつも厳しい。

今も、じっと疑うように夢路とクロとを見比べている。

「忙しいのに、急に来て悪かったよ。この男はクロって言うんだ。昨日から私のところに住むことになった。クロ。こっちは幸路。見ての通り私の弟だ。もっとも、いつも弟の方が老けて見られるんだけどね」

弟の視線に硬くなって、つい余計なことを言ってしまった。ぴくりと、幸路のこめかみが痙攣する。

それでもあからさまに怒ったりしない。クロに向かって丁寧に頭を下げた。

「黒乃屋の主人、幸路と申します。兄がお世話になっているようで」

「はいっ。あっ、いいえっ、クロと申します。お世話になったのは俺の方です。俺は昨日、食い逃げで捕まりそうだったのを、夢路さんに助けていただいたんです」

馬鹿正直に言うから、夢路は慌てた。そこは言わなくてもいいのに。

食い逃げ、と聞いて、そばにいた手代と小僧は不安げな顔をしたが、そこは黒乃屋の主人、幸路は少しも顔色を変えず、「そうでしたか」とうなずくにとどめた。

「それで？　何か用があって私を呼んだんでしょう。ただの情夫なら、わざわざ私に会わせたりしませんものね」

ちくりと刺すのも忘れない。怖いなあ、と思いながら、へらっと愛想笑いをした。

「そうなんだよ。クロを連れてきたのは他でもない。これからこの子を、黒乃屋の新しい看板にしたいと思ってるのさ」

そうして夢路は、出がけにクロに向かって話したように、商いの構想を語って聞かせた。

「近頃、横浜の異人街では新しい店が増えていて、そこでは大陸の客向けの商品も飛ぶように売れてるらしいじゃないか。江戸にも早晩、その波が来るよ。いや、ないならこっちで波を立ててやればいい。私らは今まで、そうやって商いを大きくしてきただろう」

毎日、江戸の町を遊び歩いている夢路には、肌身で感じる風がある。

「私はね、もうじきこの江戸に、とびきりでかい波が来るような、そんな気がしてならないんだ」

周りより先んじてその波に乗りたい。そう考えていたところへ、クロが目の前に現れたのである。

これはもう、神様仏様の思し召しではなかろうか。

「なるほど。それでこのクロさんとやらのために、うちで一番高い正絹紬を誂えてやろうと思ったわけですか」

言って幸路はちらりと、クロの肩に掛けた紬を見る。

「う……いや、だって。これは去年の夏から売れてないやつじゃないか。頼むよ。代金は私の財布から出すからさあ」

これが一番、クロに似合うやつだ。これは諦めたくない。

反物を掛けたクロの身体にしがみつくと、クロが顔を赤らめてあたふたしていた。

幸路は黙って、しばらく兄とその情夫を見比べていたが、やがて深くため息をついた。

「兄さんお得意の、勘てやつですね」

「うん、そう。勘ってやつです」

「……相変わらず妖怪じみてるな」

「妖怪？」

どういう意味だ、と尋ねたが、じろりと睨（にら）んだだけで答えてくれなかった。

「わかりました」

幸路は次に、顔を上げてきっぱり言った。

「私は黒乃屋の主人だが、ここまで店を大きくしたのは、化生（けしょう）じみたあんたの勘だ。兄さんがそこまで言うなら、乗ってやりましょう。お代は黒乃屋で持ちます。兄さんは思う通りにやるがよろしい」

「幸路！」

さすが弟。ここ一番の思い切りが違う。感激して、幸路に抱きつく。幸路は嫌そうに顔をしかめた。

夢路はそこから一日がかりで、クロの頭のてっぺんから足元まで、ああでもないこうでもないと、身に着ける物を選んだ。

おかげで日が傾きかける頃には、夢路をはじめ店の者たちもへとへとになっていた。

クロだって、長いことただ立たされているだけなのは苦痛だろうに、辛い顔などせず黙って付き合っていた。

今日選んだ物をすべて、仕立てた着物と一緒に夢路の家に届けてもらうように頼み、付き合わせた使用人たちに心づけをして、店を辞した。幸路は用事があるとかで、途中でどこかに出かけていた。

「さすがに疲れたね。今日はもう、家でゆっくりしよう。クロもお疲れ様。立ちっぱなしで辛かっただろう」

昨夜も勃ちっぱなしだったし、と、下品なことを考えてしまい、いけないと頭を振る。

今はまた、三歩下がって夢路の後ろを歩いているが、店で何度も見た男の背中は広く逞しく、縋りつきたい衝動に駆られた。

ムラムラするのをこらえていて、いっそう装いを考えるのに熱が入ったものである。

「いえ、俺はちっとも。戦場では、何日も寝ずに戦うこともありましたから」

ゾッとすることを、さらりと言う。強がったり、まして自慢しているわけでもない。この男にとっては、それが日常だったのだ。

夢路が感傷に囚われかけた時、それを振り払うように、またクロが口を開いた。

「それに、たくさん綺麗な物があって、面白かったです」

振り返ると、にこっと微笑まれた。ほんの少しえくぼができて、可愛らしい。

「そうだろ。身に着ける物によって気持ちも変わる。私は人の装う物を考えるのが好きなんだ。もちろん、金儲けも好きだけど」

「着物から簪に草履まで、あの店には何でもあるのですね」

「うん。あちこち店を回るのは面倒だろ。こっちの櫛に合わせてあっちの着物を、と、一つの店で揃えられたら、客も便利だと考えたんだよ」

近頃はこの形式を真似る店も増えてきたが、ちょっと前までは、着る物は呉服屋に太物屋、草履は草履屋、下駄は下駄屋と店がみんな違うのが当たり前だった。

黒乃屋は、櫛や簪、化粧品などを扱う小間物屋で、どうにも歯がゆかった。それでぜんぶ揃う店にしたのだ。

「そのうちさ、衣装だけでなく、何でも揃う店を作りたいね。鍋釜に茶碗、お菜なんかも売ったりして。その店に売ってないものはないんだ。考えると楽しいだろ」

そんなことを、帰る道すがら話した。話すのはもっぱら夢路で、クロは聞き役だ。

家に着くと疲れが出て、もう何もしたくなくなった。思えば一昨日の夜からずっと、疲れることばかりだったのだ。

「はあ、もう動きたくない。腹が減った。でも風呂に入りたい」

帰ってうだうだ言うのはいつものことなので、又造もお熊も「はいはい」と適当に流している。

「あの俺、風呂の用意をします。今朝、又造さんに教えてもらったから」

クロだけが急いたように言った。

「いやいや、お前さんも疲れたろ。ゆっくりおし」

「大丈夫です」

言うが早いか、勇んで裏庭に駆けて行った。

「犬っころみたいだねえ。狼なのに」

「じゃああたしも、夕餉の支度をいたしましょうかね」

夢路の言葉に笑って、お熊が腰を上げる。

「それから、クロさんの当座の着物を座敷に用意しておきました」

黒乃屋で買った着物が仕立て上がるまで、つんつるてんでは可哀想だ。お熊が昨日のうちに古着屋に走り、古着を見繕ってくれていたという。

お熊は針仕事は苦手なので、近所の女房に丈直しを頼み、それがさっき出来上がったのだそうだ。

「助かったよ、ありがとう」

それから、クロが沸かした風呂に入り、クロと二人で夕餉を食べた。

お熊がまた、たくさん飯を炊いてくれて、クロはわしわしと平らげる。

「美味そうに食べるねえ」

夢路が感心していると、クロは「美味いです」と、はにかんだように微笑んだ。

「夢路様も、食べてください」

いつも夜は、酒ばかり飲んで当てをちょっとつまむ程度だ。でもクロを見ていると自分も食べたくなって、夢路はお猪口を置いて箸を取った。

お熊の飯が、いつもより美味く感じる。いや、何かを食べてこれほど美味しいと思ったのは、いつぶりだろう。

「美味いね」

夢路がつぶやくと、クロはにこっと嬉しそうに笑った。

飯が美味いのは、クロと二人で食べているからかもしれない。家族以外の誰かとこうして、ただ飯を食べることはあまりなかった。

（そういや、家に男を上げたのも久しぶりだ）

一人では広すぎるこの家に、けれど情夫を連れて来ることは滅多になかった。

何となくここは自分の巣で、身内以外は誰も入れたくない、という思いがあったのかもしれない。

付き合っていた相手から、夢路の家に行きたいと言われても、さりげなくはぐらかしていた。なのに成り行きとはいえ、クロをごく自然に家に上げ、さらにはこの家に住まわせようと思った。別に住処を借りるなんて、少しも考えなかったのだ。

不思議な男だ。

美味そうに尻尾を振って飯を食っているクロを眺めて、夢路は思う。

無邪気で屈託なく、かと思えばほの暗い顔を時おり見せる。明らかに訳ありそうなのに、放っておくことができない。

「はあ、食ったら眠くなった。クロ、ちっと早いが、奥に床を延べておいてくれるかい。それが終わったら、お前も湯が冷めないうちに風呂に入っといで」

夕餉を終えて少しくつろいだ後、夢路がそう言いつけると、クロは急にそわそわし始めた。顔が赤い。

その様子にピンときて、ニヤニヤ笑いそうになってしまった。

「夜具は一つでいいかね。まだ朝晩は冷えるけど、昨日はお前が抱いて寝てくれたから暖かかったよ」

「は……はいっ」

クロは真っ赤になって返事をすると、勢いよく奥座敷へ消えていった。着物の切れ込みから覗く尻尾が、ブンブンと振れている。

素直で嘘のつけない尻尾に、夢路は自然と笑顔になった。

(ああ……楽しいな)

新しい商売のことを考えている時みたいに、クロを見るとワクワクドキドキする。

それでいて時おり、胸がきゅうっと切なくなるのだ。

(これは恋だね、恋)

失恋には新しい恋をするに限る。それが証拠に、前の情夫に裏切られたことなんて、すっかり忘れていた。

(本当にいい拾い物だったよ)

これで当分、退屈せずに済みそうだ。

半年か、一年か。

あれほど立派な男が、いつまでも年上の男の情夫なんてやっていられないだろうが、少なくともこっちの商売の目鼻がつくまでは、引き留めていられる。

別れた時のことを想像しかけて、胸が切なくなるのはいつものことだ。

悲しいことは忘れて、楽しい目先のことだけ考えることにした。

仕立てが上がってきたら、まずクロとどこに出かけようか。そんなことを考えつつ酒を飲む。

その間にクロは素早く床を整え、風呂に入って戻ってきた。

よほど急いだのか、肩で息をしている。

「烏の行水だね。ちゃんと拭かないと、まだ髪がびしょ濡れじゃないか」

「あ、す、すみませ……」

「こっちにおいで。拭いてやるから」

酒器を脇にやると、夢路はクロへ手を差し伸べた。

クロは最初は迷っていたが、やがて遠慮がちに近づき、夢路の前で膝を折った。

夢路はクロの懐にあった手拭いを取り上げて、髪を拭いてやる。気持ちよさそうに、狼の耳がぴるぴると震えた。

「夢路様……」

クロはしばらく、黙って夢路にされるがままでいたが、やがて思い詰めたように顔を上げ、夢路の手を取った。

「俺……もう」

皆まで言わずとも、どうしたいのかわかっていた。クロの下腹部はいつの間にか盛り上がり、着物を押し上げている。

「いいよ。奥に行こう」

この男が望むなら、何でも叶(かな)えてやりたい。

今まで付き合った男たちにも、あれこれしてやりたいと思ったけれど、それとは何か違った。なぜだろう。

ふと疑問が頭をもたげたが、興奮しきったクロがいきなり夢路を抱き上げたので、それ以上は考えられなくなった。

「な、何……」

「奥へ行きます」

「自分で歩けるよ」

まるで女にするみたいだ。夢路は男にしては大柄だから、重いに決まっている。

恥ずかしくて抵抗したけれど、クロは聞かず、夢路を危なげなく抱えたまま大股に部屋を移った。

夜具の上にそうっと、玻璃(はり)細工を乗せるように優しく横たえる。

「お……重かっただろ」

「少しも。夢路様はもう少し、肉を付けたほうがいいです。羽みたいに軽い」

クロはにこりと笑って答えた。さっきは真っ赤になっていたくせに、こういうことは臆面もなく言う。こっちが赤面してしまった。

「肉を付けるのはお前の方だろう。お前はうちの看板なんだ。これから、たらふく飯を食って、もっともっと肥えてもらうからね」

「はい、夢路様」

クロは、嬉しそうに、幸せそうに笑う。クロが笑うと、夢路も幸せになる。

「夢路様」

熱を帯びた翡翠色の瞳が、こちらを見据えている。

その目が、恐ろしいくらい綺麗だと思った。

それをじっと見返していたら、心はいつかすっかりこの男に吸い込まれて、自分が自分でなくなってしまうんではなかろうか。

ひやりとした予感を覚え、夢路は一瞬、顎を引いた。

何か考える前にクロが追いかけてきて、しっとりと唇を押し当てる。

「ん、む……」

がっしりと逞しい腕に抱かれ、柔らかく口を吸われる心地よさに、夢路はすぐさま理性を手放す。

自ら男の首に腕を絡め、その晩も二人は遅くまで睦み合った。

クロが一歩足を運ぶたび、まわりの人々がはっと振り返る。

男も女も、老いも若きも、クロの姿に釘付けになっていて、夢路はすうっと胸がすくのを感じた。

「やっぱり、俺の格好はおかしくないですか」

「ちっとも。いい男だよ」

堂々と前を向き、肩で風を切って歩きながら、クロの声だけはオドオドしている。

自信満々に歩けと、夢路が指示したからだ。

夢路の言いつけは忠実に守る主義らしく、クロはなかなかに堂々と通りを闊歩していた。

黒乃屋から仕立て上がった着物が届き、夢路はさっそくクロを着飾って、街歩きを始めたのである。

今日は朝からからりと晴れ、桜も散ったばかりだというのに蒸し暑い。

クロは黒紅梅の紬をぞろりと着流し、無造作に束ねた黒髪に、黒い耳には真っ赤な瑪瑙の数珠を掛けている。

半衿は紬と色味の違う黒色で、くるぶしを超すくらい長く仕立てられた着物の裾を捌けば、目の覚めるような深紅の襦袢が覗く。

後ろはちゃんと、尻尾が出るように仕立ててもらった。まるで上等な装飾品のように艶やかな尻尾が、背縫いの間から生えている。

背の高い男が全身黒ずくめなので、いやがうえにも人の目を引いた。色につられて全身に目を向け、その姿の美しさ、勇壮さに、人々は心までも奪われるのだ。

「美男を連れて歩くのは、気持ちがいいもんだねえ」

クロが行き交う人々の目を、残らずかっさらっていくのが気持ちいい。上機嫌で、足取りも自然と軽やかになる。

その夢路は、クロの装いとは対照に、明るく上品な柴染の小袖を纏い、小物や足元にも奇抜な取り合わせはない。

今日はクロが引き立つよう、大人しくしたのだった。

「まずは近場の、神田明神様にお参りに行こう。甘酒でも飲んでぶらっとして、お次は北に足を延ばして寛永寺だ。もちっと早けりゃ、桜が見頃だったんだけど。今時分はもう、葉桜だろう」

人々の視線を心地よく感じながら、夢路は考えをつらつら口にする。

神田明神に寛永寺、どちらも江戸で人気の観光名所だ。異国からの観光客も多い。

「そのうち横浜にも行こうね。あっちは帝国式の洋装が盛んらしいが、帝国人はむしろ、着物を好むそうだよ。今の皇帝は賢帝って言われて、それぞれの土地の文化を重んじる方だからそうで……すまない。調子に乗って喋り過ぎた」

ペラペラと喋る夢路の隣で、クロは静かに相槌を打つだけだった。しかし、無神経な話題だったと反省する。

皇帝は、クロの国を滅ぼした張本人なのだ。それを賢帝だなどと言ったら、クロは複雑な気持ちになるだろう。

ちらりと隣を窺うと、クロはくすっと笑って、「気にしないでください」と言った。

「けど、帝国の話は嫌だろ」

「いいえ。もう終わったことです。それに、帝国の皇帝が賢明な方だというのは、俺も聞いています。何代も続いた侵略戦争を終わらせた人です。オロスは、帝国に滅ぼされた最後の国でした。オロス国が降伏した際も、それ以上は無益な血を流さないよう、自国の兵に徹底させたと聞きます」

そう語るクロの表情は穏やかで、微笑みさえたたえていた。やせ我慢ではなく、本心からの言葉なのだろう。

自国を滅ぼした皇帝に対し、屈託はない。皆無ということはないだろうが、クロの心を乱すことはなかった。

では何が、クロを苦しめているのだろう。

ただ胸に穴が空いているだけではない。戦の記憶がまだ、クロの心を強く摑んで離さずにいる。

「夢路様、本当に気にしないでください」

「うん」

黙り込む夢路を、クロは気遣った。クロは優しい。

(でもまだ、話してはくれないんだろうね)

クロと暮らし始め、一緒に寝ていて気がついた。

毎夜、遅くまで睦み合い、事が終わった後は二人で寄り添って眠る。

寝入りは幸せそうに眼を閉じるのに、時たま、夢にうなされて目を覚ます。

何の夢なのか、眠る彼の口から出るのはオロスの言葉だから、わからない。

悪夢から覚めたクロは頭を抱え、しばらく苦悩している。それ以上は眠ることができないようで、だから彼はいつも早起きだった。

早起きが板に付いているんです、と言っていたけれど、ちゃんと眠れているだろうか。

心配で、自分にできることはないかとずっと考えているけれど、何も思いつかない。

「夢路様」

「わかってる。もう気にしてないよ」

ぶっきらぼうに言って、先を急ぐ。

神田明神の鳥居が見えてきて、夢路は感傷を振り払った。

上野(うえの)寛永寺は花見の名所、そこに作られた不忍池(しのばずのいけ)は、夏の蓮見(はすみ)の名所としても知られているが、この近辺にはもう一つ、密(ひそ)かな名所がある。

それは、出合茶屋である。逢引(あいび)きの場に使われる、あの場所である。

池の南側は料理屋、茶屋が数十軒も建つ盛り場になっていて、出合茶屋も軒を連ねている。有名な出合茶屋街なのだった。

「歩き通しで疲れたねえ」

寛永寺の広大な境内をひとしきり歩いた後、池の南側まで来た夢路は、そこでわざとらしくため息をついた。

「ちょっとそこらで休憩しようか。腹も減らないかい。何か食べよう」

茶屋に入って、近くの料理屋から料理を運ばせることもできる。

十代の頃から遊びまくっていた夢路なので、この辺の茶屋には詳しい。いくつか、いい店も知っていた。

でもクロは、夢路がそんなよこしまな算段をしているなんて、思ってもみないのだろう。

食事の話をした途端、ぐぐっと大きな腹の虫を鳴らして、赤くなっていた。

「すみません」

恥ずかしそうに腹を押さえる。可愛い。

「いいや。まだ昼も食べていないものね」

微笑んで、するりとクロの指に自分の小指を絡めた。

「ゆ、夢路様?」

「行こう。いい店を知ってるんだ」

ぴたりと寄り添う。そういうことをしてもおかしくない界隈に、すでに足を踏み入れていた。

少し歩いただけで、風光明媚な寺の境内とはがらりと雰囲気が変わり、猥雑な空気の流れる街並みが広がっている。

クロも変化に気づいたのだろう。気後れしたように周りを見回していた。

しゃんとおし、と背中を叩きたいところだけど、こういうクロも可愛くて、いつまでも見ていたいと思ってしまう。

「そこの角の店だよ」

夢路が指を指した時だった。

手前の茶屋からちょうど客が出てきて、夢路の手とぶつかってしまった。

「すまないね。ごめんなさいよ」

「いや、こっちこそ……あっ」

客が驚きの声を上げる。声につられて目を向けて、夢路もあっと驚いた。

「夢さん……」

いなせな若者が、目を見開いて立ち尽くしていた。

「吉次」

飾り職人の元情夫、夢路を二度捨てた男だ。

女と所帯を持つと言って夢路と別れたくせに、若い男といちゃついていた。

その腕には、先だって見たのとはまた違う、でも若い男がぶら下がっている。

「あ、夢さん……。こりゃどうも。あっ、これはその……」

吉次は焦った様子でへこへこ挨拶をした。

女と所帯を持つと言ったのが方便だというのは、夢路はとっくに知っているけれど、吉次はそれを知らない。

裏切りの決定的現場を夢路に見られたと、今さらおたついているのだ。

(それくらいなら、嘘なんてつかなきゃよかったのに)

別れて若い男の方に行きたいと言うなら、それはそれで別れてやったのだ。忘れていた苛立ちが蘇る。

しかし、せっかくクロと楽しい逢引きの最中なのだ。思い直し、内心とは裏腹に艶やかな微笑みを浮かべて見せた。

「お久しぶり。お元気そうだね」

「あ、はあ……いや」

困ったように頭を掻く男の前で、夢路はわざとクロに腕を絡めた。

「良かった。こっちはこっちで、元気にやってるよ」

吉次はその時、初めてクロに気づいたようだ。これだけ目立つ存在なのに、よほど焦っていたのだろうと、夢路は思った。

「私の間夫だ。いい男だろ。今は一緒に住んでるんだよ」

とびきり幸せそうな笑顔を浮かべる。

吉次より、クロの方がいい男だ。ちょっとは悔しがるだろうと思ったが、吉次はなぜか、一緒に住んでいると言った途端、傷ついたようにくしゃりと顔を歪ませた。

捨てたのはそっちなのに、どうしてそんな顔をするんだろう。

「……なんだよ、獣人じゃねえか」

クロと夢路を恨めしそうに睨んだ後、吉次はそう吐き捨てた。

「年食って、人間の男には相手にしてもらえないもんな。それでとうとう、犬畜生に手を出しやがったか」

「なんだと」

夢路は気色ばんだ。年増呼ばわりも、クロを侮辱するのも腹立たしい。

「へっ、あんたと縁を切っておいて良かったぜ。犬に腰振るような奴だったとはね。おっと、こっちに寄るなよ。獣臭いのがうつっちまわあ」

「この三下が。言ってくれるじゃないか」

夢路は腕をまくった。もっとも、喧嘩（けんか）はからきしなので、まくるだけであとはクロに任せるつもりだった。

「夢路様、行きましょう」

ところがそのクロは、少しも怒った素振りはなく、静かに夢路の腕を取る。

「逃げるのか。立派なのは図体だけだな。とんだ負け犬だ」

「負け犬はどっちだ、腐れ摩羅（まら）。おいクロ、離せ」

吉次があざ笑い、夢路はますます気色ばんだが、クロは取り合わなかった。夢路を片腕に抱いて、どんどん歩いていってしまう。

角を曲がり、吉次の姿が見えなくなってようやく、夢路は解放された。

「この馬鹿。なんで逃げるんだ。犬畜生呼ばわりされたんだよ。悔しくないのかい」

腐っても元は兵士だろう。あんな優男（やさおとこ）くらい、ぶちのめすのはわけもないだろうに。逃げ出したクロに腹が立った。

「あの男は喧嘩で不利になっても、自分から引いたりしないでしょう。俺は手加減が不得手だ。下手をすると殺してしまいます」

「殺しちまえばよかったんだ」

腹を立てているのは自分だけだ。相手が淡々としているのがもどかしくて、駄々っ子みたいにわめいた。

「だめですよ。それに、俺は何とも思っていません。この二年、もっとひどいことを言われたし、されましたから」

慣れてしまいました、と微笑む。

「そんなことに慣れてどうすんだ。すっとこどっこい」

心底悔しくて、夢路はどん、と相手の胸を拳で叩いた。かなり力を込めたはずだが、やっぱりクロの身体はびくともしなかった。

ドンドンと何度も胸を叩く。それでも痛がる素振りすら見せなくて、最後には「うーっ」と唸った。

「すみません」

歯噛みしていたら、優しく抱き込まれてしまった。クロはそんな夢路の背中をあやすように撫でる。

「でもさっきのは本当に、怒る必要のないことです。本気で怒って傷ついていたのは、あの男の方です」

「何であいつが傷つくんだよ。捨てられたのは私の方だよ。嫁を取るって言うから別れてやったのに、他の若い男とくっついてた。今はまた、別の若い男といて」

「……ではあの男は、やっぱり夢路様のことを本気で好いていたんですね」

「お前の頭の中は、いったいどうなってるんだ?」

クロに抱かれながら、夢路はわめいた。

本気だったら、どうして嘘を言って夢路と別れて、他の男と出合茶屋に入るのだ。

「同じ男だから、わかるんです」

「私だって男だ」

「同じ、夢路様を慕う男だから、です」

言い直した。そうか、クロは自分を慕ってくれているのか。

嬉しいが釈然としない。

「あの男は、俺が夢路様と暮らしていると知って、悔しかったんでしょう」

「私を捨てたのに?」

「はい」

深読みしすぎじゃないのか、と思ったが、背中を撫でるクロの手が気持ちよくて、そのうちどうでもよくなった。

クロと暮らし始めて、一月が経った。

一月の間に、夢路はクロを着飾らせて方々へ出かけた。

その効果はあったようで、黒乃屋ではこのところ異国人、特に獣人向けの商品がよく売れているという。

「実は、兄さんがクロを連れて来た時、ちょうど皇帝様の話を小耳に挟んだところだったんだ。あんたに相談しようと思っていたら、そっちから獣人を売り込んでくるからさ。びっくりしたよ」

黒乃屋の奥、主一家が住まう住居部分の座敷で、弟の幸路が茶を飲みながら言った。

今日は、クロに夏物を誂えてやろうと店を訪れたのだ。

例によって店の二階座敷に上がり、クロを立たせて反物や小物をとっかえひっかえ身に着けさせていた。

そこに幸路が顔を出し、奥へと呼ばれたのだった。

クロはといえば、今は目の前の庭で、幸路の三つになる娘と遊んでいる。

姪っ子は大柄なクロが気に入ったようで、さっきから抱き上げられてはキャーキャーと甲高い歓声を上げていた。その横で、幸路の妻も笑っている。

「皇帝様ってあの、皇帝様のことかい」

庭にいるクロたちを眺めつつ、夢路は弟に聞き返した。

「そう、京におわす我らが天子様でなく、大陸を統べる帝国の皇帝様だ。その皇帝が、戦で従えた国々を巡幸なさるって言うんだ」

それを聞いて真っ先に思い浮かんだのは、オロス国のことだ。

幸路も同じことを思ったのだろう。ちらりとクロのいる庭へ視線をやった。

「へえ。そりゃ、なんでまた」

「さてね。代々、領地を広げるために続けてきた戦も、オロス国を滅ぼしておしまいにしたそうだ。一段落ついたってんで、視察に回るんだとさ。この話をしたお役人は、『植民地』って言い方をしてたな」

聞き慣れない言い方である。おおかた、役人の言葉だろう。

「で、皇帝様は、この江戸にもおいでになるって話なんだ」

「ひのもとは、帝国の植民地なのかい？」

「違うけど、皇帝様からしたら、似たようなものなんだろうさ」

ひのもとは帝国と戦をしなかった。

まともにぶつかれば、クリム帝国は到底かなう相手ではないのだからして、早々に頭をたれたのである。

今のところ、こちらが貢ぎ物を続けてお目こぼしをいただいているが、相手の気分次第でどうにでもなる。

そういう意味では、他の植民地と立場は変わらないのかもしれない。

「小むずかしい話はどうだっていいんだ。とにかく、皇帝様が江戸に来るんだよ」

「うん。黒乃屋にとっちゃ、好機だって言うんだろ」

大帝国の皇帝の巡幸となれば、家臣たちも大勢やってくるだろう。

昔、ひのもとにも大名行列なんてものがあったらしいが、その比ではないかもしれない。

異国の、それも金を持った人たちがわんさか江戸に押し寄せる。

「城の近くにでっかい宿屋を建ててるのも、そのせいか」

だいぶ前から、公方様の住まう江戸城の近くで、何やら大掛かりな工事をやっていた。

もう一つ城でもぶっ建てるのかと思いきや、宿屋だという。

どんなお大尽様が泊まるんだいと言っていたけど、皇帝様がお泊まりになるのか。

「組合の旦那方も今、異国人向けの商品を仕入れ始めてる。そのうち、大陸の人たちが好むものは、どこも品薄になるだろうね」

品薄になれば値も上がる。

その点、黒乃屋は彼らよりも一足先に、そうした品々を買い付けた。

ただ品物を右から左に流すだけではない、品物の作り手側と交渉し、継続的に品を確保するのも仕事の一つである。

流行ると知って、他の商人が慌てて買い占めようとしても、いい品は先に、黒乃屋ががっちりと押さえているのだった。

「だから、クロさんを看板にしたのは妙案だった」

異国人向けの品といえば黒乃屋だと、江戸の人々に知れ渡った。

あの黒乃屋夢路が仕掛けたのだから、これからは異国人好みのものが流行るかもしれない……そんなふうに思った人も、中にはいただろう。

このところ、夢路の采配で仕入れた商品が恐ろしい勢いで売れているそうである。

「けど、それなら最初にクロを連れて来た時に、教えてくれてもよかったのに」

「あの時兄さんに言ってたら、嬉々として店のものを使いまくっただろ。いくら先々の投資だからって、儲けがなくなっちまうよ」

さすが弟、夢路のことをわかっている。

兄は大胆すぎて、たまに羽目を外しそうになるが、そこをきっちり締めるこの弟がいるからこそ、黒乃屋は手堅く商売を続けていられるのだ。

「しっかり者の弟ってのは、ありがたいねえ。でもさ、そういう話なら、着物のもう一着くらい……」

欲しい絽があったのだ。言いかけたが、幸路は「だめ」と、にべもなかった。

「そういや話は変わるが、兄さんが横浜から持って帰った反物、仕立ててみたけどなかなか良かったよ」

兄からねだられるのを恐れてか、弟が強引に話を変える。

「反物？　ああ、羊毛のやつだね。いいだろ。皺になりにくくて。手入れも簡単だってさ」

先日、クロを連れて横浜まで小旅行に出かけた。旧神奈川宿、異国人居住区のある界隈である。

そこには異国から入ってきた様々な品があって、物珍しさからあれこれ買ってきたのだった。

その中に、羊毛を織ってできた反物があった。織ったのは地元の職人だが、羊毛は大陸のものだ。

ひのもとではあまり羊毛に馴染みがないせいか、反物は売れていないようだったが、夢路はその手触りが気に入って、いくつか買い求めたのだった。

「うん。それに暖かいよ。これからの季節には向かないが、冬になったら売れそうだ。もう少し値が下がるといいんだがね」

「羊毛は珍しいからねえ。でも売れそうなら、また横浜に行ってみようかな」

それからまた、ぽつぽつと商売の話をして、お開きになった。

クロを連れて店を出る。

帰り道、夢路は何気なくクロに告げた。

「皇帝様が、江戸においでになるそうだ」

クロは相変わらず、三歩下がって歩いている。夢路が振り返ると、彼はわずかに目を見開いて驚いた顔をしていた。

だがすぐ、すっと目を伏せる。そうすると、感情がまるで見えなくなる。

彼と暮らし始めて一月。夢路はクロが時折、こうして一切の感情を消すことに気がついていた。

そうすると耳も尻尾も動かなくなり、クロが何を考えているのか、まるでわからない。

夢路はそんなクロを見ると、腹の中がモヤモヤする。

いつものクロは、感情にまかせてすぐ耳を寝かせたり、尻尾をぶんぶん振ったり赤くなったりと、笑ってしまうくらいわかりやすいのに、別人のように見えて心細くなるのだ。

「何とかお言いよ」

クロの無表情に苛立って、怒ったような口調になってしまった。クロが戸惑っている。

「何とか、と言われましても……」

すっとぼけた声音に、余計に苛立った。

「仇(かたき)なんだろ。嫌だなあとか、同じ江戸の空気を吸いたくないとか、ぶっ殺してやるとか、何かさ。あるだろ」

無遠慮な物言いなのはわかっている。国を滅ぼされ、大切な人を奪われたのだ。そんなふうに、簡単には言い表せないに違いない。

でもイライラするのだ。

貝みたいに口をつぐんで内に閉じこもり、人生を諦めたような目をされると、お前には目の前にいる人が見えていないのかと蹴飛(けと)ばしたくなる。

お前の目の前にいるのは誰だ。黒乃屋夢路様だ。お前の良人(りょうじん)ではないか。

こんないい男がいるのに、その男と、毎夜あれほど情熱的な交接を繰り返しているのに、まだ過去に囚われている。

昔別れた女を未(いま)だに引きずっているみたいで、どうにも腹が立つ。

さらに腹立たしいのは、そういう夢路の気持ちを、クロがちっとも理解していないということだった。

こうして急にわめくのも、どうせ気まぐれな主人のわがままだと思っているのだろう。

「わだかまりがないと言えば嘘になりますが、仇を討ちたいとは思いません。そもそも帝国の皇帝に、目通りがかなうはずもありません。巡幸があって町は賑(にぎ)わうかもしれませんが、それだけでしょう。俺には関わりのないことです」

死んだ魚のような目で、馬鹿正直に答える。ほら、やっぱり何もわかってない。

（昔のことだというなら、しゃんとして前を見ろって言うんだ）

思ったけれど、言葉にはできなかった。いまだに深く傷ついているだろう男の心を思うと、それは言えない。

気持ちの持って行き場がなくなって、クロのすねを蹴った。

「痛っ」

頑丈な男でも、さすがにそこは痛かったらしい。顔をしかめて足をさするのを見て、少しだけ胸がすっとする。

「ゆ、夢路様? 俺、何かお気に障ることを言いましたか」

「知らないよ」

つん、とそっぽを向いた。

「夢路様」

情けない声に安堵し、そのことを気取られたくなくて、夢路は前を向いたまま早足で歩き続けた。

思いがけずクロの過去を知ったのは、それから半月ほど後のことだ。

その日も夢路とクロの二人は、例によってめかし込み、浅草へ足を延ばしていた。

まだ日が昇りきらぬうちに家を出ると、浅草寺にお参りして、門前の賑やかな仲見世を見て回った。

「今度、この先の猿若町に芝居を観に行こうね。前に行った木挽町にある芝居小屋がいくつか、こっちに移ってきてるんだよ」

クロへの観光案内も兼ねているので、夢路は始終、クロにあれこれと話しかけていた。ちょっと浮かれていたかもしれない。

浅草寺の仲見世通りは、今日もいつものごとく参拝客でごった返していた。

洒落た装いの人々も多くいるが、そんな中でもクロの姿は一番目立った。

人ごみの中、クロの巨軀は頭二つ、三つ飛び抜けている。

その大柄な獣人の男が、今日は目の覚めるような真紅の地に、賑やかな花草紋の振袖を着ているのである。

クロの背丈に合うよう、特別に誂えたもので、白地の帯を斜め横に結び、衣文(えもん)を大きく抜いている。

中は黒く染めた襦袢で、髪を後ろに結んで紅(あか)い玉石が付いた簪を挿し、足元は高下駄だった。

さすがに派手すぎたのか、家でこれを着る時、クロも「これは……」とためらった。

地味な紺色の紬を着た夢路を恨めしそうに見たものの、渋々と袖を通していた。

夢路自身、今日はちょっと攻めすぎたかなと思う。でもけばけばしい衣装さえ、クロの美貌(びぼう)を損なわず、むしろ引き立てている。

今も行きかう人たちが、こぞってクロを振り返った。

芝居小屋が近くにあるので、役者か、芝居の客引きかと、さざめいている。

そのうち誰かが、隣にぴたりと付き添う夢路に気づいて、いや、あれは黒乃屋だ、黒乃屋がまた何かやっているのだと声を上げた。

その声に、夢路はさらに機嫌をよくした。

「人の目を残らずさらうってのは、気持ちがいいもんだねえ」

「……俺は、落ち着きません」

クロは困ったような声で言った。夢路に叱られるので、背筋も、それに耳も尻尾もしゃんと伸ばしている。

それに、今日は特に人通りの多い場所を歩いていた。

三歩下がらず隣を歩くせいか、クロが行きかう人から夢路を守るようにしているのも、気づいていた。

クロが歩くとまず人は驚いたように見上げて道を開ける。

でも時々、おしゃべりに夢中でこちらに気づかない若者や娘もいて、そういう時、クロは夢路にぶつからないよう、さりげなく前に出たり、そっと夢路の肩を抱いて引き寄せたりするのだ。

たぶん、彼にとっては主人を守るための当然の行動なのだろう。でも夢路はそんなことをされるのは慣れなくて、肩を抱かれるたびに内心でどきどきしていた。

そんなわけで、その時の夢路は、たいそう浮かれてはしゃいでいたのである。

「あっ、ほら、雷おこしだよ。クロは食べたことあるかい？」

仲見世の一つに浅草名物を見つけ、夢路はひょいとクロのそばから飛び出した。

「夢路様」

途端に、どん、と人にぶつかった。周りは見ていたつもりだ。相手がわざとぶつかってきたのだ。

「痛えなっ。てめえ何しやがる」

夢路を振り返って怒鳴ったのは、いかにもごろつきらしい風体の男である。

「何を騒いでやがる」

そうこうしているうちに、これまた風体のよくない男たちが二、三人現れた。

夢路にぶつかったごろつきが、「旦那方」と呼んで助けを求めるように駆け寄る。地回りのやくざだろうか。

「おい、お前さん方。誰にことわってここで商売してるんだ」

やくざ者の一人が言う。ぶつかったことには何も言わないから、最初から難癖を付けて絡んでくるのが目的だったのだ。

どこかでクロの派手な装いを見て、目を付けられていたのかもしれない。

「商売だって？　私らはただ、そこの観音様にお参りしにきただけだよ」

夢路がきっとして言い返したが、やくざは鼻先でそれを笑った。

「そんな派手ななりで、そいつは通用しねえな。どこの座のもんだ」

芝居小屋の宣伝だと思っているらしい。今度は夢路が鼻で笑った。

「座名なんてもんはないが、屋号ならあるよ。黒乃屋ってんだ」

大店の名を出せばビビると思ったのに、また笑われた。

「知らねえな」

カチンときた。何が腹が立つと言って、黒乃屋をコケにされるのが一番、我慢できないのだ。頭に血が上って、夢路は相手がやくざと知りつつ悪態をついた。

「お前はこの辺のやくざ者だろうが。だのに黒乃屋を知らないだと？　もの知らずにもほどがあるよ。そうやって役に立たない難癖付ける暇があるなら、ちったあ頭に知恵を回しな。この三下が。お前の頭は猿以下だ」

これだけ馬鹿にされて、やくざ者たちも怒らないはずがない。

「この野郎」

一人が近づいてくる。ひやりとした途端、夢路とやくざ者の間に、すっとクロが割って入った。

男が夢路に向かって伸ばした腕を横から取る。男はよろけたかと思うと、あっという間にクロに腕をひねりあげられていた。

「いっ、痛えっ。離せ！」

クロは怒りも焦りもせず、平気な顔をしていた。わめく男の腕を取ったまま、二歩三歩と前

へ出る。それから、男を突き飛ばすように解放した。

男は体勢を崩し、仲間たちの足元に尻もちをつく。怒りで真っ赤になった顔を上げ、立ち上がった。

「許さねえ。許さねえぞ、この犬野郎」

恨めしげに呻き、懐からすらりと匕首を抜いた。

「クロ」

夢路は青ざめ、思わず声を上げた。クロはしかし、相変わらず平静な顔で、ちらりと夢路を振り返っただけだった。

「大丈夫です。危ないので夢路様は少し、下がっていてください」

言われて、夢路はオロオロした。いくらクロが大男だって、刺されたらひとたまりもないのに。

誰か助けを……と、周りを見たが、みんな遠巻きにして助けてくれそうにない。

そのうち男が匕首を向け、クロに飛び掛かった。

「クロ！」

と、夢路が叫ぶより早く、クロは身をかわしていた。いや、身をかわしたのかどうかも、よくわからなかった。

ただ気づくとクロが半身をひねり、男が匕首を取り落としていた。

あれ？　と、男もきょとんとしている。その横っ面に、クロは拳を一つ叩き込んだ。

男はよろめいて後ずさり、それからどさりとその場に崩れ落ちた。

「こいつ、よくも」

仲間をのされ、残りのやくざ者たちが匕首を抜いて一斉に襲い掛かる。

彼らもまた、一呼吸する間に匕首を落とされ、拳を見舞われて倒れ込んでいた。

あっという間の出来事だった。あたりはしん、と静まりかえっている。

固唾(かたず)をのんで見守っていた周りの人々も、呆気(あっけ)に取られて言葉もないようだった。

そんな中、男たちが気絶して起き上がってこないのを確認した後、クロはくるりとこちらを振り返った。

「夢路様。お怪我(けが)はありませんか！」

夢路に近づいて、どこにも怪我はないか、ぶつかられた場所は大丈夫かと、心配そうに尋ねてくる。

「怪我って……いや、そりゃあこっちのセリフだが」

夢路も驚いていて、それくらいしか返す言葉がなかった。

クロは、かすり傷一つ負っていなかった。

その後、番屋に行って後始末を頼んだり、万一を考え、幸路に話をつけに黒乃屋へ行ったりしているうちに、日が暮れてしまった。

忙しくしていて気づかなかったが、家に帰る頃になって、クロがしょんぼりしょげているのに気づく。

「申し訳ありませんでした」

何かをひどく悔いるように、頭を下げるからびっくりした。

「なんでお前が謝るんだ？」

「俺が男たちを倒してしまったばっかりに、面倒をかけてしまいました」

「いやいや、そりゃあ私のせいだろう。お前は私を守ってくれたんじゃないか」

言うまでもなく、やくざたちが本気になったのは、夢路が後先を考えず悪態をついたせいだ。

「もっと言えば、最初に絡んできたやくざたちが悪い。お前は何一つ悪くないよ」

そう言ったけど、まだ元気がない。

そこで夢路は、家に着いて木戸をくぐった後、つと、クロに身を寄せするりと小指を絡めた。

「ゆ、夢路様？」

「せっかく助けてもらったのに、まだ礼を言ってなかったね。守ってくれてありがとう」

ちゅっ、と音を立て、唇の端に口づけた。

「あ……」

クロはたちまち真っ赤になる。

「お前が助けに出てくれて、ホッとした。頭に血が上って啖呵を切ったはいいけど、ほんとはちょっと怖かったんだ。喧嘩なんてからっきしだから。お前がいてくれて良かった」

あの場でクロがいなかったらと思うと、ゾッとする。今になって怖くなり、縋りつくようにクロの背に手を回した。

「夢路様……」

わずかな間の後、クロは強く夢路を抱きしめた。パタパタと、尻尾が振れる音が聞こえて、夢路は安堵する。

それからはいつも通り、湯あみをして夕餉を食べ、縁側で月と庭を見ながら、二人で酒を飲んでいた。

「それにしても、浅草でのお前の立ち回りは見事だったねえ」

クロの盃に酒を注ぎつつ、夢路は昼間の話題を口にした。

本当に見事だったし、なぜあれほどクロが武芸に秀でているのか、気になったからだ。

過去に関わることは聞かないでおこうと決めていたが、ここまで来たら何も尋ねないのもかえって不自然に思える。

それに、家に帰ってからクロは、何やら言おうか言うまいか、迷っている素振りを見せていた。

それで夢路も、ここらで一度、腹を割って話すべきだと考えたのだ。

いつまでもお互い、言いたいことを飲み込んで、上っ面だけの話をするのも窮屈だ。

クロとはそんな、上っ面の付き合いをしたくない。

「オロスの兵士ってのは、みんなああんなに武芸が達者なのかい」

夢路が何を聞こうとしているのか、クロもそれとなく理解したようだ。

「みんな、というわけではないと思います。俺は幼い頃から、剣術や体術をみっちり仕込まれましたから」

言うと、夢路が注いだ酒を一息に飲み干した。一つ息を吐き、それから意を決したようにまっすぐ顔を上げた。

「俺は、オロスの武人でした。本当の名は、レナト・ヴォルグ」

「レナト、ヴォルグ」

「どうか今までどおり、クロと呼んでください。故郷での名は捨てました。俺がヴォルグを名乗り続けるのは、亡くなった父や祖父……先祖に申し訳ない」

悲しげに、何かを悔いるように一度だけ、クロは目を伏せる。

「誇り高き武人だったレナト・ヴォルグは、もういません。俺は抜け殻となってオロスを出て、江戸に流れた。楽しいことなど何一つない、ただ息をするだけの生活でした。それでいいと思っていた。そのはずだった。でも、今はわからないのです。……わからなくなった。あなたに出会ってから」

戦のあった故郷を出て、死んだような生活を送っていた。まるでそれを、望んでいたかのようだ。

でも今、クロの心が変化している。

「話しておくれよ。お前のこと、もっと知りたいんだ」

懇願するように相手を見据えると、クロもその目を見つめ、やがて「はい」と切なげに微笑んだ。

「ヴォルグ家は古い武人の家です。当主は将軍職に就くのが慣例となっていて、俺も父が戦死したので、後を継いで将軍職に就きました。戦が終わる一年前ですが」

「こりゃあたまげたね。お前さん、将軍様だったのかい」

初っぱなから驚くべき事実が明らかになり、夢路は目を白黒させた。

「なら、公方様と同じ身分てこった」

「こちらの将軍様は、実質の王でしょう。俺はあくまで王に仕え国を守る武人です。当主となるべく教育を受けてきましたが、ヴォルグ家の本分は戦場に出て戦うことです」

それでも世が世なれば、お屋敷で大勢の使用人にかしずかれていた身分だろう。

「どうりで所作も綺麗で上品だったはずだ。子供の頃から礼儀作法を仕込まれてたんだろうね」

言うと、クロはうなずく代わりに耳を軽く揺らした。

「俺は一人息子でしたから、幼い頃から武芸だけでなく、様々なことを学びました。異国の歴史や語学も。ひのもとの言葉を話せるのは、そのおかげです」

江戸に来て二年、その日暮らしだったというクロが、なぜこうも流暢(りゅうちょう)に言葉を話すのか、これで平仄(ひょうそく)が合う。

「今思うと、父や祖父は、オロスの行く末を予測していたのかもしれません。オロス貴族があまり学ばない分野も、師をつけて教育してくれました」

「いい親御さんたちだったんだね」

「はい。母は俺が生まれてすぐ亡くなりましたが、祖父母や父がそのぶん愛してくれましたから。幸せでした」

クロが生まれた時はすでに、オロスと帝国の戦は始まっていた。ただ戦場はまだ遠く、クロは幸せな子供時代を過ごしたという。

「俺は今も、オロスに生まれたことを誇りに思っています。でもだからと言って、帝国を恨んではいません。いえ、恨んでいた時期もありましたが……時代と共に、滅びる運命だったのだと、今は思っています」

大切な思い出をなぞるように、クロは遠くを見つめる。

夢路が盃に酒を注ぐと、唇を湿らすようにちびりと口にし、また語り始めた。

幸せな子供時代だった。しかし同時に、自分もいつか父や祖父のように戦場に立つこともわかっていた。

クロの成長と共に、戦火は次第に王都へ近づいて行き、十五で初陣に立った。

それからクロは戦い続けた。その間に祖母の訃報を知り、祖父の戦死も戦場で聞いた。

やがて王都も戦火にさらされ、終戦の一年前、父が死んでクロがヴォルグ家の家名と将軍職を背負うことになった。

最後の一年、オロス軍は王城を最後の砦として籠城し、帝国軍と戦った。

しかしやがて兵糧は絶え、オロス国王は降伏を決意する。帝国からの再三の降伏勧告を受けた末の決断だった。

「降伏の交渉を行う軍使に、俺が任命されました。王の家臣の中で、帝国語がもっとも流暢だったので」

その場で殺されることもある、危険な役目だった。クロは死を覚悟しながら、帝国軍に女子供の命を助けてもらうよう、嘆願するつもりだった。

「こちらが思っていたよりずっと、帝国軍の処断は温情的でした」

全面降伏し、オロス国民すべてが帝国の臣下となって忠誠を誓うと約束するならば、命は取らない。

国王をはじめ戦に関わった家臣たちは、裁判によって処遇を決定する。それ以外のオロス国民は何ら咎(とが)めを受けないものとする。

裁判の結果、処刑されるかもしれない。だがそれも、王と側近だけだ。

クロが帝国側の処断を持ち帰ると、すぐさま王城の砦が開かれた。

帝国軍は城門をくぐり、クロをはじめ、家臣たちが迎える中、王のいる宮殿へと進んだ。

宮殿の奥で王が帝国軍を迎えるはずだったが、王は現れなかった。

「王妃と二人の王子も。あの方たちは、玉座の間で自害していました」

クロたち家臣らが王を探して玉座の間へ行くと、すでに全員がこと切れていた。

「王の腹心の部下が一人残って、王の遺(のこ)した言葉を我々に伝えました」

王は国を滅ぼし、オロスの民から誇りを奪った罪を、王家の血で贖(あがな)うのだと。

「そして俺たち家臣に、殉死を許さず生きろと申された。それが、陛下からの最後の命令だと。でもそれを伝えた老臣は、その場で自害したのです」

クロは両手で顔を覆った。

「二人の王子は幼く、下の王子はまだ四歳だった……」

夢路は何も言えなかった。

幼い子供たちの亡骸を見た時、クロはどんな思いだっただろう。

「戦でたくさんの命を殺めた。自ら手を下したし、俺の命令で敵も味方も大勢死んだ。なのに俺は生き延びて、幼い子供たちが代わりに俺の罪を贖った。その命を犠牲にして」

王子たちの死は、クロのせいではない。戦のすべてがクロの責任ではない。でもそう口にすることはできなかった。クロにだってわかっている。でも、心の持って行き場がないのだ。

「戦が終わってから二年、オロスの地に留まりました。戦の後処理をする者が必要でしたから。死ぬことも許されない俺には、それくらいしかすることがなかった」

戦に関わった王族や貴族たちは捕虜となり、オロスの地で帝国式の裁判を受けたが、その多くは財産をすべて没収された以外、これという処罰を受けることはなかった。

クロをはじめ、貴族だった元家臣たちは平民となり、彼らの多くは戦の後処理のために王都に残った。

王城を明け渡し、戦で荒れた国内が速やかに帝国によって治められるよう、帝国軍と共に働いたのだ。

特にクロは、帝国語が流暢だったため重宝された。

二年かけてようやく、戦後の処理は終わった。戦火に見舞われた王都も少しずつではあるが、復興の兆しが見え始めていた。

家臣たちが選んだその後の道は、様々だったという。

王都に残って平民として一からやり直す者、撤退する帝国軍に付いて帝国へ行った者、かつて自身の領地だった地方へ戻った者。

クロはその、いずれでもなかった。

手元に残った金はすべて、戦で困窮する者たちへ分け与え、自分はほとんど無一文でオロスの地を離れ江戸に流れた。

「何も考えていませんでした。考えられなかったんです。すべてを終えて、どうして自分だけ生きているのか、戦のない世界でどうやって生きて行けばいいのか」

何のあてもなく、ただ流されて生きた。

水が流れるように低く低く落ちていき、誇りを失い、異郷の者だと蔑まれ、惨めで辛かったけれど、それでも生きねばならなかった。主が生きよと言ったからだ。

「お前さんは、自分で自分に罰を与えてたんだ。みんな戦で亡くし、自分だけ生き延びたから。死んで詫びることができないから、自分を虐めることで罰してたんだ」

夢路の言葉に、クロは小さく微笑んだ。皮肉めいた、クロらしくない笑みだ。

「そうかもしれません。いえ、夢路様の言うとおりだ。俺は、何もできない自分が恥ずかしかった。後悔して、今でも夢を見ます。戦場の夢、王都で籠城していた時の夢、それに主たちが死んだ時の夢を」

あの時ああしていればよかった、という後悔があるから、当時の夢を見る。

「夢の中でも、やっぱり思うようにいかない。俺は失敗してみんなを死なせてしまう」

夢路は言葉が見つからず、ただ相手の肩に触れた。するとうつむいていたクロが、ふと顔を上げる。

虚ろな瞳をこちらに向けて、寄る辺ない子供のような表情をしていた。

「江戸に来てずっと、辛かった。苦しかった。でもそれでいいと思っていました。俺にはふさわしいと。でも、あなたと出会ってから変わった」

まるでそれが辛いことだと言うように、クロはくしゃりと顔を歪めた。

「暮らしに何の不自由もないだけじゃない。あなたはいろいろな所に連れて行って、俺に様々な景色を見せてくれる。毎日が楽しくて幸せで……」

クロは言葉を消し、両手に顔を伏せた。肩が震えている。

たまらなくなって、夢路はその肩を両腕で抱きしめた。

「自分だけ幸せになるのが辛いのかい」

小さな嗚咽の中、「だって」とつぶやく声が聞こえた。

「こんなこと、許されない」

「誰が許さないんだ。王様か、それともお前のご祖父様か、お父上かい」

クロは答えなかった。答えられなかったのだろう。彼らはきっと、クロを罰したりしないはずだ。

「お前を許さないのは、お前さん自身だ。自分でもわかってるんだろう。心の持って行き場がないんだね」

言いながら、肩や背中をさすった。母親が泣いて帰った子をなぐさめるように。クロにはなぐさめが必要なのだ。彼の心はまだ、ぱっくり傷口を開いて血を流している。

「お前さんは意固地だよ。でも優しくて、性根が美しい。暮らしぶりが落ちたって貴公子のまだ」

何を言い出すのだと、クロは顔を上げた。

「だって、戦が終わって今日まで、誰に当たるでもなくじっと耐えてたんだもの」

もっと荒(すさ)んで、暴れたって不思議ではないのに、苦しみを誰にも告げず、身の内に抱えて耐え続けた。

「お前の心の中にあるのは、後悔だけじゃないだろう。恨みつらみだってあるはずだ。本当は王様に言いたいんじゃないのかい。なぜ自分を置いて死んだのか。家臣に死ぬなと言いながら、妻と幼い子らを道連れにした。老臣には殉死を許した。あんた勝手なんじゃないか、ってさ」

クロがすがる間もなく、勝手に死んでしまったのだ。死ぬ必要なんてなかったのに。

「本人はそれでいいかもしれないが、残されたほうはたまったもんじゃない」

夢路の言葉に、クロがまた顔を歪ませる。泣くかと思ったら、彼の口から「ははっ」と笑いが漏れた。

「そうです。その通りだ。俺は王に、まさにそう言いたかったんだ」

ははは、と、クロは笑った。笑って泣く彼を、夢路は抱きしめる。

「ああ、言ってやんな。言っても苦しいままかもしれない。そん時は私に吐き出せばいい。それからせいぜい、面白おかしく生きてやるんだ。誰が許すも許さないもない。どうせ死んじまった人間には何もできないんだから。……だから、お前はその人たちの分まで楽しく幸せに生きてやるんだよ」

クロは黙り込んだまま、もぞりと動いて夢路の腰に腕を回した。こちらに身を預け、夢路の胸の中でゆっくり息をする。

「お前は、私と暮らすのは嫌かい」

優しく尋ねると、胸の中で男の顔がふるりと横に振れた。

「……俺は、あなたといたいです」

くぐもった声に、安堵と喜びが湧く。

「じゃあ、これからも一緒にいよう。苦しいことがあったらまた、こうして吐き出せばいい。じっと我慢してることはない。お前さんは一人じゃない。私がいるんだから」

言うと、クロは一瞬顔を上げ、それからすぐ、がばっと夢路の胸に顔をうずめた。

ありがとうございますと、胸の中でつぶやいた声が震えている。

夢路も胸が熱くなって、抱きしめる男の首筋に顔をうずめた。

クロが愛しい。彼に寄り添い、彼の傷を癒してやりたい。

強い気持ちがとめどもなく溢れ、夢路は自分でも驚いていた。

あまたの男と付き合ってきて、これほど激しい感情を覚えたのは初めてだった。

彼のそばにいたい。クロが離れたいと言っても、離したくない。

一方通行でもいいから、クロを手元に置きたいと願っている。

クロが同じだけの気持ちを返してくれる保証はない。慕ってくれてはいるだろう。でも、それが本気の恋とは限らない。

でもそれでもいい。

（いつの間に、本気で惚れちまってたか）

気づいたけれど、もう後戻りなどできなかった。

夏が過ぎ、秋になった。

異国人向け、特に獣人向けの商品は、黒乃屋にすっかり定着した。

これまで獣人の客は裕福な層が中心だったが、この頃は庶民もちょっとした贅沢品を買いにやってくる。

黒乃屋で扱う獣人向け商品は、クロの意見を取り入れて、獣人でも身に着けやすいものになっていた。

使いやすい。値段のわりにうんと質がいい。品揃えが豊富だ。人間でも獣人でも、お大尽でも長屋暮らしでも、見てくれに関係なく丁寧に扱ってくれる。

黒乃屋は以前にも増して繁盛した。

夏頃までは様子を見ていた他店の主人たちも、この頃はこぞって黒乃屋を真似、獣人向けの商品の仕入れに余念がないようだ。

ただし夢路たちの最初の目論見通り、仕入れが集中すれば品薄になり、値も高くなる。ともすれば質も悪くなる。

最初から仕入れ先を押さえている黒乃屋は値も質も変えず、今のところ黒乃屋の独り勝ちだった。

そんな折の、帝国皇帝のご巡幸である。皇帝は人間だが、家臣には獣人も多い。

「帝国はもともと小さな人間の国から始まり、周りの獣人の国を戦で手中に治めて帝国を名乗るようになったのです。二百年も前のことですが。ですから、帝国の貴族には獣人も多いです」

クロが言うのを、夢路と幸路、それに黒乃屋の番頭たちも「へえ」と、感心して聞いている。

夜、店を閉めた後に、黒乃屋ではクロによる異国指南が行われているのだった。

ひのもとではこれまで、異国人の入出国の数を制限していた。その制限が最近になって解かれたというのだ。

帝国皇帝からの要請とあれば、江戸幕府も否とは言えない。

皇帝の巡幸で、大陸のひのもとへの興味が高まるのを見越してだろうと、先日、その話を聞いたクロが言っていた。

皇帝が巡幸の一番最初の訪問にひのもとを選んだこと、幕府が異国人の入出国制限を解いたことから、窺えるという。

大陸において、ひのもとは海の向こうの辺境である。ひのもとという国を知らない者もいる。それが今回の巡幸で、一気に注目を集めるだろうと、クロは言うのだ。大陸が注目し、さらにひのもとの文化に興味を持てば、交易も増える。そうすれば、ひのもとも異国への興味がいや増して、双方の商いに活気が満ちるというわけだ。

商いが活発になれば、帝国国内の、あるいは植民地にした国の物も売れ、税収も増える。それが帝国の狙(ねら)いだろうと、クロは推察している。

夢路に生い立ちを打ち明けてから、クロは帝国のことやオロスのことも、自分から話題にするようになった。

まだ夢にうなされることはあるし、時どき暗い顔になることもある。でも少しずつでも、クロとの距離が近づいているようで夢路は嬉しかった。

それに、オロスで戦後の二年間、帝国軍と戦後処理にあたったクロは帝国の事情にも通じていて、彼の話は実に興味深い。ためになることばかりだ。

これは自分だけ独り占めしている手はないと、黒乃屋でクロが講義を聞かせることを思いついたのだった。

幸路に持ち掛けると、これが思いのほか喜ばれた。そういうわけで、店の者がこうして集まっているわけである。

「帝国貴族は華美を好みます。夢路様に横浜に連れて行っていただいた折、帝国貴族の様子も拝見しましたが、二年前と事情は変わっていないようです。服なら布地は絹、緻密(ちみつ)な刺繍(ししゅう)や細かなレースをあしらったものが喜ばれます。獣人貴族に特にその傾向がありますね。帝国建国前からいる人族の貴族に対し、一種の劣等感を持っているので、ことさら自らの富を主張するのです」

クロに帝国見聞録を書かせて本にしたら、これまた儲かるのではなかろうか。

そんな勘定を頭の中でしつつ、夢路もクロの門弟に加わって講義に耳を傾けていた。

「帝国の富裕層にはですから、わかりやすく価値のあるものがいいです。装飾なら金銀、装身具なら大きく希少な貴石をあしらったもの。大きければ大きいほどいい。一見地味に見えるけれど実は凝っているとか、小さくて緻密なものなどはあまり、理解されません」

「帝国貴族様は大雑把なんだね」

幸路が言うので、夢路は思わず笑ってしまった。夢路もクロにこの話を聞いた時、同じ感想を漏らしたからだ。

クロも思い出したのか、クスッと笑って夢路に視線をやった。人懐っこい笑いで、そうすると可愛い顔になる。

笑顔も以前より増えた。それも柔らかく、穏やかな笑顔が。

「代々の皇帝が貴族に富を競わせた結果でしょう。貴族の豪華主義は変わりません。ただ、今の皇帝陛下は合理的な方で、見た目の華やかさより実を好みます」

「質素倹約に努めておられる、ということですかな」

大番頭が尋ねると、クロは「そういうわけでもないんです」と、かぶりを振った。

「とにかく理詰めな方なのです。着飾ることで自分が優位になるなら、贅を凝らして着飾ります。倹約が必要となれば、ボロでも迷わず纏います。衣装に限らず、食べ物もそうですが。必要性のあるもの、目的にかなうものなら、とにかく何でもいいのです」

本当に理詰めだなあと、一同から嘆息が漏れる。これは夢路も初めて聞く話だった。

クロは帝国のことだけでなく、皇帝の人となりも良く知っているのだ。

「陛下ご本人は、食べ物も着る物もさして興味はありませんが、服は肌触りのいいものがお好きだと……陛下を知る方から伺ったことがあります」

クロはどうやらその人物から、皇帝の人となりを聞いたらしい。

「肌触りねえ。なら絹より綿か」

「しかし、かといって質素な木綿なんて献上したら、幕府から大目玉を食らいますよ」

「黒乃屋はもとは小間物屋だ。櫛や根付で勝負しましょう」

「小さいものは理解されないんだろ」

「いっそ大きな置物とか。あ、金塊を献上するのは」

「お貴族様相手ならともかく、皇帝陛下に献上するものだからねえ」

黒乃屋の人々があれこれと意見を付き合わせる。

そう、黒乃屋は今、皇帝陛下への献上品に頭を悩ませているのだった。

幸路がクロの帝国指南を喜んだのも、これが理由である。

このほど幕府から全国の商人たちに対し、皇帝陛下への献上品を用意せよとお声がかかった。商人なら誰にでも声がかかるわけではないから名誉なことだ。ありがたいが、話はそれだけではなかった。

なんと、皇帝陛下に献上された品に番付をつけてもらい、一番の品に帝国のお墨付きを与えるというのだ。

誰が考えた余興か知らないが、幕府からお声掛けのあった商人たちは大わらわである。

ただ献上するだけならば、店の宣伝にもなる。「帝国皇帝献上品」と銘(めい)打てば、その品は大いに売れるだろう。

しかし、これに順位を付けられて、下位になったりしたら店の看板に泥を塗(ぬ)ることになる。「献上品」なんて銘打って売り出したら、皇帝はありがた迷惑だったじゃないかと揶揄(やゆ)されかねない。

大変なことになった。しかもこの競い合いは国中の人々の知るところとなっている。江戸でも、皇帝陛下のご巡幸と献上品の話で大騒ぎだ。

どこから漏れたのか、幕府から声掛けのあった店の一覧が出回り、どの店がお墨付きをもらうか、賭(か)ける者までいるのだとか。

これはよくよく吟味(ぎんみ)して献上しなければならない。黒乃屋も、話を聞いた時からみんなで頭を悩ませていた。

そもそも一介の商人、しかも江戸のお店(たな)で、帝国の事情に精通している者などいない。

だからこそ、クロの存在は黒乃屋にとって時の氏神というわけだった。

「兄さんも真剣に考えておくれよ」

黒乃屋の人々が侃々諤々(かんかんがくがく)、意見を突き合わせているのを夢路がはた目で見ていると、幸路が目ざとく気づいた。

「えっ、うん。いや考えてるよ」

考えてはいるのだが、今一つ夢路の勘に触れるものがない。

それに好いた男への貢ぎ物ならともかく、顔も知らない異国のオヤジへの献上品だと思うと、気持ちが萎える。

クロによれば、皇帝陛下は五十を超えなお壮健な方だというが、いい男かどうかは「そこまでは知りません」だそうだ。

あの時のあれはわりと、突き放すような返答だった。焼きもちだろうか。

「どうにも埒が明かないね。みんなもう少し、それぞれで頭をひねってみようじゃないか。五日後にまたここで、知恵を出し合おう」

いつまで話してもこれという案は出ず、幸路がぱん、と手を打って話をまとめた。

クロの帝国指南も、これにてお開きになった。番頭たちは挨拶をして座敷を下がる。夢路たちも、お暇しようかと腰を上げかけた。

そこにすかさず、幸路が念を押す。

「兄さんも、あとクロさんも。よろしく頼みますね」

「あっ、はい」

「俺もですか」

クロは驚いている。指南はするが、知恵を求められるとは考えていなかった、そんな顔だ。

「そりゃそうでしょ。あなたがこの店の誰より皇帝様の事情に詳しいんですから。あんたはうちの看板、もううちのモンですからね。よそで浮気をしたらいけませんよ」

幸路の軽口に、クロは生真面目に頭を横に振った。

「浮気なんて。決してしません」

よろしい、とでもいうように、幸路はにっこり笑う。それから、隣でニヤニヤしている夢路を睨んだ。夢路も慌てて姿勢を正す。

「わかってる。私も真面目に考えるよ」

「どうも気が抜けてるねえ。店の沽券にかかわるんだから、頼みますよ」

わかったと言っているのに、幸路はしつこい。早く帰ろうと思ったところに、「実はね」と弟が声を低くして切り出した。

「お声掛けのあった店の中に、あの三国屋も入ってるんだよ」

あの、というところを強調して言う。夢路は何でもない顔をしようとしたが、ぴくりと頬が引きつった。

「そうかい。ま、あそこは老舗の大店だから、当然といや当然だね」

素っ気ない兄に弟は一瞬、気がかりそうな顔をして、それからちらりとクロを見た。

「三国屋の若旦那は、武家の末のご息女を嫁にもらっただろう。その嫁の実家が、外国奉行の役にあるのは知ってるかい」

外国奉行、外国方というのは、帝国と協定を結んで以降にできたお役目の一つである。

そのことは夢路も知っていた。若旦那が嫁をもらった時、噂で聞いたのだ。

奉行職はお目見え以上の旗本の職、その子女だからして、士分を抜けて町方の養女となり、三国屋に嫁いだようだ。

成り上がりの黒乃屋とは財力も店の格も違う三国屋だから、嫁がせる側も何かと旨味があるのだろう。

「外国奉行……というのは、異国との外交を担う役目でしょうか」

夢路が当時を思い出しむっつりしてしまったのを見て、クロが言った。その通り、と幸路がうなずく。

「外国方はお役目柄、帝国大使とも親しくしておられるそうだ。おのずと帝国の事情にも詳しくなるだろう」

「なんだい。それじゃあこの番付、八百長だってのかい。けっ、三国屋のやりそうなことだ」

あの野郎……と、しばらく会っていない男の顔を思い出し、悪態をつく。隣では、事情のよくわからないクロが、不思議そうに夢路と幸路の顔を見比べていた。

「八百長と、そこまではいかないだろう。いかな三国屋といえど、そこまでの力はないさ。でも相手が他よりだいぶ先んじてるのは確かじゃないかい」

幸路の言う通りだ。相手は帝国で、奉行といえど一介の役人が仕組めることではない。しかし、大使が味方に付いているというのは大いに有利ではないか。

三国屋ならば嫁の実家を抱き込んで、大使と親しくなっているのは間違いない。

「裏でコソコソ立ち回るなんざ、あの野郎のやりそうなこった。よっし、やるよ。あんなフニャ摩羅野郎に負けるわけにはいかないね」

「フニャ……マラ?」

俄然、燃えてきた。クロは目を白黒させている。

「兄さん、その調子だよ」

幸路がにこっと笑顔を貼り付けて言った。

正直なところ、これまで番付のことはさして心配していなかった。

黒乃屋で扱う品は、手頃な値のものから職人の粋を尽くした最高級のものまで、豊富に取り揃えてある。

幸路も番頭たちも目利きだし、商売の潮目を読むことに関しては夢路自身が自信を持っている。これに帝国通のクロも加われば鬼に金棒、番付の下になることはまずないだろうと踏んでいた。

お墨付きは欲しいが、是が非でもというわけでもない。

しかし、三国屋が噛んでいるのであれば話は別だ。

三国屋の若旦那には負けたくない。奴とはちょっとした、でも決して忘れられない因縁がある。

「まだ拗ねてんのかい」

黒乃屋で帝国指南をしたその翌日。

二人して町を歩きながら、夢路は隣にいるクロに言った。

近頃は、何も言わなくてもちゃんと隣を歩くようになった。ひたすら耐えて滅私奉公、みたいなところがなくなり、ほんの少しだが我を出すようにもなった。

それは喜ばしいことなのだけど、今はちょっと困っている。

「拗ねてなどいません」

きっぱり言ったクロはまっすぐ前を向いていて、こちらをちらりとも見ない。

今日はさっぱりとした花紺青の上布をぞろりと着付け、相変わらずの男ぶりだ。

夢路とクロは連れ立って、向島へと出かけているところだった。

今朝、唐突に思いついたのである。

献上品のことで頭を悩ませてみたが、いい案は浮かばない。

こういう時は目先を変えるに限る。

ということで、がやがやした江戸の喧騒を抜け、隅田川の向こう、風情のある景色の中を歩いてみようと考えたのである。

向島は豊かな田畑が広がると共に、数多くの古刹や料亭が建ち、文人墨客が集い、金持ちの別荘地でもある。

いつもと違う景色を見れば、何か思いつくことがあるかもしれない。ないかもしれないが、とりあえず遊びに行こう。

まずは家から隅田川の渡し舟へ向かったのだが、その間もクロの様子が素っ気ない。

何だろうと考えて、思い出した。

昨夜、黒乃屋を辞して家に帰ってから、三国屋のことをクロに聞かれ、打ち明けたのである。三国屋の若旦那との因縁を知ると、少ししょんぼりしていたが、二人で床に入った後はいつもどおりだった。

朝は、夢路が急に向島へ行くと言い出したせいでバタバタしており、どんな態度だったか忘れた。

でも今、こうして歩きながら話しかけても、返事がはかばかしくない。いつもなら尻尾を振って、熱心に相槌を打ってくれるのに。

「そういう態度を拗ねてるって言うんだろ」

「拗ねてません。夢路様、しつこいです」

「なんだと、クロのくせに」

軽く脛を蹴ると、「夢路様！」と、非難がましい声を上げた。

「横暴です」

「ああそうだよ。横暴で乱暴で淫乱だよ」

「淫乱だなんて、そんなこと言ってないでしょう。俺は拗ねてなんかいないって言うのに。夢路様は鈍ちんだ」

言いたいことを言ってくれる。むかっ腹が立ってもう一度脛を蹴ろうとしたが、今度はサッと避けられた。

体術でクロにかなうわけがない。

「けっ、このトンチキのおたんこなす」

仕方なく、子供みたいな悪態をつく。クロもむっつりしたままで、おかげで渡し舟に乗って両国に着いてからも、しばらくは二人ともつんけんしていた。

（なんだよ。言いたいことがあるんなら、言やあいいじゃないか）

せっかく楽しく、風光明媚な向島を楽しもうと思っていたのに。台無しだ。

吉次の時は、ひどい侮辱を受けてもおっとりしていたくせに。

いったい、昨夜の話の何がそんなに気に食わなかったのか。

思い返してみても、クロがそこまで屈託を抱える心当たりがない。

本当に大した話ではなかった。ただ、三国屋と何があったのかと聞かれたから答えただけだ。

日本橋の老舗、三国屋の息子、木野尚継は昔、夢路といい仲だった。今から三、四年も前になるだろうか。

わりかし本気ではあった。一緒に暮らしてもいいと考えるくらいには。

同じ年で、どちらも商家の長男なのに根っからの男好き、多情でたまに他の男にちょっかいをかけるところまで、よく似ていた。

違うのは、尚継の三国屋が老舗の大店で、強権を振るう父に頭が上がらないのに対し、夢路は自身で店を動かし、好き勝手にやっていたところだろうか。

それでも尚継は、自分も所帯を持つことは考えていないと言っていた。

『店は妹に婿を取らせるから心配ない。俺はあんたと所帯が持ちたい。男夫婦になって、一緒に暮らしたい』

なんてことを言うから、夢路はすっかりその気になってしまった。

ちょうど幸路夫婦に子供が生まれた頃で、離れでも作るかなと考えていた。

それなら、家を建てて尚継と住もう。十代の頃からずっと稼ぐばかりだったから、金には困っていない。

思いついたらすぐ行動する夢路である。尚継に自分の考えを話した。

いいねと、尚継は喜んでくれた。二人で暮らそう、とも。だから、彼の言葉を真に受けて、夢路は今の家を建てた。

それでいざ家ができたら、嫁を取るからあんたとは別れると言われたのである。

『男夫婦だって？　はっ、馬鹿馬鹿しい。そんなことできるわけないだろ。私は三国屋の総領息子だ。黒乃屋なんてぽっと出の小間物屋とうちとじゃ、家格が違うんだよ。あんたみたいに好き勝手できる身分じゃないんだ。それくらいのこと、わかってると思っていたが。まったくあんたは名前の通り、夢ばっかり見てるね』

そろそろ目を覚ましちゃどうだ。憎々しげに言い捨てられ、愕然とした。

まあ、夢路も一人で突っ走っていたところはある。でもそれならそうと、止めてくれればよかったのだ。

家を建てると言った時、土地を探してきた、腕利きの大工を見つけたと、その都度告げた時にいくらでも止める間はあったのに、『そりゃよかった』『あんたに任せておけば安心だ』などと、おだてるようなことを言ったのは尚継である。

夢路がなじると、尚継は嘲笑った。

『一人でくるくる空回ってるのを見るのは楽しかったね。私はね、以前からあんたの、その独りよがりなところが嫌いだったんだ。周りがコツコツ地道に生きてるのに、あんただけフワフワフワフワ、凧みたいに浮かんでやがる。いつかあんたに吠え面かかせてやろうと思ってた。せいせいしたよ』

それが彼と言葉を交わした最後だ。風の噂で、尚継が武家の息女を娶ったと耳にした。

あの時はすっかり打ちひしがれて、せっかく建てた家なのにしばらく家移りする気が起きなかった。

そんなに嫌われるほど自分はだめな奴だったのかと、どっぷり落ち込んだ。

でもやっぱり、それなら先に言ってくれよ、と思う。だいたい不満だったら、こっちだっていろいろあった。

尚継は気弱なくせに見栄っ張りで、時々夢路を見下すところがあった。それに顔はいいけど身体（からだ）はいまいちだったし、あそこの勃（た）ちが悪くていつも一回しかできないし。

思い出すと今でも腹が立つ。あれが一番、ひどい別れ方だった。

あいつの店と競う機会があるなら、そりゃあ負けたくない。

でも、それだけなのだ。怒りはあるが、未練はない。

尚継に振られてしばらくはベソベソ泣いていたが、やがてその痛みも忘れて新しい色恋を楽しんだ。

クロにはそう言ったのだが、彼は、

『ではこの家は、その男と住むための家だったのですね』

しょんぼりした声で、そうつぶやいただけだった。

それきり何も言わないから、気にしていないのかと思いきや、翌日になってもむっつりしている。

しかもそれを言ったら、横暴で鈍ちんですと来た。

しばらく怒ってぷりぷりしていた夢路だったが、両国の賑やかな界隈を抜けるうち、だんだんと不安になってきた。

尚継と暮らすと言って浮かれていた時と、今とが重なったのである。

もしかして自分は、また一人で浮かれているのだろうか。

夢路はこの男に本気の恋をしている。

クロに過去を打ち明けられ、心の屈託を見せられたあの時、気がついた。

クロは今までのどの男とも違う。今回ばかりは、別れると言われても、はいそうですかと綺麗に縁を切れそうにない。

そろそろ独り立ちしたいと言われ、その時自分がどんなふうになるのかわからず、不安だった。

今はまだ、異人向けの商売が軌道に乗ったところだからと、商いを口実に引き留めておける。

でもいつか、クロは夢路のそばからいなくなる。

みんなそうだった。かつての男たちは、好きだのお前だけだのと言いながら、最後には夢路を捨てていった。

だからクロもそうだろう。そもそも彼は、夢路の情夫になんて収まる柄ではないのだ。

元は異国の貴族で将軍だったという、その出自だけではない。

語学に堪能で、通詞もできる。教養があって、帝国の事情にも通じている。

戦後の処理のために尽力したというから、オロスの中枢にかかわって仕事をしていたはずだ。その気になれば、どんな仕事もできる。横浜に行けば、各国の領事が彼を雇いたいと言うかもしれない。

賢い上にそれをひけらかさず、万事において控えめだ。さらにすこぶる容姿もいい。

夢路の家で暮らして数か月、痩せていた身体にも肉が付き、見違えるようになった。

以前から逞しかったが、たっぷり食事をして朝は一人で武芸の稽古で身体を動かしているようで、隆々とした肉付きになっている。

今もこうして、さして派手な格好をしているわけでもないのに、行きかう人はクロを振り返るのだ。

それが誇らしくて、少し切ない。

今のクロはもう、夢路のお節介なんか必要ない。一人で生きていけるのだ。

まだまだ年だって若いし、どんな女だって選び放題だろう。

などと考えていたら、どんどん落ち込んできた。

「夢路様」

そっと肩を抱かれ、どきりとした。

目の前を荷車が通り過ぎる。ぶつかるところだった。

いつの間にか両国のさらに北、本所吾妻へと差し掛かっていた。

「すまない。ぼうっとしてた」

人もまばらになり、田畑がちらほら見え始めている。

せっかく遊びに来たのに、ちっとも楽しい気分じゃない。これじゃあ献上品でいい案など思いつかない。

「夢路様、すみません」

肩を落としかけた時、クロが上から覗き込むようにして言った。

ちらりと窺うと、クロはもうむっつりはしておらず、心配そうに夢路を見ている。

「横暴で鈍ちんて言ったことかい」

「いえ。それは本当のことなので、謝りません」

きっぱり言うので、夢路が脛を蹴飛ばそうと足を上げたら、またサッと逃げられた。

「なんだよ！」

喧嘩を売ってるのか。拳を振り上げると、クロはあっさり手のひらで受け止めた。

そのまま夢路の腕を取り、自分に引き寄せる。強引に腕を引かれてまろぶと、広い胸の中に抱き留められた。

「すみません、夢路様」

またよくわからない謝罪をして、優しく抱きしめる。うなじに軽く口づけられた。

（この野郎……）

そんな手管、どこで覚えてきやがった。

「拗ねてないと言ったのは、嘘です。あなたの昔の男に嫉妬していました。あの家を、男と暮らすために建てたと言うから」

気持ちを打ち明けられて、ほっとした。

良かった。自分がまた何か、独りよがりでやらかして嫌われたのではなかった。

「嫌われたと思った」

安堵のあまり、ついぽろりと、愚痴みたいに言ってしまった。

「まさか」

驚いた声がする。

「俺があなたを嫌うなんて、あり得ません」

言われて、不覚にも泣きそうになった。じわりと涙ぐんだ自分に羞恥を覚え、ふん、と鼻を鳴らしてしまう。

「どうだかね。私はしつこくて、横暴だし鈍ちんだから」

せっかく向こうから仲直りをしようとしてくれているのに、我ながら可愛くない。

でもクロは怒らなかった。代わりにくすりと笑って、夢路を抱いたまま、あやすようにゆらゆら揺れた。

「でも俺は嫌いになりません。夢路様が好きです」

私も、と言おうとしたのに、どうしても言えなかった。照れくさいのとも違う。好きだ愛していると、どうして言えないのだろう。

「……うん。脛、蹴ってごめん」

それしか言えない自分が嫌になって、気持ちを持て余し、ぎゅうっと相手にしがみついた。大の男が二人、道端でぎゅうぎゅう抱き合っているのは、胡乱な光景だったと思う。行きかう人に見られているのはわかったが、それからしばらく、二人は抱き合っていた。

それからは、心の屈託は振り払い、散策を楽しむことにした。

本所吾妻からさらに北、墨田堤を歩く。のどかな田園風景を眺めつつ、いつもどおりあれこれ話をした。

「日本橋からそれほど離れてないのに、こんな場所もあるんですね。田畑がたくさんある」

「江戸の市場に並ぶ青物を、ここで作ってるからね」

青物の仲買いがほうぼうの農家から買い入れて、それが市に並ぶのだ。

「魚は日本橋、青物は神田ってね。旬のものがたくさん……」

その時ふと、何か心に引っかかるものがあって、夢路は首を傾げた。

「どうかしましたか。足が痛いなら、おぶりましょうか」

クロが背中を向けてしゃがもうとするから、「違うよ」と、手を振った。

「いやさ。お上は皇帝様の献上品を、どうして商人に競わせるのかと思って」

夢路の言葉の意図がわからなかったのか、クロも同じように首をひねる。

「お偉い様に品を献上するといったら、その土地土地の名産品なんかを贈るもんだろ」

「商人が、その各地の品々を仕入れて売るからではないですか？」

何が不思議なのだ、という口調だ。夢路自身も、何が引っかかるのかよくわからない。

でもこの、降って湧いた疑問は、放っておいてはいけない気がする。ただの勘だが。

「それなら、各地で競わせればいいんだよ。諸大名が公方様に領地の名品を贈るのだって、商人に用意させてるんだ。商人たちがめいめい思うように献上して、仕入れ先が被っちまったらどうするんだ？　違う店が同じもんを献上しちまったら、番付にならないだろ」

「なるほど。それもそうですね」

クロが真面目な顔になる。うーんうーんと唸っている夢路の横で、クロも腕を組んで考え始めた。

夢路より、クロの方が頭がよく回る。すぐに腕を解いて「あの」と、口を開いた。

「今回の番付は、お上が考えたのではなく、帝国側からの提案だったらどうでしょう。各地の名産品が欲しいわけじゃないから、ではないでしょうか」

「じゃあいったい何が欲しいんだ？」

「新しい貿易品」

よく通る声で、きっぱりとクロは言った。だがすぐに、「いやでも、それだと……」と、再び考えこんでしまった。何か思いつくものがあったらしい。

立ち止まっていては、いつまでも目的地に着かない。仕方なくクロの袖を引いて道を歩いた。クロはすっかり考えに集中してしまい、景色も見ない。夢路が代わりに景色を堪能することにした。

堤を下りて道を逸れると、長閑な田畑の間にぽつぽつと邸宅が見えた。武家や大店の別荘だろう。

（いいなあ）

自分もそのうち、ここらに別宅を構えて、クロと二人でのんびりしっぽり、楽しむのはどうだろう。考えると夢が膨らむ。

（ただの夢だけど）

ふっ、と皮肉に笑いを漏らした、その時だった。

視線の先にあるものを見つけ、

「あっ」

夢路は思わず声を上げた。

その声に、クロも驚いて顔を上げる。

「何か思いつきました？」

「いや、違う」

どうして自分はこう、間が悪いのだろう。

さっきの答えを見つけたのではない。

道の向こう、趣きある屋敷の門の前に、一人の男が立っているのに気づいたのだ。

「尚さん」

それはなんと、三国屋の若旦那、木野尚継だった。

何年も顔を合わせたことがなかったのに、どうしてこんなところで出くわすのか。

しかも尚継は、一人ではなかった。尚継を出迎えるように、門の内側から若い男が顔を出していた。

戸を押さえる白く艶っぽい手つきと、着物の衿を大きく抜いた姿が玄人らしく、陰間上がりと見える。

向島の別宅に、妾を囲っているのだ。

(まったく、どいつもこいつも)

「……夢路」

向こうも、夢路に気がついた。はっと息を呑み、それから隣のクロにも気づいて、軽く顔をしかめる。

「やあ尚さん。久方ぶりじゃないか。こんなところで会うとはね」

吉次に喧嘩を売られた時のことを思い出し、夢路は先手必勝とばかりに、にこやかに挨拶をした。尚継は忌々しそうに舌打ちする。ご挨拶じゃないか。

「相変わらずで安心したよ。ちっとも変わってないねえ。旗本の御息女だっていう奥方はお元気かい」

ニコニコ笑いながら男妾を当てこすると、尚継は憎しみを隠さず「あんたも相変わらずだな」と唸った。

「ふわふわ遊び歩いて。今度の相手は犬畜生か」

本当に、どいつもこいつも同じことしか言いやしない。しかし、二度目ともなればカッとすることもなかった。

クロに腕を絡め、愛想よく笑ってみせる。

「いい男だろ。誰かさんみたいに見てくれだけの腰抜けじゃない。中身もどっしりした、実のある男さ」

尚継の顔に、サッと朱が走った。怒りに任せて何か言いかけるのを、夢路は取り合わず身を翻す。

「行こう、クロ」

何年も前、捨てられたあの時、夢路はただ呆然として何も言い返せなかった。一言言ってやればよかったと、悔しく思っていたのだ。これで気がすんだ。

クロは黙って夢路に従った。先を急ぐ夢路の背に、尚継の声がかかる。

「夢路」

ちらりと振り返った。尚継は、前世からの仇のように夢路を睨んでいた。

「番付、黒乃屋には負けないからな」

「そいつはこちらのセリフだ」

乾いた笑いを浮かべて返す。前に向き直り、それきり振り返りはしなかった。

どうして自分は、捨てられた男にこうも恨まれなければならないのだろう。捨てたのはそっちだというのに。

「ごめん、クロ」

たまたま出くわしたとはいえ、さっきの今で嫌な思いをさせてしまった。またむっつりするだろうかと、不安になって隣を窺う。

クロはこちらを見て、大丈夫ですよ、というように微笑んだ。

「手を繋ぎましょうか」

あまつさえ、そんなことを言う。

「へっ?」

「まだあの人が見ています。仲のいいところを見せたほうがいいんでしょう」

「え、あ、うん」

別にもう、尚継のことは気にしてなかった。夢路が気懸かりなのは、隣の男のことだ。

クロがするりと指を絡める。指の股をさりげなく撫でられて、びくりとした。

赤くなって睨むと、クロはふふっ、と、いたずらっぽく笑う。

（ちくしょう）

だからその手管は、どこで覚えたのだ。

目まいがするほどいい男だ。きらきらして眩しい。夢路はそんなクロを見ると、胸が高鳴って相手の顔が見れなくなってしまう。

（生娘じゃあるまいし。くそっ）

クロはどんどんいい男になる。夢路もずぶずぶ彼に溺れていく。

どこまで溺れるのか底が知れず、不安になって、それでも夢路は自分から、絡められた指をほどくことはできなかった。

「羊毛を出しましょう」

クロが決然と口にした言葉は、黒乃屋の面々を驚かせた。

「羊毛って、あの?」

「輸入品じゃないか」

みんな訝しげに首をひねる。

向島に出かけてから数日後、献上品の番付の件で、再び黒乃屋の人々は奥の座敷に集まって相談をしていた。

五日間、めいめいで考えた結果を出し合ったのである。

夢路たちの番になって、意見はクロが話すことになった。

きっかけは夢路だったが、クロが思いついたことだし、彼が話すほうがいい。

あの日、尚継と遭遇した夢路たちは、その後は何事もなく向島を散策した。

でもクロは時々、夢路が起こした疑問について考えていたようで、翌日早々、「聞いていただきたいことがあります」と、言ってきた。

どうして皇帝の献上品を店から出させ、それに番付など付けるのか。黒乃屋は何を献上すべきか。

クロの話を聞いて、夢路はすっかり得心した。これしかないと思う。

それで、発言をクロに任せることにしたのである。

「まあみんな、最後まで聞いてみようじゃないか」

ざわめく使用人たちを、幸路がぽんと一つ手を打って静めた。

「私もどうもピンとこないが、どういう理由か聞かせてくれるかい」

幸路が言うと、クロも「はい」とうなずいて、皆へ向けて口を開いた。

「もちろん、羊毛をそのままではなく、布を織って着物を作り、それを献上するんです。以前、夢路様が仕立てて使われていましたが、羊毛の着物は皺になりにくいし、手入れもしやすい。安く反物を仕入れられれば、江戸の人々にも広く受け入れられるでしょう」

「まあ、そりゃそうだけども」

「我々が話してるのは、皇帝様への献上品だろ。そもそも羊毛ったって、手に入りにくいんじゃないか」

「高価なのは今だけのことです。今後、オロス地方から輸入が始まれば、羊毛を安く仕入れられるでしょう」

「オロスって、クロさんの故郷の」

番頭の一人が言った。黒乃屋の人々にも、クロがオロス出身だということは伝えてある。ただ、貴族で将軍だった生い立ちは幸路にしか告げておらず、他言は無用と口止めしていた。

「はい。俺の故郷では、昔から羊の牧畜が盛んで、羊毛や毛織物の産地なのです。今、オロスは帝国の支配下にありますが、民の生業はそう変わりません。そして、大量に生産された羊毛を買ってくれるところがあれば、帝国にとって利益になります」

羊の飼育は、ひのもとでは珍しいが、大陸ではあちこちで行われており、羊毛も珍しくはない。オロスの周辺も同様で、だから大陸内で貿易を行おうとしても、オロス産の羊毛はそれほど需要がない。

「そこでひのもとに輸出するのです。オロスから江戸まで船を使えば、大陸を横断するより早い。羊毛は軽いので、船で運ぶにはもってこいでしょう」

それでもまだ、話が献上品と結びつかない。不可解な顔をする人たちに、クロはにこりと人懐っこく微笑んだ。

「先日、皇帝陛下は非常に合理的な方だと申しました。ゆえに、儀礼的な余興など好みません。それで思ったのです。今回の番付は、幕府からではなく、帝国側、陛下からの提案だったのではないかと」

クロの推察はこうだ。

今回の番付は帝国皇帝陛下による案で、その目的はひのもととの貿易の拡大を狙ったものである。

すでにある貿易品ではなく、新たな品を見出したい。番付は、そのために考え出された余興だ。商人番付にしたことに理由はいろいろ考えつくが、一つは各地から様々な商品を仕入れて売買するからではないか。

都市部の商人が献上品を選定することで、ひのもとの市場が見える。

「帝国大使と親しい三国屋などは、その辺りの帝国の思惑を聞かされているでしょう。売り込みたい商品、つまり輸出したい商品を考えていると思います。我々は、逆手を取るんです」

　クロの態度は堂々としていて、口調にも淀(よど)みがない。以前、背中を丸めてオドオドしていたのが別人のようだ。

　でもこれが彼の、本来の姿なのだろう。

「ひのもとが輸出したい品ではなく、輸入したい品を提案するんです。羊毛製の着物を仕立て、その素晴らしさを売り込む。陛下が羊毛の反物にお墨付きを与えれば、それはひのもとでも大いに売れるはずです。羊毛の需要が伸びて、帝国側の販路が拡大する」

「私らが羊毛を献上すれば、番付を開いた帝国の目的にかなうってわけか」

　そう言ったのは、大番頭の孫兵衛(まごべえ)だ。クロはうなずいた。

「皇帝陛下は聡(さと)いお方ですから、必ずこちらの意図に気づくはずです」

　一瞬、座敷がしんと静まり返った。

　クロの言葉に納得しつつ、でも本当にこの大博打(おおばくち)に乗っていいのか迷っている、そんな表情だ。

「兄さんは、この話をどう思ってるんだい」

　難しい顔で考え込んでいた幸路が、唐突に夢路へ話を振った。他の者たちの視線が夢路に集中する。

「うん？　そうだね。私はクロの言う理屈は納得できるよ。皇帝様の気性をよく知ってるクロが言うなら、乗るべきだと思う。何より、私の勘がうずうずこっちに行きたいって言ってる」

最後の言葉に、幸路を含めた黒乃屋の人々の顔が、パッと明るくなった。

「夢路様の勘がそう言うなら……」

「そりゃあ乗るしかないね」

一同がうなずいて、それであっという間に話はまとまった。

「夢路様がそうおっしゃるんだ。これはひょっとして、三国屋を下してお墨付きが取れるかもしれませんな」

大番頭まで大真面目に言うから、夢路は呆れてしまう。

「なんだ、私は占い師か」

その軽口にみんなも笑ったが、夢路は内心で嬉しかった。

夢路の勘は正しい、乗っておけば間違いないと思っている。

ここまで、自分が黒乃屋のみんなに信頼されているとは思わなかった。

店に顔を出し、「いらっしゃいまし」と言われるたびに、お客様扱いだとひねたことを考えていた。

でも彼らは、正しい宣託を与える店の守り神、くらいに思ってくれているのかもしれない。

いや、神は言い過ぎかもしれないが。

「もちろん。お墨付きは我々がいただくよ」

幸路の言葉に、みんなが沸く。

弟が我々という中に、自分はもちろん、クロも入っている。

嬉しくなって隣を見ると、クロもパタパタと尻尾を振り、夢路に微笑みかけた。


それから、黒乃屋は忙しかった。

皇帝陛下のご巡幸は二月後である。初めは北の京から入り、天子様と会うそうだ。それからまた船に乗り、海路で南の江戸に回る。

陛下が京の地を踏む頃までには、献上品を幕府にお渡ししなければならない。

一方、着物は思い立ってすぐできるわけではない。まず布を織らねばならないのだ。

羊毛を買い付け、糸を染め織りする職人たちと試行錯誤して反物を作る。

店の者たちはそれに加えて、ふだんの仕事もあるから大変だ。よって反物作りには主に、夢路とクロが動いた。

忙しくしていると、あっという間に日々が過ぎていく。

おかげでクロと遊び歩いたり、家でまったりする時間も減ってしまったが、二人で仕事をするのは楽しかった。

気づけば秋の終わりに差し掛かり、すぐそこまで冬が来ていた。

巡幸の日は間近で、江戸でも連日、帝国の話で持ち切りだ。皇帝の似顔絵を描いた瓦版(かわらばん)などが出回っている。巡幸の船を迎える横浜ではさらに祭りの勢いだという。

羊毛の反物もようやく仕上がり、あとは見本の着物を仕立てるだけになっていた。

仕事は夢路たちの手から離れ、あとは出来上がりを待つだけだ。

「今回の番付、きっかけはどうでも、クロと店のみんなと仕事ができて楽しかった。お前のおかげだよ。ありがとう」

二人は久しぶりに家でゆっくり、酒を飲み交わしていた。

障子(しょうじ)を開いた向こうに浮かぶ十月の月は、すっかり細くなっていた。もう間もなく新月、霜月になる。

夜は冷えるようになっていて、縁側ではなく座敷で酒を飲んでいた。

「いえ、俺は何も。それにまだ、番付がどうなるかはわかりませんし」

クロは照れ臭そうに言う。その後ろで、尻尾がパタパタ振れていた。

「いいところまで行くと思うよ。番付の上のほうに行けば、お墨付きをもらえなくても着物は売れるだろ。どう転んでも、黒乃屋は儲(もう)かる」

お墨付きは欲しいが、当初のような三国屋に対する対抗心は消えていた。

尚継に偶然会ったあの日、一言言ってやってすっきりしたし、それよりクロとみんなで仕事をするのが楽しくて、三国屋のことなんて忘れていた。

「私はね、これまでちょっと、実家に対して拗ねてたんだ。家を出てから使用人たちにお客様扱いされるようになって、仲間外れにされた気に勝手になってた」

夢路はクロに、それまで胸の内にしまっていた屈託を話した。

こんなふうに、自分の気持ちを人に話すのは初めてかもしれない。

「今度のことで、私も黒乃屋のみんなを信頼できるようになった。ありがとう。お前がいてくれてよかった」

微笑むと、クロは夜だというのに、眩しそうに目を細めた。

「いえ、俺は何も……」

さっきと同じ言葉を言いかけて、はたりと口をつぐむ。何か思いついた様子でこちらを見た。

「あの、もし……もしも番付でお墨付きが取れたらですが。一部は俺の功だと思ってくださいますか」

「一部どころか、ぜんぶお前さんの手柄だろ。でもそうだ、お前にも働きの分の俸禄がないといけないね」

黒乃屋の看板を背負ってもらうようになって、給金は出しているが、それとは別に褒賞を考えねばならない。

「今後、羊毛の売上の何割か渡そう」

「え、いえ。それはいりません」

「そんなわけにはいかないだろ。じゃあ何が欲しいんだい」

番付がどういう形で終わるにせよ、クロがしてくれたことは大きい。何もしないわけにはいかない。それでは夢路の気持ちが済まなかった。

「何が欲しいのか言っとくれよ。たとえ番付がどうなっても、お前にはできる限り報いたいんだ」

昔の恋の古傷を癒してくれた。実家へのわだかまりを消してくれた。

それに何より、夢路に本当の恋を教えてくれた。

「私でできることなら、何でも叶えるから」

「……本当に?」

熱を帯びた視線に気圧され、おずおずとうなずく。

クロは盃を置き、胡坐をかいた膝の上で意を決するようにぐっと拳を握った。

「もし黒乃屋が番付で一番になり、お墨付きをいただいたら、夢路様に叶えていただきたい儀がございます」

急に改まった口調で言われて、夢路は面食らった。

「う、うん。私が聞けることなら。どんな願いだい」

クロがそこまで言うのだから、きっと大変なことなのだろう。でも、自分でできるなら叶えてやりたい。

「今は、口にできません。でも、これは夢路様にしか叶えられないことなんです」

真剣な表情で、じっとこちらを見つめる。断られたらどうしよう、という不安がちらりとほの見えた。

（あ……）

夢路はそんなクロを見てひらめいた。

クロの願いがわかった気がしたからだ。

（クロは、ここから出ていきたいんだ）

もう夢路にはさんざん尽くした。

窮地を救い、住むところを与えた恩は、もうじゅうぶん返してもらっている。

それでも義理堅いこの男のことだ、こんなことでもなければ、言い出せなかったのかもしれない。

クロが離れていく。いつかこうなると思っていた。その時が来たのだ。

胸がきゅうっと痛くなる。嫌だ。いなくならないで、一人にしないでほしい。

わめいて縋（すが）りついたら、あるいはいじましく拾った恩を笠（かさ）に着て脅したら、そばにいてくれるかもしれない。

でも一方で、彼を自由にしてやりたいとも思う。

十五の歳(とし)から戦場に出て、彼の半生は苦しいことばかりだった。これからは自由に、楽しく生きてほしい。

「――わかった。いいよ」

夢路も盃を置いて、静かに応じた。

「一番になったら、何でもお前の言うことを聞いてやる」

お前が別れたいと言ったなら、苦しくても辛(つら)くても、きれいさっぱり別れて、お前の門出を祝ってやろう。

惚(ほ)れた弱みだ。自分にできることは何でもしてやる。

「ありがとうございます」

クロは、心底ほっとした顔をした。

「まだ気が早いよ。願いを叶えるのは、番付で一番になったらだ」

お墨付きをもらってクロが離れていくなら、もらわないほうがいいかな、などと浅ましいことを考えてしまう。

「大丈夫です」

約束をもらって憂いが晴れたのか、クロはパタパタ尻尾を振りながら微笑んだ。

「俺も黒乃屋のみなさんと同じく、夢路様の勘を信じていますから」

「調子のいい男になったね」

人の気も知らないで……と、憎らしくなって、腹を軽く小突いてやった。「痛いです」と、泣き言を言うが、大して痛くもなさそうだ。

あとどのくらい、二人でこうしていられるだろう。

内心の切なさを押し隠し、夢路は二人の時間に浸った。


霜月の上旬、京の天子様がおわす御所に、帝国の皇帝とその一団が到着したという知らせが、江戸の町中に流れた。

黒乃屋は幕府に献上品を納め終え、あとは番付を待つばかりである。

江戸の町は皇帝の巡幸そのものより、献上品の番付に沸いていて、結果を予測する先読み番付があちこちで出回ったりしている。

それからまた日が過ぎて霜月の下旬、皇帝の船が横浜港に到着した。

横浜で数泊し、横浜から江戸へは、最新式の馬車で移動して、人々は巡幸行列を一目見ようと、巡幸路に押し掛けたそうだ。

もっとも、皇帝陛下が通る何日も前から警備が増え、当日は巡幸路の通りに面した店や家は堅く戸を閉ざして外に出ることはまかりならんとご公儀からのお触れが出ていた。

結局、巡幸路のほんのわずかな距離だけ町民たちが立ち入ることを許され、実際に皇帝陛下の馬車を目にすることができた者は、ほんのわずかだったという。

皇帝陛下とそのご一行は無事に江戸城へ入った。

幸路が息せき切って夢路の家にやってきたのは、それから数日後のことだ。

「お上から呼び出しがかかったんだよ。番付に加わったお店はみんな。番付を読み上げる会が催されるんだと」

これまで一言もそんなお達しはなかったから、帝国側の思いつきかもしれない。

場所は築地本願寺（つきじほんがんじ）のほど近く、釆女ヶ原（うねめがはら）の馬場で、商人たちを集めて番付発表を行うという。その場には皇帝陛下並びに公方様もお目見えになるとか。

「大変なことじゃないか。それに番付の商人たって、百人からいるんだろ」

「それがさ」

幸路が前のめりになる。こんなに興奮している弟も珍しい。

お熊（くま）がぬるめのお茶を運んできて、幸路はそれをがぶりと飲み干した。

「番付はもう決まっていて、下の方の店は最初のうちに外に貼り出しておくらしいんだ。読み上げるのは十番から上だけ。それより番付が下のお店（たな）は席が別になってるそうで、つまりお目見えも十番より上だけってわけだ」

それでも催しに呼ばれるだけ、栄誉なのだろう。

「安心しとくれよ、兄さん。それを知らされてる黒乃屋は、十番より上だから」

黒乃屋に告げに来た役人が、暗にお目見えとなるから心しておくようにと言い置いて帰ったそうである。

夢路とクロは、思わず顔を見合わせた。

「すごいじゃないか。それじゃあ私らは幕内決定ってことかい」

自信はあったが、やはり嬉しい。

「それでうちからは、私と兄さん、それからクロが行くことになったから」

「え、私もかい」

「俺も、ですか」

図らずも声が重なった。主人の幸路一人か、せいぜい大番頭の孫兵衛が付いていくのだと思っていた。

驚いて戸惑っていると、幸路は、「店の者の総意だよ」と言った。

「二人の意見がなかったら、まとまらなかった話だ。私はいちおう主人だから付いていくが、あんたらが出向くのが筋だろ」

当然だという口調に、胸が熱くなる。

クロを見ると、彼も戸惑い顔で夢路を見ていた。そんなクロに一つうなずいて、幸路に向き直る。

「私らもお供させてもらうよ。幸路、ありがとう」

「礼を言われる筋合いじゃない。店の総意だと言ったろ。嫌だと言っても引っ張ってくつもりだったよ」

つんとして言うから、この弟もたいがい素直じゃない。夢路もクロも、顔を見合わせて笑った。

幸路が帰るとすぐ、夢路は慌ただしく準備に取り掛かった。お目通りがあるのなら、それ相応の装いがいる。

クロにも羽織袴(はかま)は一通り仕立ててあったが、遊び心のあるものばかりだったので、きちんとした礼装に直さねばならなかった。

どうにかお直しを間に合わせ、あっという間に番付当日。天気は薄曇りで、空気は冷たかった。

夢路とクロは朝から身支度をした後、黒乃屋から籠(かご)を使って会場である釆女ヶ原の馬場へと向かった。

馬場の周りはぐるりと真新しい柵が建てられ、夢路たちが着いた時にはすでに、噂を聞きつけた町の人々で人だかりができていた。

人が集まる表門の前に、番付が張り出されるらしい。夢路たちはあらかじめ取り決められていた道順で中に入ったから、人目に晒されずに済んだ。

馬場の中にはさらに幕が張られ、奥は見えないようになっている。

幕の外側にお店の主人たちが並んでいた。番付が十位以下の者たちだろう。夢路たちは幸路を先頭に、役人に促されて幕の内側へ入った。

中を見て、夢路は驚いた。広場の両脇にずらりと、帝国人と武士とが居並んでいたからである。思っていた以上の人数である。正装した異国人と武士がこれだけ一堂に会することは、そう滅多にないだろう。

帝国式なのか、皆一人ずつ腰掛けが用意されてそれに座っている。北側、馬場の奥にある立派なひじ掛け付きの腰かけが、公方様と皇帝陛下の席と見られるが、そこにはまだ誰の姿もなかった。

南側、陛下らとは向かい合わせになる末席に、商人たちの席がもうけられていた。すでにほとんどのお店の主人たちが席に着いている。

黒乃屋の席は入口に限りなく近い、末席のさらに末の方である。一列目には三国屋の主人と、その息子の尚継の姿があった。

幕の内に入ってきた夢路に、尚継が気づいた。振り返り、軽く顔をしかめる。夢路はわざとにこやかに会釈をした。

夢路たちのすぐ後、最後にやってきた店が幕内へ入ると、上座に据えられた太鼓がどん、と鳴った。

公方様と皇帝陛下のお成りである。一同が平伏する中、二人が席に着いたようだった。

このまま催しの間中ずっと、頭を下げているのかと心配したが、やがて面を上げてよいと言われてホッとする。

遠くの上座に異国の壮年の男と、その隣にひょろりとした青年が座っているのが見えた。

あれが皇帝陛下と公方様かと、商人の誰しもが感じ入ったに違いない。

遠目で良く見えないが、皇帝陛下は堂々とした体躯の金髪の男で、分厚い毛皮の外套を身に着けていた。公方様も似たような毛皮の外套を羽織っているから、きっと皇帝陛下からの贈り物なのだろう。

そうこうしているうち、公方様の近くにいた老齢の武家の男が何かボソボソ述べ始める。何を言っているのか、声が小さくて聞こえない。きっと挨拶の口上だろう。

その後、別の男が厳かに、よく通る声で番付を読み上げ始めた。

居並ぶ商人たちが固唾をのんで見守る。

番付は十番から順に、店の屋号と献上した品名が読み上げられた。

呼ばれた店の者たちは、その場で平伏するが、それだけだ。速やかに次の名前が読まれる。

十番から五番まであっという間に進み、そこには黒乃屋の名はなかった。三国屋もまだ、呼ばれていない。

前を見ると、尚継とその父が何やら囁き合っているのが見えた。

余裕めいた二人の様子に、やはり八百長試合ではあるまいかと、疑惑がよぎる。

まあ別に、それならそれでよかった。

番付の上位に入ったのだから、黒乃屋の繁盛は間違いない。

三国屋と張り合う気持ちはなく、いっそ向こうが一番になればいいとこの期に及んで考えている。

そうすれば、クロを手放さずにすむ。

「二番、三国屋」

三国屋親子が、弾かれたように同時に顔を上げた。三国屋の主人がぐるりと周りを見回す。喜んでいるのではなく、そんなはずはない、という不服顔だ。

尚継の父のそんな表情の変化を見て、夢路はやはり、この番付の裏で何か画策していたのだろうと確信した。

外国奉行と帝国大使も巻き込んで、予定では三国屋が一番になるはずだったのではないだろうか。

そうならなかったのは、どこでどういう采配があったのか。

「一番、黒乃屋」

声と共に、隣から伸びてきたクロの手が、ギュッと強く夢路の手を握りこんだ。

驚きと混乱の中でクロを見ると、彼は屈託なく心底嬉しそうな微笑みを浮かべ、夢路を見ていた。

「黒乃屋一同、前へ」

一番は特別に、陛下と公方様の御前に出るらしい。幸路も聞かされていなかったのだろう、急にドギマギした様子で「えっ、えっ?」と辺りを見回していた。

「行きましょう」

こういう場では、真っ先に緊張しそうなクロが夢路と幸路を促す。

兄弟が緊張気味に席を立つ後ろから、クロは堂々と付いてきた。

(そうか、そうだね)

クロは本来、こういう場でも堂々と振る舞える。元は公方様と同じくらい、身分が高いのだ。

本当なら、夢路なんかには手の届かない、遠い人だった。

黒乃屋が一番になった。狐(きつね)につままれたような気持ちで、喜びより戸惑いのほうが大きかった。

それでも幸路とクロに挟まれて、どうにか御前に出た。

獣人(じゅうじん)が現れたので、幕府側の要人たちがざわめく。それでもクロは素知らぬ顔でいた。

まず最初に、公方様から何やら労(ねぎら)いの言葉をかけられた。ただ、公方様の席からここまでまだ距離がある上に、声が小さくてよく聞こえない。よくわからぬまま三人は、神妙に平伏する。

続いて、皇帝陛下が帝国語で話した。陛下の声は公方様と違い、大きくてよく通った。

陛下に付いていた異国人の通詞が、ひのもとの言葉に訳してくれた。

「黒乃屋より献上された品は、ひのもとに珍しい羊毛製だが、誰の発案か」

労いの言葉かと思ったら、質問だった。

この場合、黒乃屋の主である幸路が答えるのが筋だろう。

しかし幸路を見ると、冷や汗をかきながら口をパクパクさせていた。突然のことで、緊張しているらしい。

仕方がないので夢路が答えた。こんな場所は初めてで、何を言えばいいのかなんて、夢路にだってわからないが、何も言わずにはいられまい。

「恐れながら、皇帝陛下への献上品にぜひ羊毛をと申し立てたのは、こちらにいる獣人の男にございます」

言ってクロを示すと、クロは黙って頭を下げた。夢路が言葉を続ける。

「羊毛はまだ、ひのもとでは稀少ではありますが、大陸では毛織物が盛んだとか。羊毛製の着物は皺になりにくく、扱いやすく、暖かいです。羊毛が安価に手に入れば、町人たちもこぞって身に着けることとなりましょう。こたびはその先駆として、皇帝陛下に献上致した次第にございます」

一息に言い切ると、通詞がそれを通訳する。夢路たちが平伏する中、不意に場が大きくどよめいた。

何があったのかとわずかに顔を上げれば、皇帝陛下が腰かけから立ち上がり、こちらに近づいているところだった。

それは誰にとっても、予想外の行動であったらしい。

通詞はもちろん、公方様や、そばに控えていた帝国人たちの誰もが、皇帝陛下の行く先を見守っていた。

陛下は、クロの前で足を止めた。

「レナト・ヴォルグ」

頭上で声がした。皇帝陛下の声だ。

確かに、クロの名を呼んだ。隣のクロが、さらに頭を下げて異国の言葉で応えた。

「久方ぶりだな。そなたがオロスを出てからずっと、行方を案じていた。息災のようで何よりだ」

通詞を通して、陛下はそんな言葉をクロにかけた。

反対隣にいる幸路がちらちらこちらを見ているが、夢路も驚いていた。

陛下とクロには面識があった。しかもかなり親しかったような口ぶりだ。

クロはそれに、皇帝陛下と同じ異国の言葉で答えた。

クロが流暢な帝国語で話し、通詞はもう通訳は必要ないと思ったのか、それを訳すことはなかった。

だから、クロが何と答えたのかわからない。

それにまた陛下が何か言い、クロが答えて、そんなやり取りが何度か続いた。

夢路にはさっぱりわからないから、ただ平伏しているしかない。

と、クロに向かっていた陛下の爪先が、不意に動いて夢路のほうを向いた。

「面を上げよ。……レナト・ヴォルグの隣の男だ」

通詞の言葉に、びっくりして跳ね起きた。

「は、はい」

ちらりとクロを窺うと、彼はにこりと微笑む。大丈夫ですよ、ということだろうか。

夢路は緊張のあまりギクシャクしつつ、どうにか皇帝陛下の前に顔を上げた。

ちょうど陛下が膝を折り、こちらに顔を近づけているところに出くわして、危うく声を上げそうになるのを、すんでのところで飲み込んだ。

間近で見る皇帝陛下は、金髪に碧い瞳をしていた。がっしりとした体軀で、五十を過ぎているというが、なかなかいい男である。

厳めしい顔立ちながら、皺の寄ったその目元は、楽しいことを見つけた少年のようにきらめいていた。

「なるほど」

じいっと、夢路の顔を不躾（ぶしつけ）なくらい良く眺めてから、陛下が言った。正しくは通詞の訳だが。

「夢のように美しい男だな。誇り高き人狼（じんろう）を惑わしたのもうなずける」

「えっ」

クロのやつ、何を言ったんだ。隣を向くと、クロが顔を赤くしているところだった。

「その方の名は。陛下がそなたの名を聞かれておる」

通詞が呼ぶのはもちろん、夢路のことだ。

「は、はい。黒乃屋の夢路と申します」

「夢路か。お前の隣にいる人狼は、私のせがれだ」

「ええっ」

夢路だけでなく、通詞の声が聞こえた全員がどよめいた。にっこり笑う陛下と、困惑気味で訳す通詞の声音とが合っていない。

「せがれと同様に思っている、という意味だ。本当の息子ではない」

紛らわしいことを言うな、と、たぶん通詞も思っているだろう。夢路も思っている。

なんだこのオヤジは。狐につままれたような気持ちで見上げていると、皇帝陛下は再び夢路を覗き込んだ。

「夢路。そなたの隣にいるのは、この世の誰よりも清廉で誠実な男だ。それゆえ、私利私欲の

渦巻く宮中よりは、市井に出てそなたのような者と共にあるのがいいのかもしれん。どうか、私の息子を頼む」


夢路は釣り込まれるように、その碧い瞳を見つめ返した。

皇帝陛下はオロスを滅ぼしたクロの仇、そのはずだ。

けれど目の前の男は、偽りなく心からクロを案じている。

彼はクロをよく知っている。オロスの地で苦しんでいたことも。息子のように思っていて、でも帝国とかかわりのない土地で暮らすことがクロの幸せになることも。

「は――はい」

度量の広い男だ。自然と頭が下がった。

「レナト・ヴォルグ。そなたと会うことももう、ないだろう。息災でおれよ」

最後の陛下の言葉を通詞が訳してくれたのは、夢路のためだと思う。

クロは黙って頭を下げた。陛下は踵を返して席に戻り、夢のような邂逅は終わった。


それからほどなくして、黒乃屋には番付を聞いた客が連日、大挙して押し寄せるようになった。

皇帝陛下から賜ったお墨付きの看板を一目見ようという客と、羊毛製の着物が欲しいという客で、まるで火事場のような喧騒となっている。

クロが皇帝陛下の知己だったという事実が、あの場限りの話に収められたのは、ありがたい話である。そうでなければ、町を歩けなくなるところだった。

あの時、皇帝陛下とクロが帝国語でどんな会話を交わしたのか、陛下と過去にどのような因縁があったのかは、夢路も聞けずじまいである。

クロが自分から話さないので、夢路も何となく、尋ねることができないのだった。

その皇帝陛下は、江戸に滞在した後、再び横浜港へ戻り、次の巡幸地へ旅立ったという。

その間も、夢路とクロは忙しく働き回っていた。

黒乃屋で人手が足りなくて、二人も連日のように駆り出されていたのである。

夢路とクロが店に立つと、二人目当ての客、特に若い娘たちがキャーキャー言って寄ってきて、さらに騒ぎになる。

夢路はもちろん、春から着飾って店の看板になっていたクロにも、いつの間にか熱烈な支持者がついていた。

特に獣人の客の中には、クロを本気で慕っているようなのが何人かいる。

熱っぽい視線に気づいているのかいないのか、クロがにこにこ愛想よく客に応じるのを見るたび、胸がちくちくした。

番付の後もクロが願い事を言ってこないので、こちらも素知らぬふりをしている。

でも早晩別れはくるのだと、夢路はびくびくしていた。

「ここらでそろそろ、店を広くしようかと考えてるんだが、兄さんはどう思う」

師走（しわす）の頃、幸路に呼ばれた。

その日も店に駆り出され、へとへとになった後である。

クロも疲れているようなので、先に帰して夢路だけ店の奥へ行った。

何の話かと思ったら、今後の店のことである。主人は幸路なのだから好きにすればいいのだけど、こうしていちいち意見を聞いてくれるのは、素直に嬉しい。

「うん。私も同じように思ってた。前から手狭だっただろう」

クロが来て看板をやるようになって、異国向けの品が売れるようになり、客が増えた。

さらに今回のお墨付きである。

今はまだ、羊毛製の着物も品薄で、噂を聞いた野次馬や冷やかしの客が多いが、それが静まった後、羊毛製の反物が本格的に生産されれば、またそれを目当ての客が増える。

とても今の店では捌（さば）ききれないだろう。

「隣か向かいのお店を開けてもらうか、いっそ広い場所に移ろうと思うんだが」

「その口ぶりじゃあ、場所の当たりも付けてあるんだろ。ここはお前の店だ。これからは私にいちいち伺いを立てなくてもいい。お前の思うとおりにしたらいいんだよ」

これからも夢路は、商売の考えを出して、黒乃屋を助けられたらいい。どんな形であれ、自分も黒乃屋の一員なのだから……。

などと、己の殊勝さに酔っていたら、

「いや、これからもお伺いを立てるよ」

何言ってんだ、という口調で返された。

「あんたの勘は妖怪並みなんだから、使わない手はないだろ。十割当たる占いをタダでできるのに、手放す奴がいるかい」

「あ、うん」

嬉しいような、素直に喜べないような。拍子抜けした。

出されたお茶をずずっと飲む。

「別に私はね、兄貴がやりたいって言うなら、今からでも店を渡したっていいんだ」

ぽつりとそんなことを言うから、びっくりして湯呑を落としそうになった。

「馬鹿言うな。私は主人に収まりたいなんて、考えたこともないよ」

確かに以前は、もうこの家の子じゃないかも、なんてちょっと拗ねていた。でもだからと言って、弟を押しのけようなんて思ったことはない。

「お前が主人で手堅くやってくれてるからこそ、私は自由に動けるんじゃないか」

夢路がすべてを言葉にするより先に、「わかってる」と、幸路はうなずいた。

「兄貴が主になって好き勝手した日にゃ、店が潰れちまう。うちが繁盛してるのは、表を私が取り持って、番頭たちが脇を締めて、裏にあんたがいるからだ」

「うん。私もそう思ってる」

どれか欠けても、今の黒乃屋はない。弟が同じように思っていてくれたことが、夢路は嬉しかった。

「兄さんは一つ店の主に納まる玉じゃない。それがわかってたから、私も店を継いだんだ。これからも頼りにするし、主人として決めるところは私がびしっと決めるけど、でも兄さん、あんたはあんたの思うまま、自由にやっていいんだよ」

夢路は返す言葉が見つからなくて、黙って弟を見た。

「今もめいっぱい、自由奔放だけど」

「もっとさ。それこそ、クロと一緒にひのもとを出たっていい。あ、追い出そうってんじゃないよ。あんた昔から、人の言葉尻を摑んですぐひねるから」

「ひねてない！」

こっそり拗ねていたのを、弟はお見通しだった。さらっと言い当てられ、夢路は真っ赤になって言い返したが、幸路にはどうでもいいことのようだ。

「これから帝国との貿易が本格化する。羊毛はうちが押さえたろ」

先日、お上からお達しがあった。

番付の上位には幕府から褒賞があったが、一番の黒乃屋には、皇帝陛下の計らいで羊毛が贈られることになった。

さらに黒乃屋は江戸で唯一、オロス産の羊毛を取引する貿易権を帝国より授かった。

「これからはもう、うちの店はただ物を売るだけじゃ済まなくなる。そのうち、羊毛以外の貿易品にも手が広がるかもしれない。新しい物好きの兄さんがいたら必然、そうなるだろう」

「う、確かに」

献上品を用意する際、織物の生産から関わって楽しかった。織物だけじゃなく、他にも次々案が出て、いつか他の異国の品も商売に加えたいなと考えていたのだ。

黒乃屋の店の規模を考えるととても手が回らないので、口には出さなかった。

「だからさ。黒乃屋の名前にとらわれず、好きなようにするといい。新しく商会を建てるのもいいかもしれないね。ほら、横浜の異人の商人たちがやってるだろう。もちろん、物を売るなら黒乃屋に任せてもらいたいが」

幸路がそこまで考えていたなんて、驚いた。

夢路の勘を頼りにしていると言うが、弟も十分、一人で店を大きくする才覚がある。

だからこそ、夢路に自由にしろと言ってくれた。今までどおりでも、新しいことをするのでもいい。

「まあこれは、私の勝手な考えだ。とにかく、家のしがらみなんて考えず自由にやれってことさ」

「幸路。幸路、お前って子は」

自分は本当に恵まれている。いい弟を持った。じわりと涙ぐんで抱き付こうと手を伸ばすと、鬱陶しそうに手を叩かれた。

「私はあんたの子じゃない」と、鬱陶しそうに手を叩かれた。

「そういうのはクロにやってやんな。けどさ、悪くない考えだろ。クロなら通詞も交渉もできらあね。二人三脚で新しいことをやってくんだ。黒乃屋もますます繁盛、あんたも一人の男に落ち着いて、私も安心。めでたしめでたし、だ」

そう簡単に事が運ぶとは限らないが、幸路の案は魅力的だった。

クロと二人三脚。いや、二人三脚は無理かもしれない。

クロは夢路から離れたがっているかもしれないけれど、でも仕事でならば、一緒にいてくれるだろうか。

ずっとそばにいるのでなくてもいい。たまに顔を合わせる関係でも、繋がりを持っていられたらそれだけで嬉しい。

「帰って、クロに話してみるよ」

新しい考えにわくわくして、でもこれまでの経験からはしゃぎすぎないよう、控えめに夢路は言った。

家に帰ると、クロは文机に硯を出し、墨を摩っていた。

「あ、お帰りなさい」

夢路の姿を見て、パタパタと嬉しそうに尻尾を振る。

「手習いかい」

墨の摩り方は以前、夢路が教えてやったものだ。このところ店に駆り出されて書き物をする間もなかったが、手習いをしたいのだろうか。

「いえっ。これはちょっと……。それより、夕餉の支度ができています」

ごまかした。でも何やら嬉しそうだから、悪いことではないらしい。

すぐにお熊が膳を運んできてくれて、二人で夕餉を食べた。

「久々にゆっくりできるね」

幸路から、明日は休んでいいと言われたのだ。羊毛製の反物が売り切れ、物見高い客も少し引いてきた。

このところずっと店に駆り出されて働き詰めだったので、久々にゆっくり休める。

「はい」

夢路の言葉に、クロはにっこり、それはもう嬉しそうに笑みを浮かべた。

かと思うと、急にソワソワし始める。

そういえばここ数日、夜もお預けにしていたのだっけ。

夢路が疲れきっていたからだが、若いクロは身を持て余していたかもしれない。

夕餉を終えて交代で風呂に入り、夢路はクロが風呂から上がるのを待つ間、一人で酒を飲んでいた。

火鉢にあたりながら、温い燗を飲む。

夕餉の時、どこかで幸路に言われた案を話そうと思っていたが、勇気が出なかった。

クロが今のこの関係をどう思っているのか、わからなかったからだ。

素直な男だから、嫌々そばにいるわけではないと思う。でもそろそろ、独り立ちしたいと考えているだろう。

そうなったらもうすっぱり、夢路と縁を切りたいだろうか。

過去は振り返らず前を向きたい、なんて言われたら、もうそれ以上、縋る言葉が見つからない。

忙しさのおかげで、このところ考えずにすんでいたクロとの別れが頭を駆け巡り、夢路はすっかり意気消沈してしまった。

「夢路様、ちょっとよろしいでしょうか」

そんな時、風呂から上がったクロがひょっこり顔を出した。

「なんだい」

手招きするから、訝しくも珍しく思って腰を上げた。

隣の部屋の文机には硯が出しっぱなしになっていて、クロがそこに新しい紙を広げているところだった。

「夢路様。俺との約束を覚えていらっしゃいますか」

尻尾がパタパタ振れていた。

「お墨付きを頂いたら、俺が望むことを叶えてくださるという約束です」

「あ、うん」

呆然としてうなずいた。

とうとうこの時が来た。ずっと怯えていたことが、現実になるのだ。

「覚えてるよ。私にできることなら何でもする。何が望みなのか、言ってごらん」

覚悟していた。今でよかった。

幸路の話に浮かれて、一緒に仕事をしようなんて持ち掛けていたら、また馬鹿を見るところだった。

夢路が萎れた心を隠して言うと、クロの背筋がぴんと伸びた。

「ではその、証文をいただきたいのです。夢路様が必ずそれを叶えてくださるという、一筆を書いていただきたい」

そのための紙と硯だった。なんと周到なことだ。

「そんなもん書かなくたって、約束はちゃんと守るさ」

言ったのだが、クロは無言のままにこりと微笑んで、机の前に座れと勧めてくる。仕方なく、夢路は机の前に座って筆を取った。

「わかった。何でも書いてやるよ。ほれ、言ってみな」

半ば自棄になって言った。クロがやたらニコニコしていて、何とはなしに癪に障る。

「ではまず一つ目――」

「おいおい、一つじゃないのか」

「願い事は一つ、とは言いませんでした」

邪気のない顔で、にっこり微笑む。夢路は呆れた。

この男、この世の誰より、清廉で誠実じゃなかったのか。

「まず一つ目。いいですか」

「はいはい。わかったよ。どうぞ」

「まず、夢路様は浮気をしない」

「は?」

「書いてください」

さあ早く、と促された。よくわからないまま紙に「夢路は浮気をしない」と、書く。

「次に、夢路様は二度と、男を拾わない」

「犬じゃないんだから」

「いいから書いてください」

なんだか妙なことになってきた。

「最後に、夢路様は一生、死ぬまで俺をそばに置くこと。途中で捨てたりしない」

夢路は筆を置いて、クロを振り返った。どんな顔をしているのかと思ったのだ。

「書いてください」

「お前、本気かい」

死ぬまで一生、だなんて。

「願いを叶えてくださると、約束したはずです」

真剣な顔だった。本気なのだと気づき、夢路は息を飲む。

「お前は、私のそばから離れたいんじゃなかったのか」

「なぜ?」

クロは心底驚いたようだ。

「俺は、どうやったらこの先もあなたのそばにいられるか、頭を悩ませていたのに。どうしたら、そんな考えになるんです」

「え……それは、だって。今までの男はみんなそうだったから。みんな私が好きだの、来世も一緒だの言うのに、最後は決まって捨てていく」

「俺は俺です。他の誰かではありません」

畳みかけるようにクロは言う。夢路はそれに面食らいながらも、ぜんぶをすぐさま受け止めることができずにいた。

「でも、お前は私が無理やり連れてきて、どさくさに紛れて食っちまったのが始まりで」

「俺は、意に添わぬことをあなたから強いられたことは一度もありません。あの日、俺はあなたに窮地を救われ、その後のあれは……夢のような、天に上るような心地でした」

あの夜のことを反芻するように、うっとりと目を細めて遠くを見る。

夢路の方が恥ずかしくなった。

「私は男だし、うんと年上で若くない」

「他のどんな女より男より、俺は夢路様がいいです。もっとも俺が年を取ったら、夢路様はもう俺など相手にしてくれないかもしれませんが……」

クロが言葉を切って、しゅん、と耳を寝かせた。尻尾も垂れている。

「そんなことないよ」

まさか、若いから囲ってるなんて、クロはそんなふうに思っていたんだろうか。

「お前は若くていい男だが、それだけじゃない。優しくて真面目で、度量が大きくて……私は、お前が爺さんだって構やしないんだ」

言い募ると、それまで悲しそうにしていた男は、にっこり微笑んだ。

「俺も同じです」

耳も尻尾も何事もなかったかのように、元気になっている。

クロはずい、と夢路に近づいて、その手を取った。

「あなたはまだ若いし、女神のように美しい。でもそれだけではありません。俺は夢路様の、情が深くて面倒見のいいところが好きです。獣人も人も、当たり前のように分け隔てなく接してくださるところを尊敬しています」

「そ、そりゃ……どうも」

クロがずいずい近づいてくる。相手の迫力に夢路はただ、たじろぐばかりだ。

「自由奔放で型にはまらない。好奇心旺盛で、子供みたいに目をキラキラさせて仕事の話をするところも、可愛いです。自信たっぷりでいて、時おりわけもなく自信なげになるところも……何もかも、俺にとっては愛しくてたまらない」

クロの口からつらつらと、淀みなく愛の言葉が流れ出る。

この男、こんなに饒舌だったか？

「お前……やけに口が達者じゃないか」

用心深く窺うと、クロは人懐っこく笑った。

「口説き文句を考えていました。どうやってあなたのそばに置いてもらおうか、ずっと頭を悩ませてたんです」

「……ずっと」

「最初に、あなたを抱いた時から」

クロの表情から笑いが消え、夢路の手を引き寄せた。傾いだ細身を、逞しい腕が抱き止める。

「どうかこれからも、あなたのおそばに置いてください。ずっと……できれば、一生」

ひく、と夢路の喉が我知らず鳴った。

「一、生?」

夢路が望んで、決して叶わないと思っていた願いを、クロは口にする。

「ええ。老いてもずっと。そしてできればもう二度と他の男と寝ないで、俺だけにしてほしい。あなたの夫が無理なら、番犬でもいい。そばにいたいのです」

犬でもいい、なんて。誇り高い人狼なのに、犬でもいいから夢路のそばにいたいと言う。

「何、馬鹿なこと……」

クロは本気だ。その場限りの睦言ではなく、本気で言っている。

お墨付きをもらったら、なんて大層な約束をして。

そこまでしても、クロは夢路の隣にいるつもりだ。

もう、クロを諦めなくてもいいのだ。

「夢路様」

クロがギョッとした顔をした。それで夢路は、自分の目からぽろりと涙がこぼれていたのに気づく。

いい年をしてみっともない。恥ずかしくなって、クロの胸に顔をうずめた。

「お前がもったいぶって、あんな約束するから。私はずっと不安だったんだ。お前が離れていくかもしれないと思って。私なんかもう、とっくにお前無しじゃいられなくなってるのに。でも、綺麗に別れてやるつもりだった」

別れた後、ボロボロになって二度と立ち直れないとしても。

「私を捨てた連中は決まってみんな、私を疎んで憎むんだ。別にいいんだ、昔のことは。でも、お前に同じことをされたら私は……私はもう、死んじまう」

嗚咽が漏れた。ああ、みっともない。

捨てたら死ぬなんて、それこそ死んでも言いたくなかったのに。

でももう、無理だ。平気なふりなんてできない。

「何でしょうね。あなたはもう……」

頭上で、ひどく愛おしそうな声がした。

顔を上げると、甘く優しい、でも焦れてもどかしげな、複雑な表情がある。

クロは何を言えばいいのか、困ったように首を傾げて夢路を見つめた。

「あなたの昔の男たちがどんな気持ちだったのか、俺にはよくわかる気がします」

「何だい。どういう意味だよ」

いきなり昔の男のことなんか持ち出して、何が言いたいのだ。

胡乱に思って睨んだが、クロは困ったように微笑んで、答えてくれなかった。

「あなたのその、聡いのに鈍いところも愛しいです」

「なんだこの野郎。喧嘩を売ってんのか」

「売ってません」

夢路が腕の中で暴れるのを、クロは優しく絡め取り、つむじやこめかみに口づけた。

「俺はあなたを恨んだり、疎んだりしません。何があっても。でも、言葉で言ってもあなたは信じてくださらないでしょう。だから、そばに置いてください。俺はこれからじっくり、あなたに俺の気持ちを理解してもらいます」

「そんなこと言ったら、もう本当の本当に離さないよ。お前がその気になれば、なんだってできるのに。皇帝様にだって気に入られてたじゃないか」

息子のようなものだ、とまで言っていたのだ。皇帝陛下の口添えがあれば、どこでだって働けるだろうに。

「あの方は、俺みたいなものをずいぶん買ってくださって、二度ほど誘われました。帝国に来て、陛下の下で働かないかと。一度はオロスで、戦後の処理でお会いした折に。二度目は先日」

番付発表の時だ。二人が帝国の言葉を交わしていた時、そんな話がされていたのだ。

「一度目はともかく、二度目は行きたかったんじゃないのかい」

いいえ、と耳もとで囁かれる。くすぐったくて首をすくめると、顎を取られて唇を吸われた。

夢路はうっとりとその唇を受けた。

「そのつもりはないと、陛下に申し上げました。俺にはすでに、何を捨てても添い遂げたい相手がいるからと。それが隣にいるあなたです、とも申しました」

皇帝陛下の誘いを断って、夢路についていくと言ったのだ。

ではあの場で、帝国語のわかる全員に、自分たちの仲が知られていたのか。

恨めしげにクロを睨むと、クロはまたにこりと微笑んだ。

それから不意に真顔になる。

「夢路様。夢路様は、俺の願いを叶えてくださると、そう考えていいのでしょうか」

聞かれるまでもなかった。クロの願いは、夢路の願いでもあるのだから。

「……だよ」

でも、改まってぐいぐい来られると、面と向かって答えるのが照れ臭くなる。

それでそっぽを向いて、ぼそっと答えたのだが、クロは許してくれなかった。

「なんですか。聞こえません」

この野郎。ずいぶんとしたたかになりやがった。

恨めしげに睨んだが、クロはじいっと無言のままこちらを見つめ返す。この男、わりとしつこいのではないか。

「する。約束する。私はお前だけのもんだ。浮気もしない」

とうとう夢路は降参した。どうせ最初から、浮気なんてするつもりはないのだ。自分にはもう、この男しかいない。

「そのかわり、お前も他に目移りするんじゃないよ。もし浮気したら、その尻尾をちょん切ってやるからね」

かなり物騒なことを言ったはずだが、クロはなぜだか嬉しそうな顔をした。

「はい。その時は、この四肢も耳も目も舌も、すべてなげうちます」

「そんなことしたら、何もなくなっちまうだろうが」

思わず言うと、クロはくすくす笑った。

笑いながら口づけ、夢路を抱き上げる。そのまま、床を敷いた奥座敷へ向かった。

「いいですか」

「……うん」

何が、とは今さら聞かない。

クロの目にはすでに、情欲の火が灯（とも）っていて、それを見た夢路の身体も熱を帯びていた。

これからきっと無茶苦茶に抱かれて、夜が明けるまで寝られないだろう。

（そういえば……）

何か、大事なことをクロに言おうと思っていた気がする。

夜具の上に降ろされ、睦み合いながら、ふと考えが頭をよぎった。

そうだ、二人で仕事をしようという話だ。

「何を考えてるんです」

クロが目ざとく気づいて、めっ、と軽く睨んだ。

「今は、俺のことだけ考えてください」

「いつも、クロのことだけ考えてるよ」

夢路はクスクス笑って、悋気深い良人の首に腕を回した。

明日、お前と話をしよう。これからの二人のことだ。

でも今は、想いが通じ合ったこの喜びを分かち合い、睦み合いたい。

夢路はクロの胸に頬を寄せ、うっとり甘えた。

おおかみ国旅譚

甲板から見えるのは、一面の大海原だった。波の色は暗く、空も薄曇りで、見ていて楽しくなるものではない。

ひのもとから大陸へ向かう航路は、退屈極まりなかった。

つまらん景色だと男が踵を返した時、ふと目の端に人影を見つけた。そちらを振り返り、思わず息を呑む。

目の覚めるような美しい男がいた。横顔しか見えないが、深刻な顔で甲板の手すりを握りしめ、海のほうを覗いている。

男……いや、女……やっぱり男だ。

男物の上着とズボンを身に着け、やや長身ではあるが、ほっそりと華奢な肢体は女性の男装のようにも見える。何よりその美しい横顔が、性別を曖昧にしていた。

ひのもとの民だろうか?

男が暮らす帝国では、見たことのない類の美貌だった。

抜けるような白い肌に、黒よりやや明るい色の髪がさらりとかかっている。少年……青年だろうか。うんと若いようにも、年がいっているようにも見える。

男はその神秘的な美貌につり込まれ、ふらふらと青年に近づいた。

『君、どうかしたのかね』

男は帝国語で話しかけた。青年は、その声に弾（はじ）かれたように振り返る。正面から見ても、やはり美しい。

『ハイ……イイエ。だいじょぶデス』

青年は、たどたどしい帝国語で答える。微笑（ほほえ）みを浮かべた口元が愛らしい。庇護欲（ひごよく）をそそる表情だ。

『ひのもとの民か？　若く見えるが成人しているのかな。この船で帝国に？　誰か連れがいるのかね』

『ま、まって。ワタシまだ、帝国語、少し』

男の矢継ぎ早の質問に、青年は慌てる。

『オロス語、なら、モ少し、話せマス。ワタシはオロスにイク。べんきょうちゅう』

言葉も覚束（おぼつか）ない青年がひどく頼りなげに見えた。この青年を今すぐ征服したい欲望に駆られ、女よりほっそりした腰に手を回そうとした。

『オロスのような獣臭い田舎より、帝都の方が楽しいぞ。どうだ、私に……』

「夢路（ゆめじ）様！」

その時、背後で男の声がした。かと思うと、もの凄（すご）い速さで何かが通り過ぎる。

あっと思った時にはもう、目の前の青年は見知らぬ男の腕にさらわれていた。

「クロ」

青年の表情が、ぱっと明るくなる。クロ、というのが現れた男の名だろう。

見上げるような巨軀（きょく）に、この男も目を引く端整な顔をしている。漆黒の髪と滑らかな浅黒い肌をして、頭の上からは黒い獣の耳が飛び出ていた。狼（おおかみ）の獣人（じゅうじん）……オロス人だ。

『彼は俺の恋人だが、何か用か』

獣人は青年を横に抱き、訛（なま）りのない流暢（りゅうちょう）な帝国語を話した。

金がかった翡翠（ひすい）色の双眸（そうぼう）が、射殺すような鋭さでこちらを睨（にら）んでいる。獣の唸（うな）り声が聞こえてきそうな迫力だった。

――殺される。

身の危険を感じた帝国人の男は、口の中で言い訳をつぶやきながら、早々に退散した。

「一人で船内を動き回らないでくださいと、言ったでしょう。ここはもう、ひのもとではないんです。江戸（えど）とは治安が違うんですよ」

帝国人らしき男が逃げるように去った途端、クロからくどくど小言を言われた。

夢路は「わかってるよ」とおざなりな返事をする。

船酔いで気持ちが悪いのだ。それで甲板に出ていたら、異国の男に声をかけられた。

「さっきの男から、何を言われたんです」

それだけなのに、クロは妻の不貞を見つけた夫のように、怖い顔をして聞いてくる。夢路は「さあ」と肩をすくめた。

「なんだか帝国語でペラペラ喋ってたね。こっちは言葉が覚束ないって言ってるのにさ。あの手の男は、あっちの方も独りよがりだよ。力任せにガンガン腰振って、事後に『どうだ、良かっただろ?』っていう……」

「夢路様!」

耳を水平に寝かせて責めるように声を上げるから、「なんにもないって」と、相手の頬を撫でてやった。

夢路が男に声をかけられただけで、本気で嫉妬し、心配している。その重さが嬉しいし、心地よい。

「そんなに心配しなくたって、ただ話しかけられてただけじゃないか」

「夢路様に触れようとしていました。力ずくで部屋に拉致されていたかもしれないんですよ」

「その前に、お前さんが駆けつけてくれただろ」

頭をクロの胸にもたせかけ、目をつぶる。クロの温もりと頬を撫でる風とで、船酔いがいくぶん、ましになった気がした。

「このまま、しばらくこうしてていいかい？　ここにいる方が楽なんだ」

夢路が言うと、クロはたちまち悋気を引っ込め、海の上は冷えるからと、自分の上着を脱いで夢路にかけてくれた。

そうして、背中から夢路を抱きしめてくれる。逞しい身体は、夢路が重心を預けてもびくともしない。

「ああ、いい塩梅だ。まったく、自分がこんなに船に弱いとは知らなかったよ」

夢路にとっては、初めての船旅だった。大型の客船で、さほど揺れないと聞いていたから、安心していた。

水路の多い江戸で生まれ育った夢路にとって、猪牙舟や屋形船は馴染みのものだが、同じ船でも大型客船はまるで違う乗り物だ。

「そのうち慣れるといいんだけど。商売に行くたびにこれじゃ、身がもたないよ」

波を見ていると酔うので、どんより曇った空を眺めながらぼやいた。

初めての船旅だが、これが最後ではない。今後は何度も往復することになるだろう。

夢路とクロは今、オロスへ向かっている。

オロスは、クロことレナト・ヴォルグの故郷、かつて狼の獣人の王国があった場所だ。

帝国の侵略を受けて滅び、今は帝国が治めるオロス州となっている。

その帝国皇帝陛下が江戸に巡幸に訪れたのが、去年の晩秋のこと。巡幸に際して行われた余興で、夢路の実家、黒乃屋は羊毛製の反物と着物を献上し、番付一番という、皇帝陛下からお墨付きをいただいた。

そしてその褒賞として、帝国から羊毛の貿易権を授かったのである。

これは、皇帝陛下の意向によるものだろう。陛下はクロを「私の息子」と呼び、特別に目をかけていたようだ。

そのクロの故郷、オロスは羊毛の産地である。黒乃屋を通じてクロが故郷とかかわりを持てるように、オロスに利益をもたらすようにという、陛下の「親心」に違いない。夢路はそう、考えている。

黒乃屋にとっても、美味しい話だった。

帝国から羊毛の貿易権をもらっているのは、江戸では今のところ黒乃屋だけだ。この商機を逃してはならない。

黒乃屋は本格的に羊毛を輸入し、江戸で毛織物を売り出すべく動き出した。

まず、何はなくても仕入れ先の確保が重要だ。といって、黒乃屋は大陸になんの伝手も持たないから、現地に視察に行くところから始めなければならない。

そのいっとう最初の足掛かりが、今回の旅なのだった。

旅の前に、幕府から旅券を発行してもらったり、オロスの州知事に手紙を出したり、ついでに夢路とクロの洋服をあつらえたりしているうちに、春になった。

夢路とクロは横浜から出る富裕層向けの客船に乗り込み、隠居した両親と弟の幸路夫婦をはじめ、黒乃屋の面々に見送られてひのもとを出た。

異国の地、そしてクロの故郷はどんな場所だろうと、旅が決まった時からずっと、わくわくしている。

それと同時に、不安もあった。商売に関することではない。そちらはなぜか、うまくいく予感があるのだ。

では何が不安なのか。それは夢路自身も、はっきりと言葉にできない。

ただ、クロが故郷に帰る、そのことに言い知れぬ心細さを感じる。

クロは夢路のものだ。一生共にいると誓ったし、夢路はクロを側に置き続けると、証文まで書かされた。

彼が夢路を慕っていることは、疑いようがない。狼のくせに忠犬みたいに夢路の後を付いて回り、ちょっと男と話をしただけで、焼きもちを焼く。

毎晩、飽かずに夢路を抱いて、しかもわりとねちっこい。

夢路も多くの男と浮名を流したが、これほど一人の男と、長く濃密な時間を過ごしたのは初めてだ。

——何も、不安がることなんかないじゃないか。

何度も自分に言い聞かせた。それでもなお夢路の心の片隅には、不明瞭な不安が渦巻いていた。

「江戸とは、風の匂いが違うねえ」

馬車を降りてまず、夢路が思ったのはそんなことだ。

江戸よりだいぶ北にあるオロスの州都……かつて王都だった街は、春先になってもまだ、風が冷たい。

そしてその美しい街の風景は、夢路の想像と何もかもが違っていた。

横浜の異人街のような街並みを想像していたのだが、帝国風のあちらとは、建物も趣も違う。まず、何もかもが大きい。古い石畳の通りは広く、江戸の大通りの三倍くらいある。

そのせいか人通りがまばらに見えるが、閑散としているわけではなく、実は結構な人が行き交っている。

横浜を出て二日。オロスの南端にある港に着いた夢路は、ようやく船酔いから解放された。

そこから州都へは馬車での移動だ。

初めての大陸、右も左もわからないが、荷物の上げ下ろしも馬車の手配も、すべてクロがやってくれた。

クロは戦時中は将軍として、軍を率いて各地を駆け、戦後は帝国人と共にオロスの復興に尽くした。オロス語を母語に、帝国語も流暢に話す。貴族の跡取りとして豊かで先駆的な教育を受け、大陸の教養は一通り身に付いている。

オロスを出て三年経つとはいえ、彼ほど頼もしい旅の供はいないだろう。夢路など、世話をかけるばかりで何もしていない。申し訳ない限りである。

「俺も江戸に着いた時、同じことを思いました。街の空気が違うと。どんな匂いだったか忘れていましたが、そういえばこんな匂いだったな」

馬車を降り、州都の道に立ったクロは、懐かしむように遠くを見てから、顔を上に向けて風を感じた。耳がぴくぴく動く。

そんなクロの姿は、当たり前だがこの街の風景によくなじんでいた。獣人の耳も、ズボンから出る尻尾も、この国では違和感がない。

州都にはオロス人……狼の獣人の他、帝国人の姿もあった。帝国人もオロス人も、帝国風の洋装が多い。男性はボタンシャツとズボンと上着、女性はドレスワンピースと呼ばれる装いだ。たまに衿に凝った刺繍をほどこした、前合わせのないシャツを着ている獣人がいた。裾は長く帯で腰を絞っている。女性は長いスカートで、男性はズボンだった。それがオロス人のもとの装いなのかもしれない。

「店もたくさんあるね。ずいぶん栄えてる」

そこも、夢路の想像とは違った。五年前まで戦場だったと聞いていたから、もっと荒れていると思っていた。

しかし、通りに並ぶ建物はどれも壊れたところはなく、道も綺麗に舗装されている。土地が広いせいか、通りを歩く人々は江戸よりのんびりして見えた。

「そうですね。三年前より活気がある」

クロは穏やかに同意した。夢路はちらりとその横顔を窺う。

この街は最後の戦があった場所、クロにとってはつらい記憶がある土地だ。

過去の苦しさを思い出すのではないかと心配していたが、故郷を懐かしむ以外、悲しみや苦しさといった暗い感情は見受けられなかった。

「夢路様、宿で少し休まれますか。馬車の移動で疲れたでしょう。知事との約束の時間まで、まだ間がありますから」

クロは、目の前の宿を指して言った。

オロス州の知事と、夢路たちが到着したその日に会う約束をしているのだ。

今回の渡航に至るまでに、クロに代筆を頼んで幾度か知事と手紙のやり取りをした。

オロス州の利益に繋がる話とあってか、知事は最初の手紙の返事からして、すこぶる好意的だった。

今回、オロスに宿を手配してくれたのも、客船の一等席を手配してくれたのも知事である。

夢路が到着したらすぐ会いたい、と言う。こちらとしても、知事とは話を通しておかねばならないと思っていたから助かった。

ただ、知事が妙に親切で気になった。

こちらは江戸の大店とはいえ、帝国からみれば異国の小商人である。最初は、クロの威光かと考えた。

皇帝がクロに特別目をかけているのを、知事も知っているのではないか。

しかしクロは、「俺は本名を出していません」とのことだった。

「黒乃屋夢路様の名で書状を送りましたので」

今回のクロの旅券も、レナト・ヴォルグではなく、「黒乃屋クロ」の名で発行されている。

知事の歓迎ぶりは謎のままだが、素っ気なくされるよりはましだと考えることにした。

「そうだねえ」

景色をぐるりと見回して、夢路は思案する。

確かに旅の疲れはあった。けれど今は、好奇心の方が勝っている。もっと州都を見て回りたい。

「知事に挨拶する前に、街を見たいな。食べ物も着る物も、江戸とは何もかも違うだろう。ここいらの人たちが、どういう生活をしているのか見てみたい」

夢路がはしゃぐ気持ちを抑えながら答えると、クロも半ば予想していたのか、くすりと笑った。

「わかりました。それではまず、街を案内しましょう。街並みはだいぶ変わっていますが、案内できると思いますよ」

宿は戦後に建設されたという、真新しい帝国式の建物だった。

ここでもクロが、帳場の記帳から旅荷の采配まで、何もかもやってくれた。

帳場の係は帝国人で、クロが堂々と帝国語を話し、帳場係がうやうやしく応対するのを、夢路は好奇心いっぱいに眺めていた。

部屋に荷物を運びこんでもらうと、またすぐ宿を出る。

「庁舎は宿の北側で、以前はそちらにも店が多くあったのですが、今、商店が並んで活気があるのは南側の市場周辺だそうです。遠回りになりますが、南を見て回りましょう」

クロは記帳の短い間に、帳場係から現在の州都の状況を尋ねていたようだ。

「何から何まですまないね。横浜からこっち、働きづめで疲れただろう。本当は宿で一休みしたかったんじゃないのかい」

終始クロまかせなので、さすがに申し訳なくなって夢路は言った。隣を歩いていたクロは、驚いたように目を瞬（しばたた）かせる。

「どうしたんです、夢路様らしくない」

らしくないと言われて、確かにそうかもしれないと思った。普段の夢路なら、これくらいで申し訳ないなんて考えない。

クロの働きぶりにも、頼もしいねえと、うっとりして目を細めるだけだろう。

「それもそうだね。右も左もわからない場所だから、心細いんだよ。クロに置いていかれたら、帰りの道もわからないもの」

夢路が言うと、クロは甘く微笑んだ。夢路の肩を抱き寄せる。

昼間の往来である上、ここはクロの故郷だ。野郎同士がいちゃついて、周囲に咎(とが)められないかと夢路は心配したが、クロは気にした風もない。

「俺があなたを置いていくなんて、そんなことあるわけないでしょう。あなたこそ、珍しい物やいい男を見つけて、ふらふらどこかへ行かないでくださいね」

「珍しい物はともかく、お前よりいい男なんていないだろ」

夢路の言葉に、ズボンから出たクロの尻尾が、パタパタ音を立てた。

けれど実際、どこを見てもクロ以上の美丈夫は見当たらなかった。狼の獣人は大柄な人たちが多いが、クロほど長身で逞しく、均整の取れた男はいない。

顔立ちも、帝国人やオロス人は、ひのもとの人間に比べ、総じて彫りが深い。といって、取り立てて目を引くような、整った造作があるわけでもなかった。

歩いていると、通行人がクロを振り返る。オロス人から見ても帝国人から見ても、特別な美貌なのだろう。

「俺は少しも疲れていません。江戸ではあなたに教わることばかりでしたから、こうして故郷を案内できるのが嬉しいんです。張り切ってるんですよ」

嬉しそうな口調に、夢路も笑顔になった。夢路も江戸でクロを拾った時分は、あちこち見てもらいたくて連れ回したから、クロの言うことはよくわかる。案内する方も楽しいものだ。

あの時の自分と、クロは同じ気持ちなのだと考えたら、おかしな遠慮もなくなった。

「そんなら、こっちも気負わず頼りにしようかね」

言って、さりげなく相手に身をもたせる。またクロの尻尾がパタパタ振れた。

「任せておいてください」

宿から南へ向かった。通り過ぎる景色の何もかもが物珍しい。こちらが尋ねる前からクロが説明をしてくれて、夢路の好奇心を満たした。

「あれは両替屋の看板で、あっちはパン屋の看板です。オロスのパンは平べったくて、中に肉を挟んで食べることが多いですね。オロス人も帝国人も、羊肉をよく食べます」

市場に近づくにつれ、街並みは雑多に、下町らしい雰囲気になっていった。商店も多くなり、夢路は興味の惹かれたところを片っ端から覗いて回った。

「陶器をいっぱい売ってる。素焼きの器がこの値段……ってことは、江戸だと蕎麦一杯分か。安いね。おっと、あれは毛織物じゃないか。凝ってるねえ」

「素焼きの器は、使い捨て用ですね。耐久性はありません。食べ終わったら器を捨てるんです」

　物の値段も、江戸とはまったく違って面白い。生活習慣も、店先の商品の並べ方一つとっても違う。

「そういやこっちにも、岡場所はあるんだろ。色街っていうかさ」

　界隈が猥雑になり、通りを歩く人も帝国人より獣人の数が増えてきたのを見て、ふと夢路は尋ねた。クロはちょっと嫌そうな顔をする。

「……ありますけど。できれば、夢路様は行かせたくありません」

「男を買ったりしないよ」

「当たり前です。江戸より治安が悪いんですよ。あなたは綺麗だから、ちょっかいをかけられるかもしれない」

「けど、お前が守ってくれるんだろ」

　下から覗き込むと、プイッとそっぽを向かれた。

「守りますよ。でもあなたが、下卑た男の目に晒されるのが嫌なんです」

　それからわざとらしく、「そろそろ時間じゃないですかね」などと言い、宿のある方へ向きを変えようとする。

　見られるくらい、いいじゃないかと夢路は思うが、クロはその手の場所には夢路を連れて行きたくないらしい。

「なんだい、けちんぼ」

「可愛い顔してもだめです」

「か……」

そんな顔をした覚えはないから、ちょっと照れてしまった。手玉に取られた気がして、畜生、と口の中で悪態をつく。

近頃どうも、クロは我を出すようになった。

出会った時なんて背中を丸めて、何をするにもおどおどしていたし、夢路の為すがままだった。歩く時も、三歩下がって夢路の後をついてきた。

ところが今は、自分の意見を遠慮せずにずけずけ言うようになってきた。特に夢路が関わることになると、執着や束縛を見せる。

嬉しくはあるのだが、今まで自分が主導権を握ってきたのにと、思い通りにならない年下の男に、負けたような気がして悔しい。

「お前がここで引き返したってことは、色街はあっちの方だね」

あまのじゃくの気が起きて、夢路はクロの反対を向いた。すたすた歩き出すと、クロが「夢路様！」と、慌てて追いかけてくる。

捕まらないように足を速めたが、すぐに追いつかれた。それどころか、背後から両腕で抱えられてしまい、足が浮く。

「しょうのない人だ」

「こ、こら。子供じゃあるまいし」

バタバタ暴れたが、クロの力が強くて逃げられない。周りの人たちがじろじろ見るので、恥ずかしかった。

「下ろしとくれよ。人が見てるじゃないか。逃げないからさ」

中でも夢路たちの横を通った獣人の男は、わざわざ足を止めてまじまじとこちらを見つめる。最初はただ、騒がしい異国人を煙たく感じているのかと思った。それにしては、驚愕の表情を浮かべている。夢路はやがて、男の視線がクロに注がれているのに気がついた。

狼の獣人だが、痩せぎすで身なりも質素だ。

「おい、クロ」

「駄目です。そんなこと言って、逃げる気でしょう」

「そうじゃないって。あすこにいるお人、お前さんの知り合いなんじゃないかい」

クロが「え」とつぶやいて、夢路を地面に下ろした。

同時に、こちらを見る獣人の男が小さくつぶやくのが聞こえた。

『ヴォルグ殿』

夢路がクロを振り返ると、クロも男と同じように、驚いて目を瞠っていた。

『デザン……ティホ・デザンか！』

やはり、知り合いだったらしい。

『久しぶりだな、デザン。元気だったか』

クロが驚きから喜びに表情を変え、オロス語で話しかける。彼の表情からして、親しい相手だったようだ。

しかし、デザンと呼ばれた男は忌々(いまいま)しそうに舌打ちして、クロから目を逸(そ)らした。

『元気なわけないでしょう。俺のこのなりを見ながら、よくそんなことを言えるものだ。相変わらずのお坊ちゃんだな』

吐いて捨てるように言い、続けて口の中で何かつぶやいたが、オロス語に不慣れな夢路にはよく、聞き取れなかった。

ただ、のんきだとか、いい気なもんだな、というような言葉だったと思う。

クロが言葉を失っている間に、デザンはふいとそっぽを向いて歩き出し、すぐそばの角を曲がってしまった。

ティホ・デザンという男は、クロの部下だったらしい。

文官で戦時中は王都にいたが、戦後はクロや他のオロス人と共に、帝国人に混じって復興に尽力した。

その後、正式に州政府が置かれて復興がひと段落すると、クロのようにオロスを去る者と、正式に州政府に雇用される者とに分かれた。

デザンは後者だった。しかし先ほどのデザンの姿は、とても州政府の役人には見えない。どこか荒んだ顔をして、江戸で夢路と出会った時のクロほどではないが、身なりも質素だった。

「復興もひと段落して、嫌になっちまったんじゃないかい。お前さんみたいにさ」

市場から宿に戻る途中、夢路は言った。言ってはみたが、恐らく違うだろうとも思っている。抜け殻のようになって、生きることに倦んでいたクロと、先ほどのデザンとは目つき顔つきが違う。デザンは世を拗ねているように見えた。

「デザンは平民出身の文官です。王家に絶対的な忠誠を誓っていた俺とは違う。かつてのデザンは、オロスの民のために新しいオロスを作るのだという気概を持っていました」

それがどうして、あんな風になったのか。クロは気がかりなようだ。

とはいえ、こちらもこちらの商売がある。

いったん宿に戻った後、庁舎に到着する頃には、夢路もクロも頭を切り替えていた。

時間通りに知事を訪ねると、受付から案内に現れた役人から、やけに丁寧に応対してくれた。うやうやしいと言ってもいい。一介の商人相手というより、貴族に対するような態度だった。

夢路たちは応接室だという広間に通された。

庁舎は、王国時代の王城を接収して再利用している。クロの話によれば、戦争で傷ついた個(か)所(しょ)は補修されたが、ほとんどそのままなのだそうだ。

クロが忠誠を誓っていた国王一家が、自決した場所でもある。夢路はクロの様子が気になったが、「今さらですよ」と、微笑まれた。

「戦後の二年間、ここで働いていたんですから」

言われれば、それもそうかと納得した。

ただ、クロが去って三年の間に、庁舎の人事もがらりと変わったようだ。広間に通されるまでの間に、クロを見知った相手には遭遇しなかった。

知事も、クロが去った後に着任したという。とすると、このうやうやしい接遇は純粋に、黒乃屋夢路に対してのもの、ということになる。

不可解でちょっと不気味だったが、応接室で知事に挨拶をして、その理由がわかった。

「お会いできて光栄です、黒乃屋夢路殿。先の皇帝陛下のご巡幸で、陛下の篤(あつ)い信任を得られたとか。あやかりたいものですな。……と、申しています」

夢路の帝国語は、まだまだ日常会話にも至らないので、クロが通詞(つうじ)として間に入る。

知事は赤ら顔に口ひげだけは立派な、小太りの中年男だった。

背が夢路より低い。皇帝陛下と同じくらいの年恰好(かっこう)だが、あちらは渋い二枚目だった。同じ帝国人でもいろいろいるのだなと、夢路は内心で感想をつぶやく。

名前を何たらソト、と名乗ったが、あまり興味がないので覚えられない。

彼は夢路しか見ておらず、クロのことは夢路の通詞としか認識していないようだった。特に挨拶も促されず、クロも名乗らないままなので放っておく。

そしてどうやら知事の好意的な態度は、陛下からもらったお墨付きを、知事が過大に評価した結果らしい。

夢路も黒乃屋も皇帝と懇意にしているわけではないし、今後もそのような機会はないだろう。

昨年のあれは本当に幸運だったし、クロがいたからこそなのだが、その辺りを目の前の赤ら顔の男にどこまで話して良いのか、まだ判断がつかない。とりあえず黙っていることにした。

「こたびはオロスの知事様にお目通りをかないまして、恐悦至極に存じます。これはつまらないものでございますが」

夢路はクロからあらかじめ教わっていた作法通り、知事と握手をかわした。

その時、知事がこちらを見る目に、ほんのわずかばかり、侮り（あなど）や蔑み（さげす）の色が混じっているのに気がついた。

皇帝陛下と繋がりがあるらしいからへりくだっているが、その実、こちらを下に見ている。

辺境の蛮人。そんなところか。巨大な帝国にとっては東方のちっぽけな島国など、田舎どころか未開の地なのだろう。

夢路は相手の軽侮に気づかぬふりをして、クロに目配せした。クロはすぐさま、手にしていた風呂敷包みを夢路に渡す。包みから取り出した土産物を、知事の前に差し出した。

螺鈿と金装を施した飾り箱と、正絹金襴の反物である。

帝国貴族の多くは、ゴテゴテとした成金趣味の飾り物を好むというから、職人に頼んでとびきり派手に仕上げてもらったのだ。

箱の細工の細かさ、反物の織りの繊細さは、異国の者にはわからないかもしれないが、だからといって二流の品を献上するのは、黒乃屋の沽券にかかわる。

職人に「どんな間抜けが見ても、一目で値の張るもんだとわかるように仕上げとくれ」と頼んだ甲斐あって、知事はほう、と目を瞠った。

そっと飾り箱の蓋を開き、さらに目を見開く。中身は金塊だった。箱に入るくらいだから、そう大きくはないけれど、そこそこ目方はある。

最初は職人の粋を凝らした小物にしようと思ったが、クロから、わかりやすい方がいいと言われたので、こちらにした。金はどこの国でも、どの時代でも重宝される。

『これはこれは。ひのもとが黄金の国だという噂は、本当だったようですな。オロスは地理的にひのもとに近いにもかかわらず、ほとんど取引を行っていませんでした。これを最初の足掛かりとしたいものです』

最初から好意的だった知事だが、金塊を見るとニコニコと笑顔になった。内心の興奮を抑えきれないといった様子だ。

無意識の仕草だろう、土産の品を手元に囲い込むようにするのを見て、こいつは欲が深そうだと夢路は思った。

『羊毛の輸出についてですが、さっそく仲買業者を紹介しましょう』

しばらく、欠伸が出そうな社交辞令の応酬が続いた後、知事が切り出してきた。

「仲買、ですか」

知事との挨拶で、いきなりそんな話をされるとは思わなかったから、驚いた。

『ひのもとには、そうした業者はおりませんかな。商品流通においては欠かせないものですが』

「もちろん、存じております」

仲買、卸商い、問屋、江戸にも当然あるが、驚いているのはそんなことではなく、知事が業者の紹介を申し出たことにだ。

これはもしかして、自分の子飼いの業者を使え、ということだろうか。そうすると当然、知事の懐にもそれなりの金が入ることになる。

その値鞘は、こちらの仕入れ値に上乗せされるだろう。

役人と業者の癒着は珍しいことではない。それで取引が上手くいくなら、賄賂を送るのもやぶさかでないが、あまりに性急すぎる。ここで唯々諾々と従っては、何のために視察に来たのだかわからない。

それに何より夢路の勘が、この男に従ってはならないと告げていた。こいつの言う通りにしたら、つまらない商売をすることになる。

（こういう役人の扱いは、幸路が得意なんだけどね）

海の向こうにいる弟の顔を思い浮かべたが、いないものは仕方がない。

幸路の真似（まね）をして、にっこり穏やかな、けれど押し出しの強い笑みを浮かべた。

「まあ、そういう話はおいおいしてまいりましょう。今日のところはほんのご挨拶。今回はまだ、オロスという土地を知るための、言ってみれば物見遊山の旅ですから。もし万が一、帝国の州知事様にご紹介いただくというなら、手前どももそれ相応のお礼と準備をしておかねば、店の沽券にかかわります。……ですから今の話は、聞かなかったことに致しましょう」

さて、もって回ったこの言い回しを、クロはうまく訳してくれるか、知事は納得してくれるかと窺ったが、帝国語で話すクロに対し、知事は軽く目を瞠ったものの、すぐにまた相好を崩した。

『いや、仰（おっしゃ）る通りですな。どうも気持ちがはやってしまった。そういうことでしたら、込み入った話はまた、改めて致しましょう』

金塊をもらった時のような笑顔から察するに、夢路の言葉を都合よく解釈したのではないだろうか。

今日の手土産以上のお礼がもらえると期待しているのか、相手の考えをすっかり読むことはできないが、こちらは何をするともしないとも言っていない。ただ「もしも」という仮定の話をして、断言したのは、知事の申し出を聞かなかったことにするという、一点だけだ。

『しかし、供の者が一人とは、異国では何かとご不自由でしょう。私の方から手伝いの者を一人、お付けしましょう』

気遣いなのか、それとも異国人の夢路たちの動向を見張るつもりか、知事が余計な申し出をするので困った。

「ありがとうございます。お気遣いいたみいります。ですが手前どもだけで」

『遠慮なさらず。物見遊山ならばなおさら、州都に慣れた者の案内が必要ですよ。そこの通詞もオロス人のようだが、戦争で異国に流れたオロス人は、今の街を知りませんからな。この街もだいぶ変わったのですよ』

クロは知事の言葉を訳してから、

「夢路様、ここはいったん受けましょう。あまり突っぱねても角が立ちます」

と言う。確かに、あれもこれも断ったのでは、相手の機嫌を損ねるかもしれない。

渋々……という思いはおくびにも出さず、にこやかに知事へ礼を言い、今日のところはこれでと、暇（いとま）を告げた。

帰りは知事が城の玄関先まで見送りに出て、宿まで馬車を用意してくれた。いったいどこまで見返りを期待しているのだろうと、うすら寒くなる。

宿に着き、部屋に入るとどっと疲れが出た。

「欲の皮の突っ張ったお人だったねえ」

外套を脱ぎながら、夢路はやれやれと嘆息した。背後に回ったクロが、当然のようにそれを受け取って衣架へ掛ける。

この客室も船と同じく、上等な部類の部屋なのだろう。二間ある一方は居間で、長椅子やテーブルのほか、豪華な調度が設えられており、奥の部屋にはどんと大きな寝台が置かれている。

「ずいぶんあからさまに感じたが、もしかして帝国ってのは、あんなふうにお代官様みたいなのが、商売を取り仕切るのが普通なのかい？」

こういうことを想像していなかったわけではないが、もう少し情緒的なやり取りがあると思っていた。

「いえ、そういう事実は聞いたことがありません。むしろ陛下をはじめ中央政府は、商人の自由な競争を妨げ国家を衰退させるとして、賄賂を戒めています」

「なら、知事が勝手にやってることだね。あのまま乗ってたら、話は早く進むかもしれないが、この先ずっと相手の言い値で仕入れることになりそうだ」

「ええ、俺もそう思います。夢路様がうまくかわしてくださって、ホッとしました」

クロは言いながら、夢路が上着やネクタイをその辺に散らかしていくのを拾って丁寧に片付ける。それから「長着に着替えますか」と尋ねた。

クロが夢路の身の回りの世話をするのは、今となってはごく当たり前の光景だ。別にクロを使用人扱いしているわけではないが、彼の方から甲斐甲斐しく尽くしてくれるので、すっかり習慣になってしまった。

夢路のことをよく見ていて、気働きが利く。万事、夢路の居心地がいいように周りを整えてくれる。

(でも、元将軍様なんだよねえ)

元武人で元貴族で、世が世なれば家門を背負う当主、殿様だ。おまけに帝国皇帝に目をかけられている。

今さらなことだから、家では滅多に考えないのだが、今こうして世話をさせていると、何となく申し訳ない気分になってくる。異郷にいるせいだろうか。

「自分の着るものくらい、自分で出すよ」

殊勝な気持ちで言ったのだが、「いえ、俺がやります」と、先回りされてしまった。

「夢路様がやると、荷物をぐちゃぐちゃにされてしまいますから」

「なんだよ。こっちが気をつかってるっていうのに」

水を差されて不貞腐れた。クロが不思議そうに「気をつかってるんですか」などと聞いてくるから、ますますへそを曲げる。

「お前だって疲れてるだろ。私の何倍も動いてるじゃないか。この上、下男の真似をさせるのは申し訳ないって言ってんだよ」

そっぽを向いていると、微かに笑う声が聞こえた。こちらに近づいてくる気配がして、背後から抱きしめられた。

「今日はどうもおかしいですね、夢路様」

「おかしくなんかない」

むっつり膨れたが、クロの温もりにうっとりした。ふっと身体を弛緩させる。首元に息がかかり、くすぐったいくちびるの感触がした。

「俺は、使用人の真似をしているつもりはありません。愛しいあなただから、世話を焼きたいのです。どちらかというと、あなたの妻のつもりですよ」

いかつい嫁がいたもんだ、という憎まれ口を叩こうとして、背後からあごを取られた。軽く身をひねると、クロに唇を塞がれる。

「ん……」

愛撫するように角度を変え、あごに添えられていた手が耳朶をくすぐった。

口吸いもずいぶんうまくなった。以前は口を合わせただけで真っ赤になって、おたおたしていたのに。

「風呂の用意をさせましょうか。それとも食事にしますか」

熱を孕んだ目で見下ろしながら、囁くように尋ねてくる。

「も……」

もちろん風呂だ、と言おうとした時、客室の戸口を叩く無粋な音が聞こえた。

「間が悪いねえ」

夢路はぼやき、クロも嘆息して部屋の戸口へ向かった。

どうやら宿の者らしい。クロは扉越しに帝国語でしばらくやり取りをした後、夢路の方へ戻って来た。

「今、知事から派遣された案内人というのが、宿の帳場にいるそうなのです」

「さっきの今でかい？　そりゃまた急いだもんだね」

もともと夢路たちに付けるつもりで、手配していたのかもしれない。

正直、長旅でくたびれていて、この上、見知らぬ人に会いたくない。とはいえ、このまま追い返すわけにもいかないだろう。

「仕方がない。知事様のご厚意だ。むげにもできないね」

もう一度、身支度を整え直していると、宿の者に通されて案内人が部屋にやってきた。

クロと一緒に、夢路も戸口まで出迎える。まだ相手がどういう人物か、わからないからだ。

『黒乃屋様、初めまして。知事様のご依頼で来ました』

と、いうようなことを、彼女は帝国語で言ったのだと思う。

若いオロス人の女だった。その女の顔を見た途端、クロが驚きの声を上げた。

女もまた、クロを見て口元を手で押さえた。

『レナト様？　どうしてこちらに……』

『フランカ！　やはり、フランカか！』

二人がほとんど同時にオロス語で言った。夢路以外に対しては、滅多に揺れないクロの尻尾が、パタパタ揺れる。

それを見た夢路は、嫌な予感を覚えるのだった。

今日はよく、クロの知り合いに会う日だと思ったが、故郷なのだから当然のことだ。

「彼女はフランカ……フランカ・レイ。俺の幼馴染(おさななじ)みなんです」

部屋の中に通し、クロは女を夢路に紹介した。

フランカは、クロよりやや肌の色は白く、気の優しそうな美人だった。艶(つや)やかな黒髪を後ろで丸く結っている。その頭からはクロと同様に尖った耳が飛び出していた。

帝国風のドレスを着ていて、色味が合っていないのか、やや野暮ったく見えた。

しかし、クロの紹介を受けて帝国式の膝折礼をして見せた彼女の所作は、横浜で見た貴婦人のそれよりずっと優雅だった。

クロが幼馴染みのフランカに最後に会ったのは、戦時中、王都に帝国軍が押し寄せる前だったそうだ。

『レナト様が生きていらして、王都で復興を担っていることは噂で存じておりました。その後、ひのもとに向かったのも……。また生きてお会いできるとは、思いませんでした』

フランカはオロス語で言い、泣き出してしまった。

目の前に立つクロに、そのまま身を預けそうな勢いなのを、夢路は邪魔することもできず、端でギリギリしながら眺める。

宿の者が茶を運んできてようやく、奥の長椅子へ移動した。

『初めまして、黒乃屋夢路様。お見苦しいところをお見せして、申し訳ありません』

長椅子に腰掛けたフランカは、すぐさま涙を拭い、夢路へ恥ずかしそうに挨拶をした。

良家の息女、といった雰囲気だ。名家の出自のクロと幼馴染みだというから、それなりの家の娘なのだろう。

裏店の小間物屋に生まれた夢路としては、面白くない気分である。

しかし、そんな内心はおくびにも出さず、にっこりとよそ行きの笑顔を浮かべた。

『はじめまして。どうぞよろしく。私のことは、ユメジと呼んでください』

オロス語で挨拶を返すと、フランカは『まあ』と、大袈裟に驚いて見せた。

『オロス語がお上手なのですね』

『いいえ、まだ勉強をはじめたばかりです。クロ……レナトに習っています』

『夢路様がオロス語と帝国語の勉強を始めて、まだ三か月ほどなんだ。それでこれだけ喋れるのだから、すごいだろう』

クロが誇らしげに言うから、照れ臭くなった。ひのもとにいる時分から、上達が早いと褒められていたが、クロの教え方が上手いのだ。

それにまだまだ、クロがひのもとの言葉を話すようにはいかない。

『ご夫君のことは、残念だった』

挨拶を終えてしばし沈黙が落ちた時、クロが表情を変えて一言、フランカに告げた。フランカは穏やかな笑みを口元にたたえ、小さく頭を下げる。

『覚悟はしておりましたから。他にも知人が大勢亡くなりましたし』

フランカは寡婦で、夫は戦死したらしい。大勢が亡くなった、という言葉を聞いた時、クロは一瞬、苦しそうな顔をした。

彼はずっと、自分だけ戦を生き延びたことを恥じていた。生きろという、主君のいまわの際の命令がなければ、後を追っていた。

夢路と出会って共に生きる道を選んだけれど、心の傷が完全に癒えたわけではない。

それでも、クロが苦しそうにしたのは、ほんの一瞬だった。すぐにまた冷静な表情に戻る。

『それにしても、君が案内人とは驚いた。今は州都に住んでいるのか。子供たちは？』

『母に預けております。戦が終わった後、母と子供たちと一緒に、母方の実家に身を寄せていたんです。婚家の領地や財産は戦争でほとんど没収されましたし、もともと夫の両親とは折り合いがよくなくて』

フランカは、恥じ入るように再び目を伏せた。

嫁が婚家で苦労をするのは、いずこも同じらしい。夫が亡くなって身の置き所がなくなり、嫁ぎ先を出たというわけだ。

『確か、母上の実家は……』

『カシュです。この州都から近いので、週末は子供たちに会いに家に戻っています。父は亡くなってそちらの家もないので、今はもうこちらが実家ですね。ふだんは州都で働いております。田舎ではどうしたって、収入は限られますから』

女の仕事は限られる。それが田舎ならなおさらだ。夫を失い、母と幼い子供たちを抱えて、彼女は一家の大黒柱として働かなければならなかった。

しとやかで、いかにもお嬢様育ちに見えるが、苦労人なのだ。

夢路も、それにクロも、痛ましげな顔になっていたのだろう。フランカはこちらをなだめるように微笑んだ。

『そんなお顔をなさらないで。幸い、主人の友人の伝手（つて）で、州政府に雇っていただいたんです。私は帝国語もできますし、州都にも詳しいので、帝都や他の州から来る帝国人の案内役をしています』

『案内役というのは、街を案内するということか？　しかし、女の身では危険なこともあるんじゃないのか』

相手が幼馴染みだからか、クロは不安げだ。

夢路はお茶を飲みながら、二人のやり取りを聞くばかりだったが、内心でやきもきしていた。というのも、このフランカがクロを見る目つきが、恋しい男を見る生娘のようだからだ。

（いや、きっとそうなんだろうね。おぼこ娘が初めて恋した相手なんじゃないか）

他の男に嫁いだが、初恋というのは忘れがたいものだ。しかも、生きて二度とは会えぬと思っていた相手と、こんなふうに思いがけず再会したのだから、運命のようなものを感じたとしても、おかしくはない。

（女ってのは、すぐ恋の縁（えにし）だの運命（さだめ）だのに飛びつくからさ）

内心、ひねたことを考える夢路である。

しかし、クロが心配そうに身を乗り出すのを見て、フランカもどこか嬉しそうだった。

『街の案内もしますが、臨時秘書、といった方が正しいかもしれません』

相手の希望に添った食事処を見つけたり、馬車や船の手配、宿が気に入らないから別の宿にしてくれといった、客の我が儘を聞いたりするのが仕事なのだそうだ。

フランカ以外にも数名、こうして州政府に雇われている案内人がいるという。他の案内人は男性だが、フランカは伝手があって女の身でも雇ってもらえた。

『もちろん、私が女だと見て、いかがわしいことを言ったり、不埒な振る舞いをする者もおります。それとは逆に、女などに案内を頼めるかと怒り出したり。最初は苦労しましたが、今はもう慣れました』

フランカは当時の客を思い出したのか、一瞬、表情を曇らせたものの、すぐに気丈な微笑みを浮かべて見せた。

黙ったままの夢路に気づき、居住まいを正す。

『私の身の上話ばかりで申し訳ありません。知事様より、お客様を街にご案内するように申し付かりました。契約は明日からですが、ご挨拶とご要望をお伺いしようと思って参りましたの』

案内人の話は今日決まったのではなく、だいぶ前から知事が依頼していたそうだ。

案内と言われて、どうしたものかと夢路はクロの顔を見た。

もちろん、州都もあちこち見て回るつもりだが、遊びに来たわけではない。ただ観光をするつもりも暇もなかった。

『知事には、仕事の報告義務があるのか？』

　クロは夢路と顔を見合わせた後、フランカに尋ねた。

『報告、ですか？　特にそうした義務はございません。お役所から仕事を依頼されて、その都度、お客様のところへ出向くだけですから。報酬をいただきに庁舎に行く際、雑談程度は致しますが。でも、今回は知事様が直々に私をご指名くださいましたし、特別におもてなしをしたいお客様だと言われましたので、もしかすると後でいろいろと尋ねられるかもしれませんね。何か問題があるのですか』

『できれば知事には、我々がどこを周ったか、詳しく知られたくない。こちらは商売の仕入れの視察に来たのだが、何も把握しないうちから、知事と懇意にしている業者を押し付けられそうなんだ。今日のところは返事を濁したが』

『それなのに別の業者を当たっていたら、知事様としては面白くありませんわね。そういうことでしたら、尋ねられてもうまく言っておきます。案内人の仕事は、お客様のご要望をできる限りかなえることですから』

　クロの言葉に、目から鼻へ抜けるように答える。美しい上に利発なのだ。やっぱり夢路は面白くなかった。

　とはいえこうして、知事から派遣された者に協力してもらえるのはありがたい。

クロを見ると、さらにまだ、何事かを考えているようだった。少しして、再びフランカに尋ねる。

『御母堂のご実家、カシュは牧羊が盛んだったな。今もそうなのか』

『え？　ええ。カシュは王都から近いとはいえ、戦場になりませんでしたから。母の実家がある村も幸い、戦火に見舞われることもなく、戦時中に羊が何頭か軍に召し上げられたくらいだそうです。今も戦前と変わりませんよ』

クロはフランカの説明にうなずくと、今度は「夢路様」と、こちらを向いた。

「明日から、彼女の母の実家、カシュに行ってみませんか」

「この娘さんの？」

「ええ。カシュ地方は、オロスの中でも有名な羊毛の産地なんです。州都からも近く、馬車で半日もかからないでしょう。いずれ仲買を通すにせよ、産地から直接仕入れるにせよ、最初に産地を見ておくことは必要だと思うんです。こうして地元を良く知る案内人もいることですし」

母親と子供たちが住んでいて、自分も毎週末に帰るというから、地元にも知り合いはいるだろう。そこから仕入れの足掛かりができるかもしれないし、そうでなくてもクロの言う通り、産地を実際に見ておくことは必要だ。

夢路は反物になった後の羊毛しか知らない。羊を実際に見たこともないのだ。

フランカほど適任はいないし、乗らない手はない。普段の夢路なら、渡りに船と即答しているところだ。

なのに今は、すぐに返事をするのがためらわれた。

「申し訳ありません。妙案だと思ったのですが」

クロも、すぐに夢路が乗ってくると思ったのだろう。なのに返事が返って来ないのを見て、自分の独りよがりだと考えたらしい。

ぺたりと耳を倒して言うので、「いや」と、夢路も慌てた。

そう、妙案なのだ。どうしてためらうことがあろう。

「ちょいと考えこんでただけさ。お前の言う通り、カシュとやらに行ってみよう。フランカさんが承知してくれればの話だが」

答えると、クロはホッとした顔をした。すぐにフランカに、今の話をする。フランカはそれを聞いて、ピンと耳を立たせた。

『まあ。それはぜひ、ご案内させていただきますわ。実家が牧羊をやっておりますし、他にも村には農家がいくらもありますから、ご紹介します。牧畜農家を実際に見学してみてはいかがでしょう。一日で回れないようでしたら、我が家をお使いくださいませ。ついでに、母にも会ってやってくださいな。レナト様がオロスを離れてどう過ごされているか、母もずっと気にかけておりましたから』

ぜひ、と、いささか前のめりに畳みかけた。早口だったので、夢路は最後のほうが聞き取れず、クロに訳してもらった。

『はしゃいでしまって申し訳ありません。お仕事のお役に立てるのでしたら、こんなに光栄なことはございませんわ。さっそく明日、カシュまでの馬車の手配をさせていただきます』

頬を紅潮させて、フランカは張り切っている。その目がほとんど夢路を見ることなく、クロにばかり向いているのに気づいて、夢路は憂鬱になった。

「夢路様、本当はお嫌でしたか」

夢路の髪を洗いながら、クロがおずおずとした口調で言った。

帝国式の長細い湯船に浸かっていた夢路は、片目を開ける。クロが不安そうに覗き込んでいた。

フランカと、明日以降の予定を話し合った。明日は朝からカシュへ向かう。

彼女が去った後、夢路はすっかり疲れてしまい、夕食に出かける気力がなくなった。クロが動いて部屋に食事を運んでもらい、葡萄酒を飲みながらちょこちょことつまんだ。

それから風呂の用意をしてもらったのだが、夢路は帝国式の風呂には慣れていないだろうからと、クロがここでも甲斐甲斐しく世話を焼いてくれている。

湯船に溜めた湯で何もかも済ませるのが、帝国式だそうだ。けれどクロは、綺麗好きな夢路のために、別に沸かした湯を用意させ、それで髪を洗ってくれた。

夢路はただ湯に浸かって身を預ければいいだけだ。

クロに優しく洗われて、旅の疲れも取れたのだけど、やっぱり昼に会ったフランカの存在が気になっている。

フランカが現れたのはまったくの偶然だし、クロが彼女の家があるカシュに行こうと言ったのも、純粋に商売のためだろう。

わかってはいるが、この成り行きがどうにも面白くない。

疲れもあって言葉少なになっていたら、クロが不安げに「お嬢でしたか」と聞いてきた。

そう、本当は嫌だ。でもクロは、夢路が何を嫌がっているのか気づいていないらしい。

こういう時に限って鈍いんだからと、覗き込む相手をじろりと睨んだ。

「クロ、お前。あのお嬢さんとは、本当にただの幼馴染みなのかい」

その問いに、根拠はなかった。ただ何となく頭にひらめくものがあって、尋ねてみただけだ。

「えっ」

果たしてクロは、ビクッと身を震わせ、あからさまにうろたえた。

「そ、それはどういう意味で」

「どうもこうも、そのまんまの意味だよ」

夢路が感情を押し殺した声で低く言うと、クロはやがて観念したように、ぺたりと耳を寝かせ、肩を落とした。

「特別な関係はありません。彼女とは本当に、ただの幼馴染みです。ただ一時、彼女との縁談が持ち上がっただけで」

「やっぱり」

思わず口に出してしまった。クロはともかく、フランカの言葉尻やクロを見る目に、何とはなしに……本当にわずかばかりだが……幼馴染み以上の馴れ馴れしさを感じたのである。

クロに恋仲の女がいたとは聞いていないし、そうならもっと、クロも気まずそうにするだろう。

「で、でも、本当に一時なんです」

クロが必死に言い訳する。

「彼女の父親は俺の祖父の部下で、母親のアニカは俺の母の侍女だったんです。子供の頃から一緒に育ちましたし、俺にとっては姉みたいなものでした」

フランカはクロの一つ年上なのだそうだ。

「フランカが年頃になって、一度は俺に嫁がせようとしました。父も祖父も、彼女を気に入っていたので。ただ、俺はちょうど初陣が決まっていて、結婚どころではなかったんです」

親たちは、だからこそ早く二人を結婚させたかったのだろう。

しかしクロは、結婚というものが重荷だった。初陣は十五だと言っていたから、それも無理はない。

「婚約するにしても、もう少し待ってほしいと言いました。それで俺との縁談は立ち消えになったんです」

その後すぐ、クロは戦地に向かった。初めての戦いから戻ってくると、フランカはすでに別の家に嫁いでいたそうだ。

結婚は女のほうが早い。クロがグズグズしている間に、フランカは婚期を逃してしまう。

帝国との戦局は悪くなるばかりだったし、フランカの両親も娘の行く末を案じたのだろう。

「東部の武門に嫁いだと聞きました。戦時中に子供が生まれたことも、人伝手に聞いて。戦後、彼女の夫が戦死していたことを知って気にはなりましたが、こちらも気持ちに余裕がなくて」

行方を捜すことはしなかったという。

それを聞いて、夢路はほんの少し安心した。クロにとってフランカの存在は、オロスに引き留めておくほど大きなものではなかった、ということだ。

「彼女に幼馴染み以上の思いを抱いたことは、一度もありません。結婚はどのみち、俺の自由になるものではなかったですし。本当です」

クロは必死だった。これが犬だったら、キュンキュンピスピスと鼻を鳴らしていただろう。

懸命に哀願する様子を見て、夢路は思わずふふっと笑った。胸につかえていたものが消えて、楽になった。

「わかってる。お前の気持ちは疑ってないよ。昔馴染みと仲良さそうにしてるから、面白くなかっただけさ」

クロの目が大きくなる。耳をピンと立てて「焼きもちですか」などと真顔で言うから、濡れた手でぴしゃりと頬を打ってやった。

睨むと、クロは嬉しそうに笑った。後ろでパタパタ尻尾を振る音がする。

「夢路様が、焼きもち……ですか」

しみじみと言うから、恥ずかしくなった。

「うるさいな」

軽く風呂の水を飛ばしてやったが、ちっともこたえていない。

それどころかさらに嬉しそうな顔をして、夢路に口づける。唇だけでなく、頬やまぶた、額にと、あちこちに唇を落とす。

合間に耳朶を弄られたり、胸元を撫でられたりすれば、嫌でも身体が反応してしまう。

「こら……」

「夢路様、夢路様。俺にはあなただけです」

熱を帯びた真剣な表情で言うから、とっとと髪を洗えとも言えない。

「……知ってる、ってば……あ」

クロがにやりと、獰猛な顔で笑う。不埒な手が夢路の性器に伸びた。

湯の中で、大きな手が陰茎を扱く。ちゃぷちゃぷと音がして、夢路はたまらなくなった。

クロはもう、夢路の身体のどこが一番感じるのか、隅々までよく熟知している。

夢路は色んな男と付き合ってきたけれど、男たちの中でクロが一等、色事の物覚えがいい。

ほとんど何も知らないまっさらから始まって、夢路が教えた端から手管を覚えていった。

たまに、どこで覚えたんだと驚くような手も見せる。教わったのではなく、夢路の反応を見ながら自ら模索したのだ。

夢路の身体はもう、クロにしか熱くならない。なれないと思う。

クロに捨てられたらきっと、誰とも枕を交わすことができず、一生この身を持て余すだろう。

考えたら切なくなって、夢路は自分からクロの首に腕を回した。クロのシャツが濡れたが、彼は黙って目を細めた。

「ここでしてもいいですか。……あの、最後までしませんから」

「ふうん。途中でやめるのかい。そいつぁ切ないねえ」

濡れた上目遣いをして、相手の口を吸う。クロは熱い息を吐いた。夢路は彼のシャツのボタンを外してやる。

逞しい胸元が露わになり、夢路はその胸や割れた腹に何度も口づけた。クロのズボンの前が盛り上がっている。

そこを手のひらで撫でさすると、熱い物がズボンの中でビクッと跳ねた。

「俺のを入れたら……明日の遠出に障るでしょう」

「わかってるよ。けどそれじゃあ、ひのもとに戻るまで、ずっとお預けかい」

クロの雄をこの身に受け入れたのは、船に乗る前日、横浜で一泊したのが最後だ。船では夢路が船酔いで、同じ布団に寝るだけだった。

これからずっとお預けなんて、切なすぎる。いや、明日多少の無理をすることになっても、今夜はクロの熱い雄をこの身に受けたい気分だった。

壊れ物みたいに大事に扱われるのも嬉しいが、今は乱暴に貪られたい。

悩まし気な吐息を吐いて見せ、流し目で相手を見上げながら、ちろりと腹を舐めた。ズボン越しに陽根を扱いてやると、ビクンと跳ねる。

「ゆ……夢路様、待っ……」

夢路だって、クロの身体のどこをどう扱えばいいのか、知り尽くしている。

逞しい身体が小刻みに震えながら耐えるのを見て、夢路はすっと愛撫の手を離す。精を吐く寸前で止められ、クロは一瞬、途方に暮れた顔になった。

「服着たままじゃ、汚れちまうだろ」

夢路はクロのズボンのベルトを外し、前をくつろげてやる。ただし、ことさらゆっくりとだ。

「……っ」

その手つきに焦れたのか、クロは自分でズボンと下着を引き下ろした。ぶるりと巨大な陽根が跳ねる。鈴口から涙のような透明の液がこぼれ、夢路が軽く息を吹きかけると、さらにトロトロと溢れ出た。

夢路は湯船から立ち上がると、クロに一つ口づけ、背中を向けた。尻を付き出し、自ら尻のあわいを広げて見せる。

クロが低く唸るのが聞こえた。

夢路は何も言わなかった。ただ濡れた目で哀願する。

それまで衝動をこらえるように眉をひそめていたクロの表情が、次の瞬間に一変した。目をギラつかせ、大きな手が夢路の尻たぶを摑む。後ろを割り開かれ、大きな熱の塊がねじ込まれるのを、夢路は陶然としながら迎え入れた。

「あ……あっ」

「夢路様……っ」

ずぶずぶと根元まで押し入れ、クロが震える息を吐く。彼の一物が夢路の中で、びくびくと今にも精を噴き上げそうな勢いでうねっていた。

いたずら心が頭をもたげて、夢路はクロのそれをきつく食い締めてやった。

「ゆ……っ」

クロは慌てふためいて口を開いた後、うっと呻いた。

「あ、く……っ」

夢路の中で、ビクビクと陽根が震えている。精を吐き終えてクロが大きなため息をつくまで、ずいぶんかかった。

「……すみません」

やがて、恥じいるように小さく謝罪の言葉をつぶやいたのは、あっという間に達してしまったからか、それとも、夢路の挑発にうまうまと乗ったからか。

「ふふ」

夢路は小さく笑って身を離した。夢路の中にあった性器がずるりと抜け、クロが「あ、ぁっ」ともどかし気な声を上げるのが可愛らしかった。

「これで終わりじゃないだろ？」

向かい合わせになって、クロの頬を一撫でした。唇を押し付けると、目元を赤らめながら、恨めしそうに睨んでくる。

「明日、つらくても知りませんよ」

「望むところさ」

明日のことは明日考えればいい。夢路は今、クロを必要としているのだ。

クロもそこで、自制するのを諦めたようだ。夢路を抱き寄せると、嚙みつくように口を合わせた。

夢路も口を開いて相手を迎え入れる。はじめは互いに主導権を奪い合うように、相手の快感を引きずり出そうと躍起になっていた。

それが次第に、どちらも快楽の渦に呑まれていき、やがては二人とも、互いを貪るように求めていった。

つらくても知りませんよ、とクロは言ったが、翌日になって夢路が腰をさすっていると、あれこれと世話を焼いてくれた。

寝台まで朝食を運んでくれて、その後は朝風呂に入れ、予定の時間まで夢路の腰を揉んでもくれた。

「……申し訳ありません。こうなることはわかっていたのに」

耳をぺしょっと下げて言うから、何言ってんだいと頭を撫でてやった。

「誘ったのは私だろ。それに、あそこで断られたら寂しいよ」

チュッと音を立てて軽く口を吸うと、パタパタとクロの尻尾が軽く振れた。

そうこうしているうちに、フランカが馬車で迎えに現れた。

『おはようございます、クロノヤ様、レナト様』

フランカは今朝も美しい。そして昨日は化粧っ気がなかったのに、今日は薄く白粉をはたいているのに、夢路は気がついた。

クロとのまぐわいで薄れていた黒い気持ちが、またむくりと頭をもたげる。

とはいえ、これは夢路の勝手な感情だ。クロは何でもないと言っているのだし、一人でウジウジモヤモヤしていたって仕方がない。

(うちで扱ってる白粉は、オロスで売れるかねえ)

心の中のどす黒い靄を払うべく、夢路は仕事のことを考えた。

『おはようございマス、レイ夫人。私のことは、夢路と呼んでください』

クロノヤ、というのが呼びにくそうだったので、夢路はにっこり笑ってそう言った。フランカもそれに、はにかんだように微笑む。

『では、ユメジ様。私のこともフランカとお呼びください。本日はカシュまで馬車で参ります。今からですと、到着は午後の遅い時間になります。昼食を持参しましたので、途中どこかで昼食休憩を取りましょう』

フランカは、カシュまでの道行に必要な食事や飲み物も用意していた。細やかな気働きのできる女だ。

それで馬車に乗り込んだのだが、クロは宿屋の枕を二つ持ってきた。

「夢路様、これを背中とお尻に敷いてください。田舎道は悪路も多いですから」

州都はどの道も綺麗に舗装されているが、そこから地方へは未舗装の道がほとんどだ。

そのことは夢路も、最初の港街から州都へ向かう道すがら、嫌というほど思い知らされている。過保護だと無駄な抵抗はせず、クロの好意を受け入れた。

クロが夢路を抱くようにして馬車に乗せ、枕を敷いてやったりするのを、夢路たちの向かいに座ったフランカは、驚いた様子で眺めていた。

『ユメジ様はもしや、お身体があまりご丈夫ではないのですか』

やがて何を思ったのか、心配そうにそんなことを尋ねてくる。

『いや、夢路様は……』

クロは何と答えていいのか、言葉に詰まっていた。まさか、昨日やりすぎたとは言えない。

『私はあまり、馬車に乗ったことがありません。慣れていないのです』

夢路は当たり障りのない言い訳をして、自分のオロス語は正しいだろうかと、隣のクロを振り返る。クロが慌てて、こくこくとうなずいた。

『そうなのですね。エドには馬車がないのですか』

『江戸では、馬車はとてもめずらしいです。私たちは歩くか、籠（かご）を使います。船もあります。小さな船』

『男二人で、人を乗せた籠を担いで移動するんだ』

三人でそんな話をしながら、カシュへ向かった。

カシュ地方は、州都から続く平野と、その奥に起伏の緩やかな山や丘があるという。羊たちは土地に広がる牧草を食べながら移動するのだそうだ。

夢路たちは途中でいくつか休憩を挟み、フランカが持参した弁当を食べたりした。

フランカも細やかだが、クロはそれに輪をかけて夢路の世話を続けていた。

「夢路様、気分はどうですか？　つらかったら横になってください」

「夢路様、車酔いは大丈夫ですか」

「こちらのパンのほうが、夢路様には食べやすいかもしれません」

夢路様、夢路様と、何かにつけて気を遣う。そのたびに、フランカが驚きと物珍しさの混じった好奇の目を向けてくるので、夢路はいたたまれなかった。

「大丈夫だったら。今日はいつにも増して甲斐甲斐しいじゃないか」

「昨日は無茶をしましたから。それに、あなたは普段は勝手気ままなくせに、変な所で遠慮するから」

したり顔でそんなことを言うので、二の腕をつねってやった。クロの腕は逞しいので、うまくつねれない。なのにクロは、大袈裟に「痛い」と顔をしかめた。

それを見たフランカが、クスクス笑う。

『お二人は、本当に仲がよろしいのですね。主人と従業員というより、お友達か、さもなければ恋人のようです』

恋人という言葉にどきりとしたが、夢路は表に出さなかった。代わりにクロの耳がぴくっと動く。

『ああ、実はそうなんだ』

こくりと、クロは真顔でうなずいた。

『俺と夢路様は恋人だ』

フランカの目が点になった。夢路も唖然とする。

「こ……っ」

この馬鹿、と言いそうになって口をつぐんだ。ここで焦って言い返したら、ただの惚気になってしまう。

『レナトは昔から、冗談が好きでしたか？』

夢路はにこっと笑顔を取り繕い、フランカに話しかけた。

フランカはパチパチと瞬きをした後、クロの先ほどの言葉が冗談だったと理解したようだ。

ホッとした表情を、クスッという笑いで上塗りした。

『いいえ。冗談なんて一つも言えない、真面目な方でした』

『それなら、レナトは江戸で成長しましたね』

夢路の言い回しがおかしかったのか、フランカは『まあ』と、口を押さえて笑う。

『ユメジ様って、面白い方ですのね』

夢路はニコニコと笑顔で返す。隣でクロが、何か言いたそうにこちらを見ているのがわかったが、気づかないふりをした。


カシュの村に入る頃には、陽が西に傾きかけていた。

村は青々とした草地が一帯に広がり、その中にぽつぽつと、煉瓦の家が建っている。平屋が多い。西に見える山の稜線は緩やかで、何とも長閑な風景である。

馬車はその山間に向かって、砂利道を走り続ける。やがて止まったのは、二階建ての大きなお屋敷だった。

「フランカさんのところは、お大尽なんだね」

「はい。彼女の母の実家は代々、この村の大地主で村長を務めています。戦前は多くの小作人を抱えていました」

夢路がつぶやくと、クロが教えてくれた。

「もっとも、戦後の農業政策のおかげで、各地の地主はかなりの土地を手放しているはずなので、以前より規模は小さくなっているでしょう。今は確か、フランカの叔父の代になっているはずです」

フランカは夢路たちを置いて馬車を降り、家の中に入っていった。しばらくして、フランカによく似た年配の女性と、同じく顔立ちの似た四十がらみの男性が現れ、歓迎してくれた。母親は穏やかそうでいかにも良家のご婦人といった風だし、叔父も裕福な家の主人といった感じで、気の良さそうな男だった。

『ようこそお越しくださいました、ヴォルグ様。フランカの叔父のマースと申します』

『ああ、レナト様！　本当にお元気そうで……』

フランカが、叔父と母だと紹介してくれた二人は、クロの姿を見るなり感激を露わにし、母親などは目に涙を溜めて、クロに取り縋らんばかりだった。

懐かしさだけではない、二人の態度はまるで、神か仏を崇めるようだ。

『お母様、叔父様も、お客様が困ってらっしゃるわ。今回は仕事で来られたのですから』

フランカが苦笑しながらたしなめなければ、叔父と母親はクロの前にひざまずいていたかもしれない。そんな勢いだった。

二人はその言葉で初めて、クロの後ろにいる夢路の存在に気づいたらしい。不思議そうな目をこちらに向けた。

『クロノヤ・ユメジ様。ひのもとの方で、レナト様の雇い主なのよ』

『俺の今の主人で、命の恩人だ』

フランカが紹介し、クロが大袈裟な言葉を添えると、二人の夢路を見る目が変わった。まるで自分たちの命の恩人であるかのように、夢路をしみじみと見つめた。

『まあ、レナト様の……』

『とにかく中にお入りください。姪が事前に知らせてくれたら、きちんとおもてなしをする準備をしていたのですが』

『フランカと再会したのは昨日のことなんだ。その時、こちらが無理にお願いした。急に訪ねてすまない』

込み入った説明は、クロがすべて引き受けてくれるので、夢路は遠慮深げに微笑んで、『申し訳ありません』と謝るにとどめた。

夢路たちは家の中に通され、日当たりのいい広間でお茶を振る舞われた。

客船や州都の宿屋で飲むような帝国式のお茶ではなく、ひのもとのほうじ茶に似た黒っぽいお茶だ。茶器も帝国式は取っ手が付いた湯呑だが、ここでは取っ手がない。

砂糖か蜂蜜を入れるかと聞かれたので、辞退した。しかし、夢路を除く全員が、砂糖や蜂蜜をたっぷり入れていた。

この土地の人々はともかく、クロが何杯も砂糖を入れるのに驚く。江戸で甘い物を食べることもあったが、そこまで甘党ではなかったはずだ。

「オロスでは、お茶を甘くするのが贅沢なんです」

クロが教えてくれた。他の人たちは、お茶に何も入れない夢路を興味深そうに眺めていた。異国人らしい所作が気になるのだろう。

郷に入っては郷に従えと言うが、ほうじ茶を甘くする気になれなくて、とりあえずはそのまま飲むことにする。お茶そのものは、香り高くて美味しかった。

お茶を飲む間に、フランカとクロとが交互に、この土地を訪れた理由を叔父たちに説明していた。

『なるほど、羊毛でひのもとの人たちの服を作るのですね。さすがヴォルグ閣下。ご慧眼です』

皇帝からオロス州の羊毛の貿易権を得た、という話をクロがすると、権利を得たのは夢路の黒乃屋だと説明したにもかかわらず、叔父のマースは感心したように言って、クロを見た。

『俺はもう、閣下と呼ばれる身分ではない。それに貿易権を得たのは、我が主の夢路様と、夢路様のご実家の黒乃屋様だ』

クロはやや厳しい表情で、マースの言葉を訂正した。フランカも『そうよ』と叔父を睨む。

『ユメジ様に失礼だわ。今はユメジ様がレナト様の雇い主なんですから』

『いや、そうでした。大変失礼をしました』

マースは耳を寝かせ、クロと夢路に向かって素直に謝った。

貿易権を得られたのは、クロの功績だ。こちらとしては、目くじらを立てることでもない。

夢路は気にしていないというように、マースに微笑みを返した。

『レナトがオロスの将軍だったことは知っています。有名だったのですね』

マースもそれにフランカの母のアニカも、クロがこの場にいることに興奮しているようだった。羊毛の話より、クロの話をしたいようだと気づいて、夢路は水を向ける。

『もちろんです』

思った通り、二人は目を輝かせて何度もうなずいた。

『ヴォルグ様は、オロスでは英雄ですから。戦では先陣を切って帝国の兵を倒し、降伏後は帝国との調停に尽力してくださいました』

『今、我々の暮らしがあるのも、レナト様のおかげですわ』

『やめてくれ。俺はそんな大層なことはしていない』

マースとアニカが口々に言うのを、クロが即座に否定する。降伏の折、主君を失ったクロにとって、愉快な話ではなかっただろう。夢路は安易に話題を振ったことを後悔した。

だが同時に、かつてクロがオロスでどんな立場だったか、ようやく理解した気がする。

オロスの英雄。それは誇張ではなく、真実なのだろう。戦が終わって何年も経ってなお、人々の心に強烈に焼き付いている。

もしかすると元オロスの国民にとっては、亡くなった国王一家よりも、いっそう象徴的存在なのかもしれない。

「すごいお人だったんだね、将軍様は」

ひのもとの国の言葉で、ぽそっとつぶやいた。ぴくりと耳が震え、クロが訝しそうにこちらを見る。

「そんなお人が、腰を振りすぎて風呂場で足を滑らせるなんてね」

クロの顔がみるみる赤くなった。

「夢路様！」

昨日の夜、風呂場でのまぐわいの最中、クロは濡れた床に足を取られて、ちょっと転びそうになったのだ。

「滑らせてません。滑りかけただけです」

むきになって言うから、ぷぷっと笑ってやる。厳めしいレナト・ヴォルグの顔から、クロの顔に戻ったので、内心でホッとしていた。

一方、マースたちは、クロが突然ひのもとの言葉で叫んだので、驚いている。そんな彼らに気づいてクロが咳ばらいをすると、フランカがまたクスッと笑った。

『お二人は仲の良いお友達でもあるのですって。ユメジ様とご一緒だと、レナト様も年相応のお顔になるのですね』

それを聞いたマースたちも、仲のいい男同士の、他愛もないじゃれ合いだと理解したらしく、表情をほころばせた。

夢路たちが村を訪れた目的は説明したが、やはり今日中に牧羊の現場を見て回るのは、難しいとのことだった。

フランカが最初に提案した通り、今日はマースの家に泊めてもらい、明日、農家に見学に行くことになった。

『馬車の移動でお疲れでしょう。何もないところですが、ゆっくりしていってください』

マースはクロをもてなすことが、嬉しくて仕方がないようだ。いそいそと使用人に呼びかけ、客をもてなす準備をさせていた。

『そういえば、フランカの子供たちも一緒に住んでいると聞いていたが』

使用人が客間を整える間、しばしお茶を飲んで待つ。クロがふと気づいた様子で、フランカに尋ねた。

『学校が終わって、今は他の子供たちと遊んでいるんだと思います。そろそろ帰ってきますよ。レナト様が我が家にいるのを見たら、とても驚くんじゃないかしら。あの子たちも、レナト様に憧れているから』

そこで、この家の話題になった。マース家は、マースとその姉のアニカ、それにフランカの息子二人が暮らしている。

マースは戦時中に妻を病気で亡くし、やもめ暮らしだったそうだ。

『今は賑やかなんですよ』

と、マースが気の良さそうな笑顔で言っていた。後妻もとらず、アニカが女主人として使用人たちをまとめているそうだ。

フランカの息子たちは年子で、七つと六つ。マースには子供がいないから、いずれはどちらかが、この家の跡取りになるのかもしれない。

『後添えをもらってはどうかと、何度も言ってるんですけどね』

アニカが言って、隣の弟を見やった。

『私はもういいよ。それよりフランカだ。女の身で一人、州都に働きに行かせるのが不憫でならない。無理をしなくても、子供たちが大きくなるまでの間くらい、養うと言ってるのに』

『よしてよ。私は好きで働いてるんだから。都会の暮らしが性に合ってるの』

フランカは、いささかはすっ葉に聞こえる口調で言った。田舎暮らしなんてまっぴらよ、というような調子だ。

昨日の話では、子供たちと母のために働いているということだった。

夢路はさりげなく、この部屋を見回す。清潔で掃除が行き届いているが、部屋の立派さのわりに、調度は少なかった。

アニカやマースが着ている服も、物は良さそうだが着古した感じがある。少なくとも、贅沢三昧をしているようには見えない。

見かけた使用人も一人だけだった。奥にまだいるのかもしれないが、これだけ大きなお屋敷なら、もっと人が働いているのではないだろうか。

夢路は馬車を降りる前に、クロから聞いた話を思い出した。

戦後の農業政策で、地主たちは土地を手放したのだとか。とすればマース家は今、以前のように裕福ではないのだろう。

そんな中でもマースは、姉と姪一家が居候することを迷惑とは思わず、むしろ喜んでいるようだ。一家を養うと言うのも、本心からに違いない。

そんな叔父だから、フランカもわざと『好きで働いている』と言ったのだろう。

『その都会で、いい人を見つけてきたらいいのにねえ。誰かいないの?』

『やめてよ、お母様まで』

アニカもマースに賛同し、フランカが軽く二人を睨む。

仲のいい家族だ。それに温かい。夢路は微笑ましく、彼らを眺める。

ただ、フランカの再婚の話が出た時、アニカとマースがちらりとクロを見たのが、心の端に引っかかった。

夕食の直前にフランカの子供たちが帰ってきて、屋敷はいっそう賑やかになった。

『ヴォルグ将軍？　本物？』

『すごい！　母さんの友達って、本当だったんだ。どうしてうちにいるの？』

子供たちは客がいるのに驚いて、その一方が英雄レナト・ヴォルグだと知るや、大はしゃぎだった。

下の子は泥だらけの手でクロに触ろうとして、フランカに叱られていた。

活発で年相応の落ち着きのなさを見せる二人に、良家の子息らしさはない。元領主の子息というのも今は昔、すっかりこの村の生活に慣れているようだった。

やがて食事になり、夢路たちは食堂に通された。

使用人はやはり手が足りないようで、アニカやフランカといった女手に加え、マースや子供たちも当然のように使用人たちと動き回っていた。

『落ち着かなくて申し訳ありません。使用人もだいぶいなくなってしまったもので』

アニカがやや恥じ入るように言った。夢路はにっこり笑って気にしていない、という意思表示をする。

『仕方がないことだ。以前とは何もかもが違う』

クロも同様に、相手を思いやる口調で言った。瞳の奥にほんのわずかな苦い色があるのは、戦に関わる出来事を思い出したからだろうか。

そんな考えがちらりとよぎったが、その頃には夕食の準備がすっかり整っていて、子供たちを含むマース家の人々が食卓に着いていた。

夕食は羊肉を主に使った、オロスの郷土料理だった。

『田舎料理ばかりで、お口に合いますかどうか』

マースが夢路を見て、気がかりそうに言った。それでも、夢路たちの急な訪れにもかかわらず、精いっぱいもてなしてくれているのがわかる。

羊と豆と、彩りの良い野菜。食材は豊富ではなかったが、食卓に並ぶ皿の多さが客への歓迎ぶりを示していた。

夢路が料理を口にして『美味しいです』と言うと、クロも含めたその場の皆が、ホッとした顔になった。

『懐かしい味だ』

羊の煮込み料理を食べて、クロがふわりと微笑む。その微笑みが本当に懐かしそうで、夢路は胸を突かれた。

「オロスでは、祝い事や客を迎えた際に、羊を出すんです。この煮込み料理は、我が家でもよく正月などに食べました」

思わず横顔をじっと見つめていると、クロが教えてくれた。

「特別な料理なんだね」

実を言えば、羊の独特の臭みが夢路には苦手だった。しかし、クロにとっては、これが何よりのご馳走なのだろう。

マース家の人々も、久しぶりのハレの料理なのか、美味そうに肉を頬張っている。

この場では、羊肉を食べつけないのは自分だけなのだ。夢路はぼんやりとそんなことを考える。改めて、自分は異国の地にいるのだと感じた。

クロも江戸に流れてひのもとの食べ物を食べた時、同じように感じただろうか。

夢路は、もし自分がこの先、米も味噌もない、羊肉だけを食べていくのだとしたら、どんな気分になるのかと考える。悲しくて、無性に米が食いたくなった。

けれど帰る家を持たず、異国に根を張って暮らすとはそういうことだ。そういう気持ちを、江戸でクロは味わってきた。

『以前でしたらもっと、十分なおもてなしができたのですが。本当に何もかも、変わってしまいましたから』

少ししてアニカが、先ほどの言葉を蒸し返してまた、申し訳なさそうな顔をした。

彼女は、ひのもと風に言うなら庄屋の家の出だが、将軍家に仕える侍女でもあった。

戦前はもっと豊かな生活をしていたのだろう。そしてクロは、それ以上の暮らしをしていた。

その時代と比べると、今の食卓は倹しく、かつての主をもてなすには不十分に思えたらしい。

『これで十分ですよ』

夢路のオロス語ではまだ、情緒に長けた物言いができないので、それだけ言って微笑むにとどめる。同意を求めるようにクロを見た。

『夢路様の仰る通りだ。我々こそ、手土産の一つも持たずに押し掛けて申し訳ない』

『いえ、そのような』

クロは一度頭を下げ、恐縮するアニカたちを窺うように見た。

『不躾なことを聞くようだが、今のオロス人の暮らしは、それほど苦しいのだろうか。州都は俺がオロスを出た三年前と、さほど変わっていないように見えたのだが。やはり、農業政策の影響か？』

突然の踏み込んだ質問に、アニカとマースが戸惑ったように顔を見合わせた。

夢路は黙って状況を見守る。親しい相手とはいえ、クロはあまり、人の生活を詮索する性質ではない。何か思うところがあるのだろう。

『そうですね。やはり、戦後に農地を没収されたのは、大きかったと思います。私たちの暮らしも一変しましたから』

やがてマースが、言葉を選ぶように答えた。それから夢路に向かって、『ご存じかもしれませんが』と、農業改革について教えてくれた。

『オロスでは戦前まで、地主たちが小作人を雇って羊の世話をし、牧草を管理したり、また田畑を耕したりしていました。戦の後、帝国による大規模な農業改革があって、地主が持っていた土地や家畜が、小作人たちのものになったんです』

ところどころ、難しい単語はクロが言葉を添えてくれた。正確に言えば、地主の土地と、そこで育てていた家畜とを帝国が接収し、それを二束三文で小作人に売ったのだそうだ。

地主は多くの財産と共に、働き手も失った。かつての小作人たちが、自分たちの土地で羊を育て、畑を耕すようになったからである。

『それでも、残った土地と家畜とで、どうにか暮らして行こうとしたのですが。これがなかなか』

『人手が足りないのか？』

クロの言葉に、マースがまた言葉を探すように首をひねった。

『というより、流通の変化でしょうか。以前から、農家は仲買業者を通じて市場へ物を売っていました。しかし、この仲買業者が近年すべて、従来のオロス人の業者から、帝国人の業者に変わったんです。そこから羊毛の値段もだいぶ下がりました。買取価格が戦前の六割ほどになってしまったんです』

『それで、利益は出ますか』

夢路がたずねると、マースは重苦しい表情でかぶりを振った。そうだろうなと夢路も思う。六割と言ったら、ほとんど半値だ。

『元小作人たちも、これではとてもやっていけないと言っています。小作人だった時の方がよかったと。買った羊を手放して、牧草地を焼き、そこで自分たちが食べる分の作物を作る者もいます』

それでは当然、生活が立ち行かなくなる。といって羊を育てても、ほとんど利益は出ない。

『オロス人の業者は今、どうしているんだ？』

そう尋ねるクロの表情は、先ほどからどんどん険しくなっていた。

『さあ、私たちも詳しいことは。ただある業者は、オロスの知事が変わって、州都では商売ができなくなったと言っていました。仲買業者が州都の市場で営業をするには、州知事の認可が必要です。戦後しばらくは問題なく認可が得られていたのですが、今の知事になって急に認可が取り下げられたそうで』

戦前からいたオロス人の仲買業者は事実上、州都の市場から追い出されたのだそうだ。

それを聞いた夢路は、思わずクロと顔を見合わせてしまった。

昨日会った、知事の顔が目に浮かぶ。あの欲深そうな男が、裏で何かしているのは明白である。

クロはそのことについて、この場で言葉に出して考えを述べることはしなかった。

ただ硬い表情を浮かべる彼が、内側に静かな怒りを抱いているのを、夢路は感じていた。

自分が去った後の故郷が、己の利しか考えない矮小（わいしょう）な人間に蹂躙（じゅうりん）されている。オロスに尽くしてきたクロにとっては、どれほど悔しいことだろう。

そして夢路は、そんなクロの思いに気づきながら、どうにもしてやれない自分を歯がゆく感じていた。

「夢路様、そんな薄着でお寒くないですか」

夢路が居間の長椅子に座って暖炉の火を眺めていると、クロが部屋に入ってくるなりそう言った。

「火にあたってるから、平気だよ」

帝国式の服を脱ぎ、今は木綿の長着に着替えている。ここに泊まることを想定し、クロが着替えを持ってきてくれていたのだ。そういうクロも、木綿の長着である。

「酒をもらってきました。地酒なので、お口に合うかわかりませんが」

クロは盆を手にしており、その上にはガラス製の酒瓶と湯呑のような盃が二つ、載っていた。

まだ夜の早い時間ではあるが、家の者は皆、部屋に下がっている。朝が早いのだそうだ。

夕食後すぐ、アニカが夢路とクロのために、風呂の湯を沸かしてくれた。

夢路は交替で入るつもりだったのだが、クロが当然のように一緒に入って夢路の世話をしようとしたので、夢路は慌てた。

「馬鹿言うんじゃないよ。周りの目ってもんがあるだろ。将軍様を三助にできるかってんだい」

「もう将軍じゃありませんてば。お一人で洗えますか」

心配そうに言うので、呆れてしまった。確かにクロと暮らし始めてからというもの、身づくろいは何もかもクロに任せていた。いつの間にかそれが当たり前になっていたが、何もできない子供ではないのだ。

「お前と暮らす前は、一人で風呂に入ってたよっ」

そう言うと、クロはなぜか嬉しそうに、尻尾をパタパタ振っていた。

その時、周りに居合わせたマース家の人たちは、幸いにも夢路たちが何を揉めているのか、気づいていないようだった。

ひのもとの言葉がわかる者がいなくてよかった。

ともかく交替で風呂に入ったが、まだ宵の口だ。とても眠れない。明日の農家見学は昼前からだというから、そう急いで床に入ることもあるまい。

客間は二つ、用意されていた。表向きは主人と使用人ということだから、当たり前と言えば当たり前だ。

「寝室は別なのですね」

一度、客間に通されたクロが、少ししょんぼりした声で言い、夢路はそれに「当たり前だろ」と、素っ気なく返したのだが、実を言えば夢路もちょっとばかり寂しい。

クロの腕にすっぽり収まって寝る生活が、すっかり当たり前になっていたからである。冷たい夜具に入るのがためらわれて、宵っ張りを理由に居間を借りていた。酒でもないかと考えていたところだから、ちょうどよかった。

「ありがとう。呑みたいところだったんだ。気が利くね」

言うと、クロの後ろで尻尾がぱたりと音を立てる。クロも夢路の隣に腰掛け、盃に酒を満たして夢路にくれた。

オロスの地酒は、芋を原料にした蒸留酒だった。葡萄酒も飲まれるが、この地酒がオロスでもっとも古くから飲まれているものだという。

「美味い。芋焼酎に似てるね」

ほのかに芋の香りを感じる。羊肉は好みに合わなかったが、この酒は美味いと感じた。

「よかった」

夢路の反応を見て、クロの顔がふにゃっと溶ける。それから、いたずらっぽい顔になった。

「夢路様。本当は、羊肉はお好きではなかったでしょう」

嫌なところを突いてきやがる、と、夢路は隣を睨む。

「顔に出したつもりはないけどね」

「ええ。俺にしかわからなかったと思います」

そう言うクロは、どこか得意げでもあった。

何がそんなに嬉しいんだよ、と、口の中で悪態をつく。顔が熱くなったが、暖炉の火があるから誤魔化せるだろう。

「子供たちに、えらく懐かれてたね」

暖炉の火を眺めつつ、酒を舐めながら、夢路は話を替えてみる。

先ほど、夢路が風呂から上がってきた時、子供たちはまだ寝ておらず、クロの大きな身体にまとわりついていた。

『レナト様、もう一回やって』

『ぼくも！』

クロが子供を高く持ち上げ、子供は器用にくるりと回転して地面に下りる。クロは長身なので、楽しくて仕方がないらしい。

フランカが『いい加減になさい！』と怒り、尻尾をはたくようにして子供たちを部屋に追い立てていた。

「ああいう遊びが珍しかったんでしょう。父親がいませんし、マースは腰を痛めているそうですから」

フランカの夫は、結婚してすぐに戦地へ行ってしまった。たびたび帰ってきたが、長男は覚えていないだろう。次男に至っては、父親が戦死した時はまだ、お腹の中にいたそうだ。

子供たちはクロに、英雄への憧れと同時に、父親像を見ているのかもしれない。

フランカも、子供たちを叱りながらも、どこか嬉しそうだった。

「それにしたって、子供の扱いが堂に入ってたよ。将軍様は三助だけじゃなく、子守りもできるんだね」

「将軍様はやめてください。子守りに慣れてるわけじゃありませんが、昔から子供には懐かれましたね」

そういえば、戦の折に無理心中させられた王子たちとも、仲が良かったのだった。

またいたずらにクロの古傷をえぐりそうになって、夢路はひやりとした。

（悋気ってやつは厄介だ）

気持ちが焦るあまり、無闇な事をしてしまう。

そう、昨日からモヤモヤと胸の内に渦巻くこの思いは、嫉妬だ。

フランカの存在が気になって仕方がない。相手は気立ての良い娘なのに、憎らしく思ってしまう。

クロの気持ちを疑っているわけではない。この男は全身で夢路を愛してくれている。

けれど、子供たちやフランカといるのを見て、とても自然な光景だと思ってしまった。

女と子供に囲まれた、当たり前の所帯がこの男には似合う。そもそも、夢路が引き込まなければ、クロが男同士の道へ逸れることもなかったのだ。

来た道を戻るのは、今からでも決して遅くはない。

クロは若い。それにフランカも。

二人は獣人同士、幼馴染みで、一度は縁談だって持ち上がった。子供も懐いている。

それがどうした、クロはこの夢路様の男だ。そううそぶいてみるものの、自分がクロを束縛することが間違いである気がしてならない。

自分は陽の差さない薄暗い道でクロの手を摑んでいて、陽の当たる道の方からフランカや子供たちがクロを呼んでいる。

レナト様、ヴォルグ様と、本当の名で。クロ、なんて犬みたいな名前じゃなしに。

「夢路様、お疲れですか」

隣から心配そうに覗き込まれて、ハッとした。

「いや、仲買業者のことを考えていたんだ」

咄嗟に取り繕った。こちらの件も、気がかりだったのは確かだ。

「夕食の時、何か気になっていたから、マースさんたちにあんな話をしたんだろ」

「はい。そもそも昨日、フランカが働きに出た経緯を聞いて、気になっていたんです。この家は爵位こそありませんが、下級貴族に引けをとらない大地主でした。財産の多くを接収されたとはいえ、それでもまだ、多くの土地や家畜を有しているはずで、そこまで困窮することはないはずなんです。実際、俺がまだオロスにいた当時は、元領主や地主の暮らしも、それなりに豊かでした」

確かに、戦前の豊かさよりは質素になった。しかし、ある程度の財産は残されていたし、戦で焼け出された人々に比べれば、じゅうぶん裕福と言えるはずだった。

「当時のままなら、姉と姪の一家四人を食べさせることはできたはずでした」

昨日、フランカの話を聞いた時から、訝しく思っていた。

ところが実際にマース家を訪ねてみると、かつての大地主が想像以上に倹しい生活を送っている。どうにも気になって、話を振ってみたのだった。

「羊毛の価格が下がっていなければ、まともな暮らしができただろうにね。けど昨日、州都を歩いた時は、どうだった？　物の値はそんなに変わってたかい」

「いいえ。以前より少し上がっているくらいでした。織物の値段も、目に見えて安くなっているということはありませんでしたね」

産地では安く買い叩かれているのに、市場の値は下がらず、むしろ上がっている。

「すると、仲買が儲かっているんだろうが、それだけじゃないだろうね」

「昔からの業者を市場から追い出したのは、今の知事ですからね。当然、袖の下をもらっているでしょう」

「どこにでもいるんだねえ、業突く張りってのが」

こういうやり方は、同じ商いをする者として好きになれない。

どちらかが一方的に相手の利益を奪い続けていれば、いずれその相手は食い尽くされて立ち行かなくなってしまう。

互いの信用もなくなる。物の質も落ちる。相手に負わせた損は、巡り巡っていつか自分に返ってくるはずだ。

ただ、仲買業者はともかく、知事は商人ではない。この土地で搾れるだけ搾りつくし、私腹を肥やして、いずれ任期が終われば帝都に帰っていくだろう。

困るのはオロスにいる人々だ。

「仲買を通すのはやめだ。知事の口利きで仕入れなんかした日にゃ、儲かる商売だって儲からなくなる」

そして何より、クロの故郷を苦しめる行為に、加担することになる。

「はい。ああいう手合いは、いちいち袖の下や無茶な要求をしてくるでしょう」

うなずくクロの目に、明瞭な怒りが浮かんだ。

彼のこうした表情を、江戸では見たことがない。これはオロスの民、レナト・ヴォルグの顔なのだ。

その表情に新鮮さと、そして幾ばくかの寂しさを覚えながら、夢路も憤りを感じていた。

知事の思い通りになんかさせたくないし、クロの故郷の窮状を、どうにかできないかと思う。

「ちょうど伝手ができたんだ、このマースさんちから、直接羊毛を仕入れることはできないのかね」

それが一番、手っ取り早い。クロとの繋がりがあり、信用が置ける。間に仲介がない分、仕入れ値も安くなる。

しかも、もとはこの辺一帯の大地主だった人だ。これほどの人脈はない。

フランカの叔父というのが夢路にとっては引っかかるが、今それは些細なことだ。

「皇帝様からいただいた貿易権ってのは、その辺の決まり事はないんだろ」

細かい手続きやら約定やらは、ぜんぶ幸路に任せていたが、仕入れ先に仲買を通せという取り決めはなかったはずだ。

「そうですね。決まりはなかったと思います」

クロも、その辺りのことは夢路と五十歩百歩で明るくない。首をひねっていた。

「その辺りの確認が必要ですね。帝国オロス州の商法に詳しい者がいればいいのですが……」

盃を傾けつつ、そうつぶやいたところで、クロは何か思いついたように瞬きした。

「夢路様。州都に戻ったら、少し時間をいただいてもいいでしょうか」

「何か閃いたのかい」

「はい。人を探したいのです。昨日、街で偶然出会った男、ティホ・デザンという男です。あの男なら、商法に詳しかったはずです」

クロに悪態をついていた、あの男だ。

「そりゃ構わないが。大丈夫なのかい。あちらさんはお前のこと、ずいぶん毛嫌いしてたみたいだけど」

僻（ひが）んでいるようにも見えた。教えを請うて、素直に応じてくれる雰囲気ではなかった。

「デザンのあの態度も、気になっていたのです。以前と様子が変わっていましたし。もう一度、会ってみたいと思っていたので、ちょうどよかったです」

「そういうことなら、州都に戻ったら、一番に捜すとしよう」

明日、農家を見学したらすぐ、州都に戻ることになった。

「これで仕入れの算段が付くといいですね。早く江戸に帰れますし」

クロが言う。何気ない言葉だったのだろうが、意外に感じてしまった。

——お前は、早く江戸に帰りたいのかい。

そんなセリフが出かかって、危うく飲み込む。でもそれは、夢路がずっと気になっていたことだった。

人間ばかりの江戸の町は、獣人にはまだ生きづらい。

自分の家の近所や、黒乃屋の界隈（かいわい）ではすっかり、クロの存在は馴染みになったが、それでもまだ、町を歩けば奇異の目でじろじろと見られる。

異国めいた顔立ちや、獣の耳と尻尾を見て、あからさまに顔をしかめる者もいる。

夢路が隣にいてもそんなだから、一人でいた頃はどんな目に遭っていただろう。

そんな土地で、男の夢路と一緒になって一生を添い遂げる。それは果たして、クロにとって幸せなのだろうか。

居心地が悪くはないか。オロスに戻りたいと思わないか。今はよくてもいつか、帰りたくなるのではないか。

そんな不安がもうずっと……クロと恋仲になり、証文をしたためてからも……夢路の胸の隅に巣食っていた。

そうしてオロス行きが決まって、新しくて楽しいことのはずなのに、やっぱり心のどこかで不安があった。

クロがオロスに戻り、里心が付きはしないか。江戸を立ってからのモヤモヤは、そんな心配から来ていたのだ。

今、ようやく自分の抱える不安の正体に気がついた。

だからフランカの存在に、無性に苛立つのだ。

ここにいれば、食べ慣れた料理と酒があり、美人の幼馴染みがいる。町を歩いてもじろじろ見られないし、店先に立っただけで睨まれたりしない。

それどころか、オロスでのクロは英雄だ。こうして歓迎され、手厚くもてなされる。

ここは江戸より居心地がいいだろう。幼馴染みに言い寄られたら、このまま居ついてしまいたいと考えないだろうか。

子供を欲しいと思っても、夢路には与えてやれない。夢路ができることと言ったら、金で解決できることばかりだ。

「夢路様。やっぱり何か、心配事があるんじゃありませんか」

じめじめした思いに駆られていたら、クロが覗き込んできた。胸の奥がキュッと引き絞られる。酒を飲むふりをして、顔をうつむけた。

「……そりゃあね。たとえ仕入れ先の目途が付いたとしても、あの知事さんが黙っているとは思えないし」

誤魔化しきれたのかどうかわからないが、クロは「そうですね」と相槌を打って、それ以上は追及してこなかった。

「知事についても、デザンに聞いてみましょう。有益な情報が得られるといいのですが。……そろそろ寝ましょうか」

「……もう少し」

クロは疲れているかもしれない。それでも離れがたく、夢路は隣にある肩口に頭をもたせかけた。温もりにホッとする。

（もう少し。今だけ）

もしこのまま、クロがこの土地に留まりたいと言ったら。

いや、彼は義理堅いから、口にしたりはしないだろう。でももし、少しでもそんな素振りを見せたら、笑って送り出してやらなければならない。

クロを幸せにしたい。自分の気持ちより何より先に、その思いがあった。

（オロスに拠点を作って、そこをクロに任せれば、黒乃屋の仕事もうまくいくだろう）

考えたら涙が出そうになって、目をつぶった。

やはり疲れているのか、そうした途端に眠気が襲ってくる。クロがそっと身じろぎして、夢路の手から盃を取り上げた。

「ありがとう」

目をつぶったまま言った。大きな手のひらが、夢路の頬をゆっくり撫でる。心地よかった。

そのまま、少しの間ウトウトしていたらしい。

意識の遠くのほうで、身体が宙に浮くのを感じた。クロが抱き上げてくれたのだろう。

いつものことだ。縁側などで酒を飲んで寝っ転がっていると、いつの間にか布団に運ばれていたりする。

あるいは運ばれている途中、クロの腕の中で目が覚めて、でもそのまま寝たふりをする。

夢路は、自分が今、どこにいるのかも忘れて、そっと愛しい相手の胸に頬をすり寄せた。

間近でクスッと笑う声が、聞こえた気がする。

『眠ってしまわれたんですの？』

幸せだったのに、女の声がしてひやりとする。フランカの声だ。夢路はそこで、ここがオロスだということを思い出した。

『つくづく見ても、綺麗な方ですわね。ひのもとの男性は皆、こんなふうにお美しいのですか』

『いや。夢路様は特別だ。ひのもとでも、男でも女でも、夢路様ほど美しい方は他にいない』

きっぱりとして真面目腐った声に、何言ってやがんだい、と思わず叫びそうになった。恥ずかしくて、狸寝入りを決め込む。

『……あの、先ほどは子供たちが失礼いたしました』

鼻白んだような間があって、またフランカの声がする。

『あれくらい構わないさ。元気な子たちだな』

『ええ。やんちゃすぎて困ってしまいます』

『フランカの子供の頃にそっくりだ。お前も泥だらけになって走り回っていた』

いたずらっぽくクロが言い、フランカが小さく笑う。夢路は胸がちくりとした。

『そうでした。レナト様は逆に、大人しくて。男女が逆だったら良かったと、よく言われましたね』

話しながら移動しているらしかった。クロが夢路を抱えて歩く後ろから、フランカが付いてきているようだ。

『最後にレナト様とお会いしたのは、もう何年前になるのかしら。上の子が生まれる前ですものね。あの時も、ずいぶん背が伸びていてびっくりしましたけど。あの時よりもさらに精悍になっていて、別人かと思いました』

『いろいろ、あったからな』

しみじみとしたフランカの声音に対し、クロのそれは寂しい色があった。フランカがやや言葉に詰まりながら、『そうですわね』と、応じる。

『でも、とても男前になっていて驚いたんですよ。なんて素敵な方かしらって、見惚れたんですから。本当に男らしく、逞しくて。それがレナト様だって気づいて……それで、私……』

『フランカ』

クロが突然、相手の言葉を遮った。硬い声だったので、夢路はひやりとする。

『は、はい』

『すまないが、部屋の扉を開けてくれないか。手がふさがっているんだ』

『あ……そ、そうですわね。ごめんなさい、気づきませんで』

どうやら客間に着いたらしい。扉を開ける音と、『どうぞ』『ありがとう』というやり取りが聞こえた。

『あの、レナト様』

『おやすみ、フランカ』

フランカがまた何か言いかけたが、クロは再び遮って部屋に入った。

『……おやすみなさいませ』

その声が寂しげだと感じたのは、気のせいではないだろう。

後ろで扉の閉まる音がしてすぐ、夢路は寝台の上に横たえられた。まぶたの向こうが明るいから、部屋の灯り(あか)が付いているのだろう。

「寝たふりなんて、いけない人ですね」

目をつぶったままクロが去るのを待っていると、そんな声がした。夢路はぎくりとして、まぶたを開ける。

夢路に覆いかぶさるようにして、クロがこちらを見つめていた。

洋灯の灯りに照らされた端整な顔は、いつになく真面目だった。夢路の瞳の奥を窺うように、黙って見つめ続ける。

居心地の悪さに、夢路は途中で目を逸らした。

「途中まではほんとに寝てたんだよ。誰かさんが女とイチャイチャし始めたから、目を開ける機を逸したんだ」

わざと軽い口調で、そんなセリフを口にする。昨夜のように、焼きもちですか、と尻尾を振ってくると思っていた。

　ところが、返ってきたのは深いため息だった。やれやれ、というように息をついたが、何も言わない。

「何だよ。言いたいことがあるなら、はっきり言いな」

「いえ、別に」

　素っ気ない態度で返事をしながら、上掛けをめくって夢路を中に押し込める。その後、自分も布団に入ってきた。

「おい、何をやってるんだ。お前の客間があるだろう」

　夢路は抗議をしたが、クロは答えず強引に入ってくる。しまいには、反対側の縁に寄ろうとする夢路を背中から抱き込んだ。

「別々に寝たら、あなたは拗ねたままでしょう」

　耳元でささやかれ、羞恥と悔しさがこみ上げた。この男、夢路の胸の内にどこまで気づいているのか。

「拗ねてやしないよ。なんだいお前、クロのくせに」

　もがいて足をばたつかせたが、背中からがっちりと抱きしめられて離れられなかった。

「同衾したなんてこの家の人に知れたら、どうするんだい」

「どうもしませんよ」

ふう、とまたため息をつく。足を絡めてきたので、いよいよ身動きが取れない。しかもさりげなさを装って、先ほどからぐいぐい股の物を押し付けてくる。息をするたび、それは硬くなっていくようだった。

「どうもしません」

もう一度、きっぱりとクロは言葉を繰り返した。

「オロスもひのもとと同じで、男色は禁忌ではありませんよ。我々が恋仲だと知れたところで、羊毛の取引に影響があるとは思えません」

「そうは言ったって……あっ」

夢路の前で交差していた手が、長着の衿元に潜り込む。乳首を軽くつままれて、声が出た。

「こら……」

やめさせたいが、強く抱き込まれて少しも自由にならなかった。そうしているうちに、交差したままの手で、両の乳首をコリコリと弄られる。

「あ、あっ」

息が乱れ、腰が重くなった。同時に尻にこすり付けられていたクロの一物も、硬く大きくなった。

「俺はここの人たち全員に打ち明けたって、少しも構いません。むしろ大声で言いたいくらいだ。この人は、俺の愛する人だと」

耳元でささやく声は、わずかに上ずっていた。熱く切なげな声にいっそう感じてしまい、このまま快楽に身を任せてしまいたい衝動に駆られた。

「なのにあなたは、言うなと言う。そんなに不安そうな顔をするくせに」

「あ、やっ、やめっ……」

これ以上はまずい。身を硬くした途端、いたずらがぴたりとやんだ。

「今日はここまでです」

素っ気ない声と共に、夢路をもてあそんでいた手がするりと離れる。夢路の身体もクロのそれも、熱く硬いままだ。

「お、お前……」

信じられない終わり方に、夢路はわなわなと震えた。こんな中途半端なところで止められるなんて。

どうにか首をひねってクロを睨むと、クロはしれっとした顔をしていた。でも、硬い物がまだ尻に当たっている。

「もう寝てください」

「寝られるかっ」

必死に足を動かし、相手の脛(すね)を蹴(け)ろうとしたが、やっぱり身動きが取れない。

「この陰険野郎……」

悔しい。自分ばかりが振り回されている気がする。拾った時は、自分がクロを振り回す方だったのに。

がっちり拘束されたまま暴れていたが、しまいに疲れてしまった。

「覚えてやがれ」

捨て台詞(ぜりふ)を吐き、目をつぶる。しばらく、中途半端に愛撫(あいぶ)された身体が疼(うず)いたが、温もりと旅の疲れで、いつしか眠っていた。

夢路は翌日、朝の遅い時間に起こされた。農家の見学に行く時間だという。

宵っ張りの夢路は、起こされてもしばらく目が覚め切らず、クロが身づくろいをしてくれるのに任せていた。

マース家の人々はすでに朝食を終えていて、忙しそうに家のことをしていた。子供たちは学校だ。

クロも一緒に食事を済ませたという。身支度もすっかり整っていた。夢路は朝は食欲がないので、お茶だけもらう。

『馬を用意しましたので、まずは羊の群れまでご案内します』

夢路が出かける支度を終える頃、どこかに出かけていたマースが戻ってきた。

牧羊は広大な土地で行われ、食料となる草地を群れで移動していくのだそうだ。効率よく見学するために、マースが馬を手配してくれたのだという。

江戸市中で町人が馬に乗ることはないから、夢路は乗馬の経験がほとんどない。箱根（はこね）へ湯治の折に引き馬に乗ったことがあるくらいだ。

マース家の屋敷の前に連れてこられた馬は、記憶にあるひのもとのそれより背が高く、足はすらりと細かった。夢路は馬を見上げて途方に暮れた。

「夢路様は俺と乗りましょう。後ろから俺がお支えしますから、危険はありません」

クロが安心させるように言って、馬に乗せてくれた。クロの前に座り、背後からクロが馬の手綱を握る。

馬に慣れた危なげのない所作に、クロがいつもと違って見えて、胸がときめいた。

マースもフランカも馬に乗り慣れているようだが、クロが一番、様になっている気がする。

「オロスでは、いつも馬に乗ってたのかい？」

「ええ。武人は騎乗で闘うのが基本ですからね。馬に乗れなければ仕事になりません。物心つく前から父や祖父に、こうして乗せてもらっていました」

そう言って、腕の中の夢路を軽く抱きしめる。近くでは、フランカとマースがすでにそれぞれの馬上にいて、怪しまれないかひやりとした。

オロスでも、男同士は禁忌ではないという。クロはみんなに伝えてもいいと言うが、夢路はそこまで開けっ広げになれなかった。

禁忌ではないかもしれないが、この国でも婚姻は男と女のものだろう。クロと夢路が男夫婦だと知れたら、マースたちは失望するかもしれない。フランカはどう思うだろう。

できればこのまま、内緒にしておきたい。余計なさざなみを立てたくなかった。

「夢路様も、しっかり手綱を握っていてくださいね」

クロが耳元でささやく。フランカたちに知られたくないという、夢路の気持ちはわかっているくせに、どうもこの男は昨晩から、わざと夢路にベタベタしている気がする。

「昨日から、どういうつもりだい」

ぼそりと言うと、「何のことですか」と、とぼけられた。振り返って腕でもつねってやりたかったが、慣れない馬上ではそれもかなわない。この野郎、と口の中で悪態をついた。

『それでは参りましょうか』

マースの先導で、クロと夢路、それにフランカが乗った馬たちが、草原へと緩やかに歩き出した。

馬車よりうんと見晴らしがいい。天気が良く、風も穏やかで気持ちがよかった。

ほどなくして、緩やかな丘の向こうに羊の群れが見えた。めいめいに草を食べていて、子羊も多い。

初めて見る羊は、もこもことした綿の塊みたいだった。子羊は可愛らしい。

『ちょうど今は、子育ての季節なのです。毛刈りは春の終わりから初夏にかけてなので、もう少し先になります。今日は毛刈りや洗毛をしている設備をご案内しますね』

マースが群れにゆっくり近づきながら、牧羊について教えてくれた。

羊の群れは千頭はいようかという規模で、広大な草原には柵がない。これを羊飼いと、数頭の犬とで制御しているというから驚いた。

草原は果てしなく、どこまでがマース家の所有地なのか、まったくわからない。でも本人たちにはわかるのだそうだ。

しばらく羊の群れを見学した後、羊毛を処理する施設に向かった。

羊の毛が反物になるまで、様々な工程がある。牧羊農家でも毛を刈って終わりではなく、状態によって毛を選別し、さらに洗毛して付着した皮脂などの汚れを取り除き、毛を整える。糸を紡ぐのは、それからだ。

『我々農家は、毛を刈った状態で出荷します。仕入れた紡績業者が、それぞれの用途に合わせて毛を洗い、糸にします』

広い毛刈りと洗毛の施設はマース家の所有で、元小作人たちはこの施設を借りて作業を行うそうだ。

元小作人たちは、羊や土地を手に入れたが、すべての設備を整えられるほど裕福ではない。

『私が各農家の羊毛を買い取って、まとめて作業をする方が効率がいいのですが、そこまでの資金力がないもので』

双方に人手と金がないために、効率の悪いやり方をするしかないのだそうだ。

「羊毛ってのは、意外とかさばるもんだね」

マースが、刈ったばかりの状態の毛と、出荷直前の毛、さらに織物用の糸になった羊毛とを見本で見せてくれた。

それでわかったのだが、刈ったばかりの羊毛は、異物も多くかなり場所を取るということだ。当然だが、船荷は重さと大きさで値が変わる。小さくて軽いほど仕入れ値が安くなる。

それに羊毛は繊細で、乱暴に扱うと摩擦(まさつ)で毛が絡み合って硬くなってしまう。

「毛刈りしたものをそのまま江戸に送ったんじゃ、質も悪くなるし船賃がかさんじまう」

同じ場所で洗毛から整毛まで行った方が、輸送費がかからず、質も保たれそうだ。

そういうことがわかっただけでも、ここに来た甲斐(かい)があった。一番最初の旅としては、まずまずではないだろうか。

「思案しなきゃならないことが、まだいくらでもありそうだ」

目にするもの、聞くものがすべて新鮮で、わくわくする。

「楽しそうですね」

と言うクロの声も楽しそうだった。

「うん。楽しい」

これは、商売のいい兆候だ。様々な案が思い浮かぶ。その案が実現するだろうという、確信と自信があった。

自分が進むべき方向が、はっきりわかる。

他の商売人からたまに、どうしてわかるのだと聞かれることがある。夢路にとっては逆に、なぜこんなにわかりきった道が見えないのか、不思議だった。

こういう自信がある時、商売は必ずうまくいく。

（あとはあの、知事をどうにかできればね）

一通り見学を終えて、夢路たちはマースの屋敷に戻ることになった。今日のうちに、州都に戻らなければならない。

屋敷の方角へ馬を向けた時、クロが突然、

「少し、馬で駆けてみてもいいですか」

と、言い出した。

「乱暴にはしませんから。久しぶりに、草原を駆けてみたいんです」

いいよ、と応じると、クロはマースとフランカに先に行くと断って、手綱を握り直した。両腕でぐっと、夢路の身体を挟み込む。

「手綱をしっかり握っていてください。股に力を込めて」

「え、あっ」

馬は滑るように走り出した。

「大丈夫ですか？」

「うん」

答えると、さらに速度が上がる。

「は、速い」

風を切って進んでいく。これほど速く進む乗り物に乗ったのは、初めてだ。

ちょっと怖い。でも、気持ちいい。

「ははは」

突然、背後でクロが笑い出したので、びっくりした。

『久しぶりだ』

オロス語で、彼は叫ぶ。子供みたいにはしゃいでいて、心の底から楽しそうだった。

かつても、このオロスの大草原を馬に乗って駆けたのだろう。誰にも追いつけない速度で、思いきり自由に。

そう、この男は紐(ひも)で繋がれた犬ではない。草原を自由に駆け巡る狼(おおかみ)なのだ。

もし戦がなかったら、彼は今もこうして故郷にいて、自由に明るく屈託なく、馬に乗って駆けていたかもしれない。

あるいはオロスを出ていなかったら。あるいは江戸で、夢路と出会っていなかったら——。

景色が流れ、馬は青々とした草の上を飛ぶように駆け続ける。

「空を飛んでるみたいだ」

夢路が言うと、クロはまた快活に笑った。

「俺も、同じことを思いました。子供の頃、初めて早駆けをした時に」

無邪気なクロの声がする。江戸に帰ったら、こんなふうにはしゃいだ声を上げることはないだろう。

嬉しそうなクロの声を聞きながら、夢路は泣きたくなった。

州都へは、夢路とクロだけで戻った。

フランカには、もう少し実家でゆっくりしてもらおうと思ったからだ。

彼女は生真面目に、『そういうわけにはまいりません』と、同行しようとしていたが、クロに押し切られる形でカシュに残った。

『レナト様、もう行っちゃうの？』

『また戻ってくるよね』

学校から一直線に帰ってきた子供たちが、最後まで名残惜しそうにクロにくっついていた。

『もう、母様と結婚しちゃえばいいのに』

上の子が冗談めかして言う。夢路はぎくりとした。

『何言ってるんです、この子は！』

フランカが顔を真っ赤にして叱ったが、マースとアニカはまんざらでもない様子で笑っていた。子供の言葉は、そのままマースたちの本音なのだろう。

『悪いが、俺は江戸に帰らなくてはならないからな』

クロが苦笑しながら言って、子供たちの頭を撫でる。江戸に帰る、というオロス語の表現に、これほどホッとしたことはない。

いちいち彼らの言動を気にしてしまう自分に嫌気がさしながら、夢路は表面上はにこやかにマース家を辞去した。

行きの馬車はその日のうちに帰したから、マース家の馬を借りて途中まで行き、馬車の駅から乗合馬車に乗り換えた。

カシュを出るのが遅かったので、州都に着いたのは日もとうに暮れてからだ。

宿に荷物を置くや、デザンを探しに街へ出た。

「お疲れでしょう。夢路様は宿でお待ちください」

クロがそんなことを言うので、夢路は「冗談じゃないよ」と、気勢を上げた。

一日馬に揺られてクタクタだったから、クロはそうした夢路の身体を気にかけて、休んでくれと言ったのだろう。

普段なら素直に聞き入れているところだ。これから行くところは治安が悪いそうだし、土地慣れしていない夢路が付いて行っても、かえって足手まといになる。

宿で大人しくしている方が、クロの手を煩わせることはないとわかっていたが、それでも付いて行きたかった。

置いてけぼりを食らうのが不安だ。オロスに来てからこっち、夢路はクロにおんぶにだっこだ。ただそこにいるだけで、何もしていない。

自分が役立たずの能無しみたいに思えて、何かしら動いていないと落ち着かないのだ。

こんなうじうじしたのは、自分じゃない。虚勢でも張らなければやっていられなかった。

(あー、やだやだ。しみったれたことばかり考えて。夢路様の名が廃るよ)

「私も一緒に行くに決まってるだろ。そのデザンとやらが商売の決まりごとに詳しいなら、私も話を聞くべきだ。そうだろ」

「それはそうですが……」

「そいつと差しで昔の話がしたいなら、そん時ゃ席を外してやるから、一緒に連れて行きな」

きっぱり言い切ると、クロは諦めたようで、「わかりました」と、応じてくれた。

二人ですぐに宿を出る。上着とネクタイは置いて行った。仕立てが良すぎて、夜の街では悪目立ちするのだという。

「寒くありませんか。やはり、上着は持って行った方が良かったですね」

宿を出てすぐ、夢路が寒さにぶるっと身震いするのを見て、クロが気がかりそうに言った。シャツ一枚でもクロはまったく寒くなさそうだ。

寒さをしのぐためか、夢路の肩を抱いて自分に引き寄せる。往来の人の目が気にならないこともないが、嬉しかった。

「嫌がらないんですね」

ぴたりと相手に身を寄せた夢路に、クロはぽつりと言う。

「どういう意味だい」

「いえ」

はっきりしない。問い詰めようと思った矢先、毛織物の店を見つけ、夢路は興味を惹(ひ)かれた。

「あの赤いのは円套(マント)かね」

店じまいをしかけた店先に、柄のはっきりとした、色鮮やかな円套が下がっている。暖かそうだし、物のわりに値段も安い。クロが古着屋だと教えてくれた。

「オロスではいささか派手に見えるので、買い手が付かないんでしょう」

オロス人の多くは地味な色合いを好むのだそうだ。確かに、晴れ着にしてもよさそうな色と柄だ。

夢路はすっかり気に入って、それを買った。一枚布に穴が一つ空いていて、頭からすっぽりかぶるようにできている。

その場でさっそく身に着けると、店の主が愛想よく手鏡を見せてくれた。真っ赤な布地は派手だが、夢路の白い美貌(びぼう)によく映えた。

「うん、いいじゃないか。それにあったかい」

「夢路様は、こういうはっきりした柄が良く似合いますね」

クロも目を細めて言う。気に入った物を身に着けて、くさくさしていた気持ちが上向くのを感じた。

夢路様はこうでなくちゃ、と、夜の街へ元気よく繰り出す。

こちらの機嫌がよくなったので、クロもどこか嬉しそうだった。気を遣わせていたのかもしれない。

意気揚々と歩くうち、やがてデザンと遭遇した辺りに来た。

そこから、デザンを見知った人がいないか、周辺の店に聞き込みをして回るつもりだった。

「安い飲み屋を探そう。ああいう、じめっとした手合いは大抵、安酒かっ食らって管を巻いてるんだ」

夢路の提案で、酒場を見つけては覗いた。その都度、クロが店の者や客たちに『デザンと言う男を知らないか』と尋ねる。

酒場でわざわざ、自分の名を名乗る客は滅多にいないから、誰もが一様に知らないと首を振った。

『デザン？　あの、もとは偉いお役人だったっていう？』
五、六軒覗いたところで、デザンを知る客に出会った。
『何日か前、この店の前で酔いつぶれてるのを見たよ。行きつけの店？　どうかな、どこでもツケがたまってるから。けど、この先の路地に行けば、どこかの店にはいるんじゃないかな』

この先の細い路地に、小さな飲み屋が軒を連ねているのだという。

夢路たちはさっそく、その路地に行ってみた。居並ぶ店を一軒ずつ覗いてみる。

そのどこにもデザンの姿は見当たらず、さらに奥へ進んで、似たような細い路地を見つけては、そこにある飲み屋を覗いて回った。

入り組んだ小道をあっちへ行きこっちへ行きした後、最初の路地に戻ってきた辺りで、情けない男の声が聞こえた。

『一杯だけだ。一杯だけ。頼むよ』

『毎回それじゃねえか。そんなに飲みたきゃ、溜まった飲み代を払ってからにしな』

道の角から何気なく顔を出すと、そこにはデザンの姿があった。小さな店の前で、店主らしき男と押し問答している。

『だいたいお前、ちょっとは働いたらどうなんだ。奥さんばかり働かせて、気の毒だと思わないのかい』

デザンには妻がいるらしい。痛いところを突かれてカチンときたのか、デザンは店主に『うるさい』と怒鳴った。

『お前らが安穏と暮らしてられるのは、誰のおかげだと思ってる。俺たちが帝国人に必死に頭を下げて、州都を建て直したからだろうが』

『またそれか。聞き飽きたよ。英雄ヴォルグの部下だったんだろ』

クロが前に出た。近づく長身に、デザンと店主が同時に振り向く。店主は訝しそうにし、デザンが大きく目を見開いた。

『あ、あなたは……』

『デザン。お前に聞きたいことがある』

真っすぐデザンを見据(みす)えるクロの目は、どこか痛ましげだった。

その店は見かけ通り、中も狭くて汚かった。

木製の細長い台が入口から奥へ伸び、そこに丸椅子がいくつか置かれている。客は夢路たち以外にいなかった。

『飲みな』

夢路は店主が出した酒杯のうちの一つを、デザンの前に置く。横柄に勧めると、デザンは赤い円套を着た異国人を、胡乱(うろん)そうな目で上から下までじろじろ眺めた。

クロを挟み、デザンと夢路が並んで長台の前に座っている。店主は台の内側にいて、ほくほく顔で金を数えていた。

先ほど、路地で『聞きたいことがある』と言ったクロに、デザンはハッと我に返ってそっぽを向いた。

そのまま逃げ出そうとするのを、夢路が引き留めたのだ。

『逃げるのか。英雄ヴォルグとは違うな』

挑発に引っかかり、ムッと振り返ったデザンに、店のツケを払ってやる、ついでに酒もおごってやると持ち掛けた。

酒の誘惑に負け、デザンは渋々、夢路たちと店に入ったのだった。

夢路はデザンのツケを払った上、店の戸を閉めて貸し切りにさせた。込み入った話になると予想したからだ。

デザンは夢路を眺めた次にクロを窺い、酒杯をちらちら横目で見た後、我慢しきれずにそれを手に取った。一息にあおる。

『美味い』

この店で一番いい酒だ。夢路は店主に言ってもう一杯、デザンに酒を注がせた。

二杯目も一気に飲み、物欲しそうに夢路を見る。夢路はこれに知らんぷりを決め込んで、自分の酒を舐めた。

デザンは卑屈な視線をクロに移した。

『ヴォル……』

名前を呼びかけ、クロに制止される。

『今はクロと呼ばれている。この方が俺の主だ』

抑揚のない声で夢路を示すと、デザンはまた、胡乱そうにこちらをじろじろ眺めた。その視線を遮るように、クロが自分の酒杯に手を伸ばした。

『それで。クロ……様？　俺に聞きたいこととは何です』

『商法に詳しいお前を見込んで、尋ねたいことがある。が、それよりまず、どうしてお前がこんなところにいる？』

この質問に、デザンは『へっ』と、吐き捨ててそっぽを向いた。

『いつ辞めたんだ』

クロは表情を変えず、いささか口調をやわらげて問いを重ねる。

『あなたがオロスを出て、一年くらいしてからですよ。辞めたんじゃない、追い出されたんだ』

『それは、今の知事と関係があるか』

デザンはやはり、すぐには答えなかった。どこまで知っているのか、という目でクロを見る。

夢路は長台の奥にいる店主に目配せした。すぐさま、デザンの前に新しい酒が出される。

『……その知事に追い出されたんですよ』

酒をちびちび舐めながら、デザンは吐き出すように言った。

『俺だけじゃない。戦の直後から一緒に働いていたオロス人たちは、みんな辞めさせられた。当時の面々は、今じゃ誰も残ってないでしょう』

『皆、優秀な者ばかりだったが』

『だからですよ。あいつらには都合が悪かったんだ』

勢いづいてきたのか、ぐいっと酒をあおり、催促するように空になった酒杯の底をトン、と長台に置いた。

店主が酒を注ごうとするから、夢路が止めた。酔っぱらってしまったら、話を聞けなくなる。

『ダヴィラ様の後、今の知事が来て、すぐに役場はおかしくなった。賄賂(わいろ)が横行するようになった。知事がやるから、帝国人の部下もみんな真似(まね)するようになったんだ』

ダヴィラ、という聞きなれない名前が出てきたが、今は口を挟む時ではない。夢路は黙って話を聞いていた。

『それでも袖の下くらい、どこの国でもあることだ。黙って働いていたよ。けど知事は、どんどん好き勝手するようになった。州都の公共建築に関わる業者は、軒並み知事の選んだ業者に変わって、オロス人はその下で安くこき使われるようになった』

戦後の復興で、戦場だった州都は建築業者に特需が生まれていた。

公共の建築物を作る際は、入札制度が取り入れられていたというが、それも今の知事になってからは形骸化され、知事が選定した業者が選ばれた。

すでに契約を終えていた事業も、一方的に破棄されて業者を新しくされたそうだ。

『次は市場だ。昔から市場にいた仲買業者は認可を取り消され、帝国人の業者ばかりが出入りするようになった。もっともその後、オロス人の業者も、袖の下を渡せば認可を受けられたようだけどな。定期的に賄賂を要求されるから、困っていたよ』

それでも市場の価格は、知事の命令である程度、統制されていた。仲買業者は知事やその下の役人たちに払う賄賂分の利益を、仕入れ先に肩代わりさせるしかなかった。

結果、マースたち農家の家畜や作物が、安値で買い叩かれるようになったのだ。

『そんなことを続けていたら、農家も漁師も食い詰めることになる。だから俺たちは抵抗したんだ。最初は知事に言って、それが軽くあしらわれたから、ダヴィラ様に嘆願しようと試みた』

『ダヴィラ様に?』

『あの方はオロスを出た後、東部総督になられたと聞いていたから。ダヴィラ様なら、俺たちの話を聞いてくれると思った。だから俺は、密かに知事たちの賄賂の証拠を集めていたんだ。それが知事に知られて、罷免された。業者から賄賂を取ろうとしたからだってよ。けっ』

デザンは吐き捨てた。夢路が出させた酒をまた、勢いよくあおる。

彼が罷免された後、他のオロス人の役人たちも皆、似たような理由を付け、辞めさせられたらしい。

戦の後、オロスのために、仇敵である帝国人と肩を並べて働いてきた。オロスを守るために不正を正そうとしたのに、権力に潰されてしまった。

デザンが腐るのも無理はない。夢路は同情を向けたが、それも次のデザンの言葉でかき消された。

『あなたがオロスを去らなければ、こんなことにはならなかったんだ』

トン、と酒杯を台に叩きつけ、デザンは言った。

『あなたがいれば、証拠なんか集めなくたって、ダヴィラ様は話を聞いてくれたでしょう。ダヴィラ様も陛下も、あなたを特別に可愛がっていたから』

恨めしそうにクロを睨む。クロは黙って酒を呑んでいた。相手が言い返さないので、デザンはさらに調子づいて恨み言を続けた。

『あなたは変わってないみたいですね。どこに行っても権力者に目をかけられる。身一つでオロスを出たと聞いていましたが、今だって金持ちの男に可愛がられて、何不自由なく暮らしている。俺は酒代にも困ってるっていうのに。あなたは昔からそうだ。愚直で清廉で、ご立派ですよ。俺たち凡人の苦労なんか……』

くどくどとデザンがこぼす間に、夢路は店主から新しい酒を瓶ごと受け取っていた。黙って席を立つ。デザンとクロの間に入った。

「夢路様?」

何をするつもりかと、クロが不安げな顔をするから、夢路はにっこり笑ってやった。

デザンにも、とびきりの笑顔を向けてやる。そうしてその頭に、酒を振りかけた。

『な……っ』

「たんと飲みな、酔っ払い」

頭に血が上っていたので、咄嗟にオロス語が出なかった。酒瓶の最後の一滴まで振りかけて、ダン、と勢いよく瓶を台に置く。

「黙って聞いてりゃ、何が『変わってないみたいですね』だ」

『この男、何を言ってるんだ?』

『お前は、クロの苦労を何も知らないだろう。偉そうに言うな……と言ってるんだ』

夢路はオロス語で言い直した。

『お前には帰る家も、女房もいるだろう。言葉も通じる。知り合いもいる。クロは一人だ。一人でひのもとに来た。金もなかった』

夢路は覚えたオロス語を必死でかき集めながら、男にまくしたてた。

クロは、クロこそ、戦が終わってからも辛酸を舐めてきた。何も知らず、苦労をしていないとなじられるのが我慢ならなかった。

『お前は、食べ物に困ったことはないだろう。爪を真っ黒にして働いたことも。誰かに、「犬」と馬鹿にされたことはあるか？　ないはずだ。お前はオロスに暮らすオロス人だから』

夢路の訥々とした言葉に、デザンは聞きづらそうに耳を傾けていたが、意味は通じたようだ。

ハッとした顔でクロと夢路を交互に見た。

『お前は、クロのことを知らない。何も知らない。なぜオロスを出たのか。江戸でどんなふうに暮らしていたのかも』

言葉をいくら重ねても、肝心の言いたいことは言えていない気がする。オロス語が自由に操れないのがもどかしい。

夢路はどうにも悔しさが勝って、最後に大きく息を吸い、ひのもとの言葉でまくしたてた。

「こいつはお前なんかより、もっとずっと苦労してきたんだよ。それでも腐らず生きてきたんだ。それを何も知らない飲んだくれが、僻むんじゃねえや。くそったれの甘ったれ。ひょうろく玉のすっとこどっこいのうすらとんかち」

言いたいことを言うと、ズボンのポケットに入れておいた小金をすべて長台の上に置いた。小金と言っても、それなりの額だ。

『店主、すまないね。店を汚したわびだ。それと、この馬鹿に新しい酒を。好きなだけ飲めばいい。こいつは、酒を飲むことしかできないんだから』

それからクロに向かって、「行くよ」と、促して店を出る。クロは何も言わずに付いてきた。

店の戸口を閉める時、振り返ると、デザンは肩を落としてうなだれていた。

「やっちまった」

店を出て、路地を曲がったところで、夢路は頭を抱えた。

「すまない。頭に血が上ってやっちまった」

後先を考えずに怒ってしまった。

クロが戦でどれほど傷ついたか。戦を生き延びたことが彼にとっていかほどの苦しみだったか、流れ着いた異郷の地でどのような扱いを受けてきたか、何も知らないくせに、自分だけが苦労をして辛酸を舐めたような顔をしているのが、許せなかった。

夢路の腕っぷしがもう少し強ければ、ぶん殴って奥歯の一つでも飛ばしてやりたいところだ。

「肝心の商法のことを聞かずじまいだった。私が邪魔をしちまった」

すまない、とクロに頭を下げる。クロは穏やかに笑った。

ない。

「やめてください。俺のために怒ってくれたんでしょう」

「そうだけど。そいつも私の勝手な義侠心だ」

苦労知らずなのは、夢路も同じだ。いや、デザンなどより、よっぽどぬくぬく暮らしてきた。人のことを言えた義理ではない。思わず怒ってしまったけれど、傲慢な怒りだったかもしれない。

そう考えて、夢路は落ち込んだ。

「嬉しいですよ、俺は」

しょんぼり肩を落としていると、クロはクスッと笑う。帰りましょう、と促されて元来た道を戻った。

「それにあの勢いで仲買のことを聞いても、デザンは取り合ってくれなかったでしょう」

確かにあの場で、新しい商売をするので法律について教えてくれ、と頼んでも、「けっ」と吐き捨てられていたかもしれない。

「かわりに、知事の情報が得られましたし」

「ああ。思っていた以上に好き勝手やってるね」

このままでは、オロスとまともな商売はできない。といって、どうすればいいのか。

二人は宿に戻ることにした。途中、腹が減っていたので、屋台で肉のパン包みを買って食べた。肉は羊肉で、やはり独特の臭みがあったが、これは美味しかった。空腹のせいもあるかもしれない。

宿に着く頃には、一日の疲れがどっと出ていた。

「もう、指一本動かしたくない」

長椅子に寝っ転がって言うと、クロが笑って服を脱がせてくれた。

下着まで取り去って、夢路を風呂まで抱いて運ぶ。宿の者が気を利かせたのか、風呂にはすでに湯が用意してあった。

「お前も一緒に入るかい」

クロも疲れている。夢路が言うと、クロは少し考えてから服を脱いだ。夢路を前に抱いて湯船に座る。

大柄のクロと二人では窮屈だが、温(ぬる)いお湯の中、素肌が触れ合うのが心地よい。クロが優しくお湯をかけてくれて、夢路は彼の胸に重心を預けた。

「ダヴィラ様ってのは、前の知事なのか」

眠気に抗(あらが)いながら、聞きたかったことを尋ねてみる。クロが目をかけられていたと言い、デザンも信頼していたようだった。

「はい。正式には、知事という役職ではありませんでしたが、まあ、現知事の前任ですね。皇帝陛下の側近で、東部遠征の総督でした。俺がオロス降伏の使者として遣わされた折、応対したのもあの方です。その後、あの方の下で、敗戦処理がなされ、州政府が樹立されました」

クロの声には、昔を懐かしむものがあった。それだけ部下に慕われているということは、かなりの大人物なのだろう。

「正式にオロスが州となり、ダヴィラ様がオロスを去られると決まったので、俺もオロスを離れたのです。ここでやるべきことは終わったと」

クロがオロスを去ったのは、ちょうど今の知事が着任する前だったので、その人となりなど知らなかった。

「まさか、俺が去った後のオロスが、こんなふうになっているとは思っていませんでした」

背後の声が沈む。夢路はあごを上げて、クロの顔を下から覗き込んだ。案の定、悲しい顔をしていた。耳は見えないが、きっとぺしょりと寝てしまっているだろう。

夢路は手を伸ばし、軽く相手の頬を撫でた。

「情けない顔するんじゃないよ。お前のせいじゃないだろ。お前は区切りまできっちり働いたじゃないか。もっと前にオロスを出てたって、人様に文句を言われる筋合いはないはずだよ」

クロは夢路の言葉を否定しなかったが、すっかり納得した顔でもなかった。精悍な頬を軽くつねってやる。

「いひゃい」

「お前の主人は、生きろと言ったんだろ。ちゃんとその命を守った上に、故郷の建て直しまで手伝ったんだから、何の咎があるってのさ。少なくとも、場末でツケ溜めて管巻いてる奴に、責められる謂れはないね」

クロが後ろめたく思う必要などないのだ。クロはオロスでの仕事をやり切った。それ以上はもう、生きていく目標もなく、それでも死ねないから江戸に流れて来たのだ。

（なのに、何不自由なくだなんて）

デザンの言葉を思い出し、また腹を立てていると、クロはくすっと笑った。たわむれに頬をつねったり叩いたりする夢路の手を取り、手のひらに口づける。

「ええ。そうだ、そうでした」

しみじみとつぶやく。何やら納得しているようなので、夢路も腹の虫を治めた。

「けど、今のまま私らが農家と直接取引したりしたら、知事が黙ってなさそうだね」

もし法律で許されていたとしても、知事に賄賂を渡さずに取引するのは難しそうだ。夢路たちが直接、被害を被ることはないかもしれないが、相手の農家が何をされるかわからない。

そうなると、後になって、やっぱり取引をやめますと言われるかもしれない。

「そのことですが、夢路様。俺からダヴィラ様に直接、嘆願書を送ってみようと思うのです」

「そんなことができるのかい」

風呂の湯が冷めてきた。クロが「はい」と言いながら立ち上がり、乾いた布を持ってくる。濡れた身体を拭いて、裸のまま夢路を寝台まで運んでくれた。何も身に着けず、二人で夜具に潜り込む。

　クロの性器が、先ほどから緩やかに勃ち上がっていた。

「ダヴィラ様は東部総督になられたと、先ほどデザンが言っていました。総督というのは皇帝陛下直属の役職で、オロスの他、東部の各州知事を束ねる地位にいます」

「へえ。知事の上司ってわけか」

「はい。俺がダヴィラ様の下で働いていたのは、もう何年も前ですし、俺は今や無官どころかオロス人でもありません。ダヴィラ様自身、お忙しい方です。どこまで取り合っていただけるかわかりませんが、それでもやってみたいのです」

　夢路は、向かい合わせに抱き合う男の顔を見つめた。クロは真剣で、その瞳には強い意志が感じられた。

　故郷のために今一度、力を尽くしたいと願っている。

「止める理由はないね。私からも頼みたい。駄目でもともとでいいから、やってくれるかい」

　夢路の言葉に、クロは嬉しそうに「はい」とうなずいた。

　デザンの話では、ダヴィラはクロに目をかけていたとのことだった。きっと、かつての可愛い部下から嘆願書が届いたら、真面目に取り合ってくれるに違いない。

「そういや、そのダヴィラ様ってのは、おいくつくらいなんだい」

「え？　どのくらいだったかな。陛下より少し、年上だと聞いていましたが」

それが何か、といった口調だ。

「ダヴィラ様も、いい男なのか？」

そう尋ねたのは、皇帝陛下の顔を思い出したからだ。一度会っただけだが、五十過ぎの、苦み走ったいい男だった。

「いい男だったら、何だというんです」

クロは途端に、ムッとした顔になった。以前、夢路が皇帝陛下に拝謁(はいえつ)した後、「なかなかいい男だったね」と言ったら、しばらくむくれていたのだ。

クロも、当時のことを思い出したのだろう。悋気(りんき)を飛ばしてくるので、夢路は笑ってクロの身体を抱きしめた。

「別にどうもしないさ。ただ、皇帝陛下といい、お前さんは年上の男に可愛がられるみたいだね。根が正直だからだろう。それで今まで生きてきて、年嵩(としかさ)の親父(おやじ)どもに言い寄られたりしたことはなかったのかと思って」

するりと、クロの尻の辺りに手を伸ばす。いやらしい手つきで撫でると、ビクッと身体が震えた。

「ゆ、夢路様」

「以前お前、戦場では、男同士ですることもあるって言ってたよねえ。この引き締まった尻を狙(ねら)われたことはなかったかい？　え、どうなんだい」

意地悪い顔で言い、さわさわと撫で続ける。

「し、知りません、そんなこと」

クロが顔を赤くして、大いに焦るのが楽しかった。このところ、閨ではクロに主導権を握られていたから、ちょっと悔しかったのだ。

「こっちは一度も使ったことはない？」

「ありませんっ」

考えたこともない、と言う口調だ。ふーん、と夢路は鼻を鳴らした。

「気持ちがいいんだけどね。熱くて硬い肉棒で中を突かれるのは」

ちらりと上目遣いに相手を見る。クロがぐっと息を詰めた。

「一回、試してみるかい？」

「……みませんっ。まったくもう、あなたは！　俺が我慢してるっていうのにっ」

とうとう堪えきれなくなったようで、クロは夢路の腕を払い、逆に組み敷いた。完全に勃ち上がった一物を夢路の腹に擦りつける。夢路も軽く勃起していた。

夢路が疲れ切っていたから、今夜は我慢しようと考えていたのだろう。その心遣いは嬉しいが、夢路だってクロを癒したいのだ。

「我慢することはないさ。明日はどこにも出かけず、書状を書く日にすればいい」

言って、自分を組み敷く男の腕に、そっと頬をすり寄せる。クロの金緑の瞳がぎらりと光ったように見えた。

「知りませんよ、そんな挑発をして」

「怖いねえ」

笑うと、噛(か)みつくように口づけられた。そのまま身体を貪(むさぼ)られ、ありったけの欲望を叩きつけられる。

ためらいなく求められるのが、心地よかった。

翌日は一日、ほとんどどこにも出かけなかった。

夢路が起きた時にはすでに、陽(ひ)は高く昇っていて、クロは一度、出かけて戻って来たところだった。

正式な書状を書くための紙と筆記具を買ってきたという。それから風呂に運ばれ、夢路がゆっくり湯に浸っている間に、宿の係が入って寝台の夜具は新しいものに取り換えられていた。

「足がなまっちまいそうだ」

風呂からの行きも帰りも、クロが抱えて運んでくれた。江戸の自宅でもそういうことはあったが、ここに来てから特に、甘やかされている気がする。

「昨日は、無茶をしてしまいましたから」

居間の長椅子に座り、つい腰をさすってしまった夢路を見て、クロが申し訳なさそうに尻尾を垂らした。

昨夜、挑発に乗ったクロは、こちらの思惑通り、手加減なしに夢路を抱いた。旅に出てからは夢路の身体を慮って加減をしていたから、足腰が立たないくらい抱きつぶされたのは久しぶりだ。

身体は辛いが、気分はすっきりしていた。我を忘れて求められるのは気持ちがいい。

「ほんとにねえ。誰かさんがガツガツ加減なしに腰を振るもんだからねえ」

「夢路様だって振ってました。いいって言ってましたし」

ムッとして言い返してきたので、両方の頬を引っ張ってやった。

「いひゃいれす」

食事も部屋に運ばせて、その日はゴロゴロしていた。クロも一緒に寝台に寝転がったりしていたが、合間にダヴィラへの書状をしたため、これを駅逓に預けに出かけた。

駅逓とは、馬継ぎをしながら、遠方に文や荷を送るものだ。大陸は広いので、同じ東部の総督府に届けるにも数日はかかる。

返事が来るか来ないかわからないが、後はダヴィラの出方を待つしかない。ことによっては、オロスの滞在を延ばすことになるかもしれない。

夜になって夢路の元気が出てきたので、二人で出かけ、街の食堂で食事をした。

その日はさすがに何もせずに眠り、翌日の遅い朝、フランカが尋ねて来た。

実家で少しはゆっくりできたかと思いきや、その顔色は悪かった。

『申し訳ありません、レナト様、ユメジ様』

部屋に一歩入るなり、思い詰めた様子で頭を下げる。クロと夢路は、顔を見合わせた。

『知事様が至急、お二人にお会いしたいそうで。……申し訳ありません』

『会うのは構わないが。いったいどうしたというんだ?』

クロが言って、ひとまず部屋でお茶でも飲ませようとしたが、断られた。至急と言われたから、今すぐ夢路たちを連れて行かなければならないらしい。

『何か、私たちのことで怒られたのか』

夢路が水を向けると、フランカは小さくかぶりを振る。

『怒られてはいません。でも、お二人を私の実家に連れて行ったことが知られてしまいました。それで、取引の件で今すぐ話がしたいと』

彼女の話によると、昨日の夕方、実家から州都に間借りしている部屋に戻ると、知事から登庁するよう伝言が届いていたという。

『普段は決して、そのように個人的に呼び出されることなどないのですが』

それで今朝、庁舎へ赴いたところ、知事から昨日、一昨日と、夢路たちはどこで何をしていたのか、根掘り葉掘り聞かれたそうだ。

あまりに執拗だったので、つい、実家に戻っていたことをしゃべってしまった。

知事は、フランカの家がカシュの元大地主で、牧羊を営んでいることを知っていた。

夢路たちが農家と直接取引をしようとしていることは知らないはずだが、ピンとくるものがあったのかもしれない。

『話をしているうちに、知事様の態度が急に変わったんです。それで、早急にお二人と会って話がしたいから、連れてくるようにと言われてしまって……申し訳ありません』

最初に口止めされていたのに、知事に話してしまった。しかもそれがどうやら、クロたちにとって良くない方向へ動いている。

それでフランカは、すっかり恐縮しているのだった。

しかし、彼女も知事に雇われている身だ。下手に嘘をついたり誤魔化したりして相手の不興を買えば、仕事を失う恐れがある。強く問い詰められて白状してしまったのは、仕方のないことだった。

『あなたは悪くありませんよ』

夢路が言い、クロもうなずいた。ともかく、庁舎に行かなければならない。

すぐに身支度をした。宿を出ると、フランカが馬車を待たせていて、それに乗って庁舎へ向かう。

夢路たちが着くとすぐ、夢路とクロだけが先日の応接室へ通された。

途方に暮れた顔をするフランカに、別れ際、クロが『心配ない』と声をかけて励ましていた。

応接室に入ると、知事と共に見知らぬ帝国人らしき男がいた。

抜け目のなさそうな目つきと愛想笑いを浮かべていることから、商売人だと察しをつける。

果たして、知事が同じく愛想笑いを浮かべながら、夢路たちに男を紹介した。

『お呼びたてして申し訳ない。この男が先日お話ししていた、仲買の者です』

奥のテーブルに席を勧められる。そこには、何やら書状らしき紙と洋筆、墨壺(すみつぼ)が並べられていた。

嫌な予感がする。いや、十中八九、この場でこの業者と契約を交わさせるつもりだろう。

すぐさま帰りたかったが、相手が知事では、それも叶(かな)わない。仕方なく、クロと並んで席に着いた。向かいに知事と仲買の男が座る。

『レイ夫人の案内で、カシュまで牧羊を見学に行ったとか。こぢんまりしていたでしょう』

知事が、そんなふうに切り出した。

『しかし、この男が買い付けているのは、カシュより西方のもっと大きな牧羊地帯でしてね。質もずっといい。安心して取引していただけると思いますよ』

案の定、すでにこの仲買人と契約をする前提になっている。夢路は「待ってください」と、知事を制した。

「まだ、私らはこの国に来たばかりです。誰と契約を結ぶかは決めていません。もっと知見を深めてからにしないと」

クロが帝国語に訳すと、知事の顔に険が走った。笑顔を張り付けながらも、じろりと夢路を睨む。

『知見など深めなくても、細かいことはこの男に任せればよろしい。あなたは今後、ひのもとにいて、必要な量の羊毛をこの男に注文すればいいんです。彼が万事、よくしてくれますから』

『ご心配なさらずとも、値の交渉は致しますよ』

仲買人が押しつけがましく追随した。

「何と言われても、この場では契約しかねますね」

夢路は突っぱねた。ここでよくわからない契約を交わされては、後々の商売に障る。せっかく皇帝陛下からもらった貿易権が無駄になるというものだ。

『お話がそれだけでしたら、私らはここで失礼させていただきます』

『ここで帰ったら、あなたが困ることになりますよ』

腰を浮かせかけた夢路に、知事は笑みを消して言った。

『あなたの持つ羊毛の貿易権は、オロス州に限られたものだ。そして、この土地の商取引は知事である私が統括している。私が駄目だと言えば、あなたは羊毛の取引ができなくなるのです。

せっかく皇帝陛下にいただいた貿易権が、このままではただの紙切れになるのですよ。それがどれだけの損か、商人であるあなたにわからないはずはないでしょう』

粘っこい脅しにうんざりしつつ、夢路は頭の中で目まぐるしく算段する。

この場で知事の言うことを聞くべきか、否か。羊毛の取引ができなくなった場合、黒乃屋はどうなるか。

『さあ、早く契約書に署名を』

知事にとっては、考えるまでもないということらしかった。

次第に苛立ちを募らせ、夢路の前に契約書の書状を突きつける。

夢路はその書状を見下ろし、心を決めた。

黙って紙を手に取る。それから知事を正面から見据えると、にっこり微笑んだ。相手の顔に安堵が浮かぶ。

その目の前で、夢路は書状をビリビリと破りさった。

『な……っ』

知事と仲買人が愕然として、言葉を失っている。

夢路は指に残った紙片を弾いて飛ばすと、二人を睥睨した。

「お生憎だが、手前のような小商人にも、信条ってもんがあるんでございますよ」

ここで知事の言いなりになったら、たとえ商売がうまくいったとしても、きっと後悔することになる。

クロの故郷を踏みにじる権力に加担した。そうなったらもう、クロの前で胸を張ることはできない。

黒乃屋の若大御所、私が夢路様だと、名乗ることはできないだろう。

知事に楯突けば、ちょっとばかり困ったことになるのはわかっているが、黒乃屋のみんなもわかってくれる。幸路など「よくやった。それでこそ私の兄さんだ」と、褒めてくれるはずだ。

商人としては甘いのかもしれない。だが、これが自分だ。黒乃屋夢路だ。

「紙切れ結構。オロスの人たちを食い物にする、胸を張れない商売なんざ、こっちからお断りだ」

隣にいるクロは、夢路の言葉をすぐには訳さなかった。だがこれだけ態度に出したのだから、知事も理解したようだ。

赤ら顔が怒りにますます赤くなった。

『貴様、こちらが下手に出れば付け上がりおって。図に乗るなよ。異人と獣人くらい、どうとでもできるのだからな』

取り繕うのをやめ、あからさまな脅し文句を口にする。クロが夢路を庇うように、さっと立ち上がった。

夢路は「大丈夫だから座りな」と、泰然とした態度でなだめたものの、頭の中では、さてこの場からどう逃げたものかと考える。

クロはすこぶる腕っぷしが立つが、それでも武装した兵士を呼ばれたら、さすがに勝ち目はないだろう。

表向きは余裕な素振りを崩さず、しかし内心、どうしたものかと考えていると、部屋の外がにわかに騒がしくなった。

応接室の戸口が慌ただしく叩かれ、知事が応じる前に戸が開かれる。役人の一人が、焦った様子で入ってきた。

『何事だ。誰も入るなと言ったはずだぞ！』

知事は、こめかみに青筋を立てて怒鳴った。

『それが……』

言いかけた役人の背後から、それを押しのけるようにして、厳めしい表情の男たちが数名、どやどやと部屋に入ってきた。

彼らは皆、衿の詰まった黒い上着とズボンの上下という出で立ちで、左の胸元に手のひらくらいの大きさの丸い銀の紋を付けていた。腰には帝国式の剣を提げている。

その出で立ちを見て、クロがつぶやいた。

「監察使……」

黒服の男たちの後ろからさらに、数名の兵士たちが入ってきて、戸口を固めた。

敵か味方か。クロは立ち上がり、知事と男たちの双方から守るように、夢路を片腕に抱いた。知事は青ざめ、椅子から腰を浮かせている。

『失礼する』

その時、部屋の外から男の声がして、ぬっと大柄な男が新たに現れた。戸口を固めていた兵士が、綺麗(きれい)に左右に割れる。

五十がらみの、帝国人とおぼしき男だった。クロ以上の長身で、横幅も広い。がっしりとして、岩のごとき巨軀(きよく)だった。よく日に焼けていて、頰に半月型の傷がある。

監察使たちと同じ黒い服を纏(まと)っていたが、衿に彼らにはない金糸の飾り刺繡(ししゆう)があり、胸元の紋が金色だった。

その顔を見た途端、クロと知事が同時に、あっと声を上げる。

男はクロを見てニヤッと笑い、この場にそぐわぬ気安さで手を上げた。

『久しぶりだな、ヴォルグ』

知事が驚いた顔で、クロを振り返った。

『ヴォルグ……レナト・ヴォルグ？』

まさか、とつぶやく。ただのお付きの使用人だと思っていた男が、オロスの英雄だったのだ。

男はそんな知事に視線を移し、厳めしい顔をつくった。

『モイセス・ソト。お前には州知事背任の容疑が掛かっている。これより、帝国観察使長ダヴィラの名において、東部総督府へ送還する。──連れていけ』

男が命じると、兵士たちはたちまち知事と仲買人を取り囲み、拘束した。

『ダ、ダヴィラ様。何かの間違いです』

知事はわめいていたが、聞き入れられることはなく、部屋の外へと連れ出される。

夢路が呆気に取られて捕り物を眺める横で、クロが静かにこうべを垂れた。

『お久しぶりでございます、ダヴィラ様』

巨漢の男は、かつてのクロの上司、ダヴィラだった。

監察使とは、総督と同じく皇帝直属の配下であるらしい。

クロが後から、そう教えてくれた。

『俺がなったのは東部総督ではなく、監察使長だ。どちらも総督府にいるから、誰かが間違えたのかもな』

知事と仲買人の男が連行された後、後に残ったダヴィラがここに来るまでの経緯を説明してくれた。クロが、総督になられたのではないのかと尋ねたからだ。

監察使とはその名の通り、地方の行政官を監察するための役職だそうだ。これも後から、ク

ロに聞いた。

この場での夢路はともかく、クロとダヴィラの再会を黙って端で見守るだけだったのだ。

『今はクロノヤクロと名乗ってるんだったか？　言いにくいな。お前がオロスに戻ってくることは、ひのもとの外交部からの報告で聞いていた。それで知事の逮捕を急がせたんだ。オロスに出向いたついでに、お前とお前の男の顔を見てやろうと思ってな』

ダヴィラたち監察使は以前から、オロス州知事の収賄を調べていた。証拠を固めて逮捕の時期を窺っていたところ、クロがオロスに戻ってくると聞き、時期を合わせたらしい。

『それで州都に向かっていたら、途中でお前の嘆願書を受け取った』

クロの置かれている状況もおおよそ理解し、その後、内通している州の役人からクロと夢路が庁舎に呼ばれたと報告を受け、庁舎に乗り込んだのだそうだ。

『話はだいたい、部屋の外で聞かせてもらった。ひのもとの言葉はわからんが、知事に啖呵を切るとは威勢がいい。それに陛下の仰る通り、国を傾けるほどの美しさだ。こいつはオロス一の堅物が惑わされるのも無理はないな』

ダヴィラは豪放磊落な人物らしい。ガハハと大きな声で笑うと、クロの肩をバシバシと叩きながら、そんなことを言っていた。

クロは迷惑そうにしていたが、本気で嫌がっているわけではないようだ。きっと以前も、二人はこんなやり取りを繰り返していたのだろう。

『元気そうでよかった』

ふと声を落として、ダヴィラはつぶやくように言った。クロを見る目に、感慨と慈愛の色がある。

以前、皇帝陛下はクロを息子のように思っていると言ったが、ダヴィラも同じようにクロを可愛がっていたのだろう。

『それに、いい顔になった。俺がオロスを出た時、お前は死んだ羊のような目をしていたからな。生きるよすがを見つけたのは、いいことだ』

オロスにいた当時、クロは生きる希望を失い、死ぬこともできずにいた。ダヴィラもそれを知っていたから、別れてからもずっと気にかけていたのだろう。

好奇心からクロに会いに来たようなことを言っていたが、その実はクロのその後を案じていたからに違いない。

そして、ダヴィラの真意に気づかないクロではなかった。

『俺のような者を気にかけてくださり、ありがとうございます。ダヴィラ様もご息災のようで、何よりです』

ダヴィラの気遣いを噛みしめるように言い、静かに頭を下げた。ダヴィラは『相変わらず堅いな』と、相好を崩した後、夢路を再び覗き込んだ。

『いやしかし、本当に美しい男だな。どうだ、俺と一緒に来ないか。この若造より楽しませてやれると思うぞ』

親父臭い冗談に、夢路はにっこり笑いを返すにとどめたが、

『駄目です！　たとえダヴィラ様でも、夢路様は渡せません』

クロは慌てて夢路を自分の後ろに隠した。ガハハ、とダヴィラが楽し気に笑う。いちいち声が大きいので、耳がおかしくなりそうだ。

そこで、しびれを切らしたらしい部下がダヴィラを呼びに来て、束の間の再会はお開きになった。

『まあとにかく、元気でよかった。お前、オロスと商売をするんだろう？　それならこれからも、ちょくちょくこっちに来るよな。俺は当分、東部総督府にいるから、いつか尋ねてきてくれ。酒でも飲もう。もちろん、そこの美男も一緒にな』

ダヴィラは最後にそう言って、去っていった。

一瞬の、嵐のような出来事だった。

『なんとお礼を申せばいいか。やはりヴォルグ様は、オロスの英雄です』

マースが言い、居並ぶオロス人の男たちが皆、幾度も首肯する。目頭を拭う者さえいて、ク

ロは困ったように耳を寝かせた。

『何度も言うが、俺は何もしていない。前知事のことはすべて、ダヴィラ様のご采配だ。俺たちも、ダヴィラ様に窮地を救っていただいたんだ』

そう言って、同意を求めるように隣の夢路を振り返った。夢路はうなずくと、その場にいる人々に微笑みを向けた。

『危ないところでした。ダヴィラ様がおいでにならなければ、どうなっていたか。ですが、もう悪政を敷く者はいません。これからは自由で健全な商売ができるでしょう。皆様にもぜひ、ご協力いただきたいのです』

事前に練習してきた口上を述べる。人々の目に、期待と希望が浮かぶのが見えた。

知事の突然の逮捕から、十日ばかり経った。州都、いやオロス中がその噂で持ち切りらしい。

前知事には多くの人が迷惑をこうむっていたから、オロスの人々は大喜びだった。

帝都から追って、新しい知事が赴任してくるはずだが、今回のようなことがあったから、次はきっとよく人選されているに違いない。

黒乃屋が持つ貿易権について、前知事のいなくなった州庁舎に問い合わせてみたところ、仲買を通しても通さなくても良い、ということが明らかになった。

そこで夢路たちはフランカを通して、マースたちカシュの牧羊農家に協力を願い出たのである。

まだ、どのような形で羊毛を仕入れるかは、定かではない。羊毛のまま仕入れるか、オロスに紡績工房を建て、製糸したものを江戸に送るとか、いっそ反物までこちらで作るとか、やり方はいくらもある。

江戸に戻って幸路たちとも相談しなければならない。ただ、何を試行するにも農家の協力があったほうがいい。

夢路たちはマースにこうした次第を説明し、周囲の農家に声をかけてもらった。以前はマースの小作人だった人たちで、今も羊毛の出荷時期は協力して作業を行っている。

今後、彼らと仕事をしていくということで、今日はその顔合わせに集まったのだった。

クロたちを呼び出すのは申し訳ないと、マースたちが州都まで来てくれた。

フランカが、会合にちょうど良い食堂を選んでくれた。夕方から食堂の二階を貸し切って、マースを含めた農家の主人たちが八人ほど、それに夢路とクロ、フランカが長テーブルを囲んでいる。

みんなとにかく、クロに感謝と崇拝の眼差し(まなざ)しを送っていた。

知事の圧政に困窮していたのが、クロが現れた途端、知事が逮捕された。さらに、クロが連れて来た異人が羊毛の大掛かりな取引がしたいと協力を申し出ている。

彼らからしたら、ダヴィラではなくクロこそが窮地を救ってくれた英雄に見えるのだろう。

一連の事情を何度もクロが説明したにもかかわらず、彼らの眼差しは変わらない。

クロの斜め向かいに座るフランカも、頬を紅潮させ、潤んだ目で彼を見つめていた。

『それでは、黒乃屋とオロスの未来に』

口上の後、夢路が葡萄酒（ぶどうしゅ）の盃（さかずき）を掲げ、皆で乾杯した。

テーブルにはオロスの料理が所狭しと並べられており、乾杯を終えるとめいめいに食事を楽しんだ。

『ユメジ様は一度、ひのもとに戻られるのですか』

雑談の合間に、マースが尋ねてきた。

『はい。三日後の船で』

『ヴォルグ様もご一緒に？』

マースの隣の男が尋ね、クロが『もちろんだ』と答えると、男たちは落胆の声を上げた。

『カシュでお二人のおもてなしをしたかったのですが。村の者は皆、感謝の気持ちを伝えたいと申しております』

『ありがとうございます。また戻ってきます。もちろん、クロ……ヴォルグも一緒に。それまで、フランカさんに留守をお願いすることにしました』

夢路が水を向けると、フランカははにかんだ顔で居住まいを正した。

『はい。クロノヤ様に正式に雇っていただきました。今後はカシュの叔父の家に拠点を移して、ひのもとのクロノヤ様とやり取りをする予定です。ですので、皆さんからクロノヤ様に何かありましたら、私に声をかけてください』

そう、フランカは正式に夢路が雇うことになった。今後も江戸とオロスを行き来するだろうが、そう頻繁にはいかない。

マースら農家の人たち以外にも、これからやり取りをする相手が増えてくるだろう。

そこで現地の事務方として、フランカを雇うことにしたのだった。不特定多数の客に応対する案内人の仕事より、こちらの方が堅実だし、カシュにいても仕事ができる。

クロもフランカの身の上を気にかけていたから、夢路の提案を聞いてホッとしていた。そんなクロを見て、またぞろ、不安がこみ上げた夢路である。

そうしてクロは、デザンたち、前知事に職を追われたかつての仲間たちのことも、救いたいと思っているのだろう。

居酒屋でデザンに暴言を吐かれた後も、クロが彼を密かに心配していたことに、夢路は気づいている。

もっとオロス現地に人手がいるようになって、デザンが素直にクロの下で働く気があったなら、雇ってもいいと思っている。とはいえこちらは、まだ先の話だ。

『三日後と言うと、もうすぐですな。お戻りになるまでの間、フランカ様もお寂しいでしょう』

しばらく食べて飲んで、皆の顔に酒が回り始めた頃、男の一人がそんなことを言った。他の仲間たちも、そうだなあと相槌を打つ。

『えっ、いえ。そんな……』

それまで酒を飲んでも顔色の変わらなかったフランカが、真っ赤になってちらりとクロを見た。マースはにこにこ笑っている。

夢路が隣を見ると、クロは素知らぬ顔で自分の盃を見ていた。その横顔からは、何を考えているのか窺い知れない。

『いずれはヴォルグ様も、オロスに戻られるのでしょうか』

また別の仲間が言った。

『それはそうだろう。奥方をいつまでも一人にはしておけまい』

『あの、皆さん。そういうことは、まだ』

楽しげに言い合う中、フランカが一人で焦っている。

どうもカシュの人々の中では、クロとフランカが夫婦になるという話がまとまっているようだった。ただの思い込みなのか、マース辺りが何か言ったのかはわからない。

フランカは困ったような、でもまんざらでもない表情だった。何か言ってくれと、クロをちらちら見るのだが、クロはやはり、素知らぬふりを決め込んでいる。

（一言、言ってくれりゃあいいのに）

オロスには帰らない。フランカと夫婦になるつもりはない。きっぱりそう言ってくれると思ったのに、クロはただ酒を飲んでいる。

夢路はだんだんと不安になった。

このままクロが、オロスに残るのではないかという気がしてくる。

なぜだろう。クロの想いを疑っているわけではない。クロが誰を好いているのかは、自分が一番よくわかっているのに、不安と恐怖がなくならない。

『しかし、こう離れていては、なかなか子もできないでしょう』

『焦らなくとも、ヴォルグ様もフランカ様もお若いから』

そう、クロは、子供が欲しくはないのだろうか。

夢路には子供はやれない。皇帝陛下やダヴィラのように、窮地を救ってやることも、とっておきの褒美を与えてやることもできない。

自分には何もないのだ。美貌と言ったって、いずれ衰えるものだ。

持ってる金だって、大陸の大富豪に比べたら小さなものだ。

夢路には何もない。オロスの英雄に見合うものなど、何一つとして。

だから怖いのだ。いつか、クロが夢から覚める日がくるのではないか。

今は夢路のことが、とても価値のあるもののように思えているけれど、実はそんなことはない、そこらにいるつまらない男だと気づいてしまうかもしれない。

そうなった時、夢路にはクロを引き止めるすべは何もないのだ。子供もいない、金だって今のクロなら、故郷に戻ればどうにだってしてしまうだろう。

『いっそ、ヴォルグ様がこちらにいらっしゃる間に、祝言を挙げてはどうでしょう』

『おお、それはいい』

『ちょっと、さすがに戯れがすぎますよ！』

酔っぱらった男たちが次々に言い、フランカが止めるものの、取り合ってくれない。

『ではユメジ様、立会人をお願いできますでしょうか』

「えっ」

不意にお鉢が回ってきて、夢路は焦った。

『ユメジ様は、ヴォルグ様とフランカ様の主ですからな。これ以上の適役はおられんでしょう』

妙案だと、男たちは勝手に盛り上がっている。

夢路は恐る恐る、クロを見た。クロもじっと夢路を見ていたが、何も言ってくれない。

じりじりと、焦燥が這いあがってきた。期待の目が夢路に注がれる。

「あ……」

クロとフランカの顔を交互に見た。感情の見えない男の顔と、期待に満ちた女の顔。

夢路は無理やりに笑みを浮かべる。いったい今、自分はどんな顔をしているだろう。

『クロ……ヴォルグが、それを望むなら』

声を絞り出した。男たちの歓声がそれに重なる。

(言っちまった)

とんでもないことを言ってしまった。後悔しても遅い。

クロは怒っているだろう。怖くて、隣を振り返ることができない。

これでもう、クロに見限られてしまうだろうか。

夢路が盃を両手で握りしめ、身を縮めた時だった。

ダン、と大きな音を立て、クロがテーブルに盃を叩きつけた。

あまりに大きな音だったので、その場の者みんながビクッと身を揺らし、辺りが静まり返る。

『レ……レナト様?』

フランカが戸惑いの声を上げ、クロが黙って「ふーっ」と大きくため息を吐くのが聞こえた。

この期に及んでも、夢路は恐ろしくてクロを見ることができなかった。

『どうやら夢路様は、少々酔っておられるようだ』

やがて、クロがそんなことを言った。声が穏やかなので、ちょっとだけホッとする。

けれどそろりと隣を窺って、思わず悲鳴を上げそうになった。

クロは……あのクロが、今まで見たことがないほど、嘘臭い笑顔を浮かべていた。

『俺と夢路様は、これで宿に帰らせてもらう。皆はどうかこのまま、酒と食事を楽しんでくれ』

酔っ払いたちは落胆の声を上げ、クロは微笑みで返した。それから、くるりと夢路を向く。

「夢路様も、それでいいですよね？」

「は、はい」

張り付いた笑顔が怖い。しかし、クロの笑顔を嘘臭くて恐ろしいと感じたのは、夢路だけだったようだ。

酒を飲んですっかり出来上がった男の一人が、余計なことを言った。

『では今、この場で仮祝言だけでも』

クロは笑顔のまま、目だけは笑わずじろっと男を見る。

『祝言はしない』

きっぱりと、良く響く声でクロは言った。辺りが再び鎮まり返る。

『フランカとは結婚できない。なぜなら俺はすでに、夢路様の伴侶(はんりょ)だからだ』

えっ、と誰かが言った。クロは笑いを消し、一同を見回す。かと思うと、夢路に腕を伸ばして肩を抱き寄せた。

顎を取られ、視界いっぱいにクロの顔が広がる。

何が起こったのか、しばらくわからなかった。

「んっ、んんんーっ」

クロに唇を塞(ふさ)がれていた。慌てて相手の胸を押したが、びくともしない。

人々の前で、長いことクロは夢路と口を合わせていた。

夢路が抵抗をやめると、ようやく離れる。彼は再び、一同を見た。酔っ払いたちも、マースもフランカも、ぽかんと口を開けていた。

『夢路様が俺の夫であり、妻だ。だから他の誰とも結婚はできない』

言うやいなや立ち上がると、夢路の椅子を引いて抱き上げる。

「ちょ、おいっ」

『――以上だ。失礼する』

こうして夢路は、クロに連れられて宴を去った。

宿の部屋に戻るまで、クロはろくすっぽ口をきいてくれなかった。

食堂を出ると、通りがかった辻馬車を強引に止め、夢路を押し込め、宿に着くとまた夢路を抱えて部屋まで歩いた。

「おい、お前。クロっ。どういうつもりかって聞いてんだよ。何とか言いやがれ」

途中、夢路も悪あがきをしたけれど、てんで取り合ってもらえなかった。「少し黙っていてください」とか、「暴れないで」などと素っ気なく言われるだけだ。

怖かった。やっぱりものすごく怒っている。

当たり前だ。夢路が悪い。クロの気持ちを蔑ろにして、フランカとの仲を取り持つようなことを言ったのだから。

泣きそうだった。こんなの夢路様じゃない、なんて嘯いたところで意味はない。もう、こんな男は嫌になっただろうか。これきり、捨てられてしまったらどうしよう。

部屋に入り、夢路を寝台に下ろしたところで、クロはくるりと背中を向けた。上着を脱ぐためだとわかったが、見限られたようでたまらなかった。

「な……何とか言えよ」

夜具の上で震えながら、そんなことしか言えなかった。我ながら情けない声だ。

ふーっと、またため息が聞こえて、涙がこぼれる。

「だ、黙ってるなよ。言いたいことがあるなら、言えばいいだろ」

「……どうして泣くんです」

ちらりと、冷たく一瞥された。夢路はぐいっと上着の袖で涙を拭う。

「お前、こっ、怖いんだよ……」

嗚咽が漏れた。三十もそろそろ半ばになろうかという男が、情けない。

みっともない。ほとほと自分が嫌になる。

クロがまたため息をつくから、「それ、よせよ」と涙声で抗議した。クロが戻ってくる。

広い腕の中に抱きしめられた時、夢路は心の底から安堵した。相手を離すまいと、強く強くしがみつく。

「まだ、怒ってますからね」

「うん……」

「俺が信用できませんか」

その声がひどく優しかったから、また涙が出た。腕の中でかぶりを振る。

「じゃあどうして、人に譲るようなことを言うんです。あなたは、俺のことをどう思ってるんですか」

「そんなの……」

好きに決まってる。三十余年、生きてきて、たくさんの男と付き合って、でもこれほど誰かを想ったことはない。

わかりきったことだ。そう思ったところで、でもクロだって、夢路と同じように不安なのかもしれないと気がついた。

相手を信じていないわけではない。愛されて、こちらも一途に恋をしているからこそ、いつだって不安なのだ。

それは夢路もクロも、同じなのだろう。

「好いてるよ」

相手の胸に頬をくっつけて、夢路は言った。

「今まで生きてきて、こんなに好いた男はいない。お前のことが、愛しくて愛しくてたまらない。捨てられたら死んじまう」

逞しい腕が、いっそう強く夢路を抱きしめる。耳もとで、安堵のため息を聞いた。

「お前に惚れてるよ。けど、だから怖い。私は半端もんだもの。女じゃないから子は産めないし、皇帝様みたいに地位も力もない。できるのは金勘定くらいのもんだ。お前の気持ちが冷めたって、引き止められない。それにお前は、ここでは英雄だ。こっちなら誰もお前を奇異な目で見ない。みんなお前を温かく迎えてくれる。だから……もしお前が、こっちがいいって言い出したらどうしようかって……」

嗚咽混じりにくどくどかき口説くのは、みっともなかった。でも今、思っていることをすべて言ってしまわなければ、きっと後で後悔する。

「そんなに、俺が好きですか」

微かに笑う気配がした。夢路ばかりが愛を請うているようで、悔しいし心細い。

「だから……そう言ってんだろ」

不貞腐れてつぶやくと、クロはククッと喉の奥で笑い、夢路を寝台に押し倒した。

覆いかぶさるようにしてこちらを見下す男は、先ほどとは打って変わって上機嫌だった。愛おしげな眼差しで、夢路を見つめる。

「それほど好きなら、もっと欲しがってください。怖がって諦めたりせずに」

「……うん」

「俺だって、夢路様を愛しています。あなたの気持ちを信じていても、不安になる。だから、あなたの気持ちも理解しているつもりです」

「……うん」

「でも俺は、あなたを手放しませんよ。絶対に」

言いながら、クロは身を沈めて夢路の唇をついばむ。うん、という相槌が、クロの唇に阻まれてくぐもった音になった。

「あなたが俺から離れたがっても、離してあげません。逃げたら追いかけて捕まえる。もし他の男を好きになったら、その男を殺します」

「う……ん」

何やら物騒になってきた。

「あなたが俺の耳や尻尾を見て不安になるというなら、切り落としたっていい。ここに留まれと言うなら、あなたも江戸には帰しません。死ぬまで、死んでも離さない」

その瞳が本気の色を帯びていて、夢路はぞくりと震えた。それを見て、クロはわずかに目を細める。

「こういう俺は、お嫌いですか」

考えるまでもなく、夢路は首を横に振った。

「怖いけど、嫌じゃないよ」

クロのことだから、冗談ではなく本当にやりそうだけど、嫌だとは思わない。むしろ、

「嬉しい」

不意に泣きたいような気持ちになって、夢路は手を伸ばしてクロの頭を抱いた。今度は夢路の方から口づける。

「私をこんなに好いてくれるのは、お前だけだもの」

クロはちょっと目を瞠り、それからフフッと笑った。

「ええ。それに、あなたみたいな厄介な人に付き合えるのは、俺だけだと思いますよ」

「……厄介とはなんだ。厄介とは」

ムッとして夢路はクロを睨んだ。まあ、自分でも面倒臭い性格だという自覚はあるが。

「やっぱりお前は、言われるほど清廉でも、堅物でもないね」

負けじと言ってやる。皇帝陛下やダヴィラは、クロがこれほど重くて執拗な男だとは知らないだろう。

「他人が自分をどう見ているのか、あまり興味はありません。俺が気になるのは、あなたが俺のことをどう思っているかだけです」

クロだって、じゅうぶん厄介な男だと思う。でも、それを知っているのは夢路だけなのだ。

「そういうことは、これから何度も言っとくれよ。私はまたちょくちょく、心細い気持ちになるだろうからさ」

上目遣いに頼むと、クロは笑って口づけた。

「ええ。何度だって言いますよ。あなたが嫌だと言ってもね」

言いながら、夢路の衣服を剝がしていく。合間に自分も服を脱ぎながら、

「今夜は加減しませんよ」

と、囁いた。

「うん。今夜は優しくしないでくれ」

クロがすっかり服を脱がしてくれるまで、夢路は何度も自分からクロに口づけした。クロも夢路の首筋や鎖骨に唇を落としていく。

優しくしないでと言ったのに、クロは夢路を裸にしてからも、丁寧に愛撫するのをやめなかった。

なかなか後ろに触れてくれなくて、早くねじ込んで欲しいと思っていた夢路はじりじりする。

「なあ、もういいよ」

クロの一物に触れながら、言外に早く入れてくれと頼んだ。クロのそこは、夢路の服を脱がした時からすでに、腹に付くほど反り返って先走りを滴らせていた。

ぬめりを帯びた蜜が時おり、自分の肌を濡らすのに興奮しながら、それをぶち込まれるのを

待っていた。

なのにクロは、夢路の願いを無視して愛撫を続ける。

「優しくしないでくれって、言ったじゃないか」

「ええ。だから、言う通りにしてるでしょう?」

夢路の乳首をねぶるのをやめて、クロは嘘くさい笑顔で言った。

(こいつ……)

優しくしないの意味が違う。そしてまだ、わりと怒っている。

夢路がじっとり睨んでも、クロはちっとも動じない。それどころか、ぱたりと背後で尻尾が揺れて、夜具を叩く音がした。

「お前、本当にいい性格だね」

「ありがとうございます」

肩口をぱしっと軽く叩くと、クロは口を開けて笑った。身体をずらし、夢路の足の間に顔をうずめる。止める間もなく、夢路の性器を口に含んだ。

「あ、ちょ……」

じゅぷじゅぷと、音を立ててそれをねぶる。舌先が裏筋や鈴口に絡み、夢路はぐっと内股に力を入れた。

「やめろ。そんなこと……しなくていいから」

「夢路様は、自分ではするのに、されると恥ずかしがりますね」

からかうような口調で言われて、顔が熱くなった。

その通り、クロにねぶられるのが恥ずかしい。本来、するのもされるのも嫌ではないし、他の男と付き合っていた時は、恥ずかしいなんて少しも思わなかった。

なのに、クロにされるのだけは、恥ずかしくていたたまれない気持ちになる。

でも、今さら初心な羞恥心を持っていると知られるのもこれまた恥ずかしくて、気づかれないようにしていた。

そのつもりだったのに、クロにはバレていたらしい。

「あなたは本当に、可愛い人だ」

「ナマ言いやがって、こんちくしょう……あっ」

ちゅっと先端を吸い上げられ、同時に竿を扱かれた。器用な動きは夢路が普段、クロにしてやっているものだ。

その上、夢路の反応を窺いながら、いい所を刺激する。

「や、やだ……も、や……あ」

強く追い立てられ、夢路はあっという間に気をやった。クロは夢路の放ったものを残さず飲み下し、鈴口に舌を差し入れて残滓まですくい取ろうとする。

「あ、ぁ……」

激しい快感に全身が震えた。

こんなに早くにいったのは、十代の時以来だった。普段はこんなに早くない。すっかりクロの性戯に翻弄されてしまった。それだけでも悔しいのに、クロはニヤリと笑って、

「早かったですね」

などと言ってくる。横っ面を張り倒してやろうと腕を振り上げたが、その手を掴まれうつ伏せにひっくり返された。

「うう、くそ……」

覚えてろよ、と、柔らかい枕に突っ伏してつぶやく。クロはやっぱり笑っていて、夢路の肩やうなじに口づけた。

尻を抱えられ、ひたりと熱い塊があわいに寄せられる。それは今度こそ夢路の望み通り、何の甘さも優しさもなく、夢路の身体を貫いた。

「ん、ぅ……」

根元まで一息に納められ、深いため息と共に、「夢路様」と囁かれる。熱っぽく掠れた声が、耳朶をくすぐった。

クロはそれから、何のためらいもなく腰を打ち付けた。乱暴に肉を打つ音が部屋に響く。

「あ……あっ」

腰を使う強さも早さも、夢路のことなど考えない、凌辱にも似た一方的な抱き方だった。

喘ぐ夢路の口を強引に吸い、うなじに歯を立てる。

普段なら決してしない、乱暴な行為が今夜は心地よかった。この強引さこそ、今の夢路が望んでいるものだ。

後ろから強く穿たれ、夢路はすぐまた吐精をした。誘うように身をうねらせ、男根を食い締める。

「う……」

夢路も感じていたけれど、クロも今夜は特に興奮していた。

しばらくガツガツと腰を振っていたかと思うと、不意に夢路の身体を抱きしめた。

足を絡め、両腕の自由も奪われて、身じろぎできない夢路の中に、クロは精を注ぎ込む。

ぶるっとその身が震え、陰嚢をビクビクと揺らしながら射精するのを、夢路は恍惚としながら受け止めた。

クロもしばらく、大きく息をついて射精の余韻に浸っているようだった。

だがやがて身を起こすと、ぐったりした夢路の身体を再び仰向けにする。立て続けに求められ、身体は疲れていたが、心はまだまだクロを欲していた。相手の背に腕を回す。

「夢路様」

切なげに名を呼ぶのを、自分の唇で塞いだ。

クロがゆっくりと身を沈めていく。時おり切なげにこちらを見つめるその瞳に、底知れない

執着と欲望を感じ、夢路は心が震えた。

空はどんよりと曇り、甲板の向こうには黒っぽい濃紺の海原が広がっている。

「う、う……」

あまりに気持ちが悪くて、夢路は船の欄干から身を乗り出した。

「危ないですよ」

途端に、背後から身体をすくい取られる。

「だってさ」

ぼやいて、クロの胸に身を預けた。くっついて相手の身体の温もりを感じていると、少しだけ気分がましになる。でも、ほんの少しだ。

帰りの船でも、夢路は船酔いに悩まされている。

オロスを出て、一晩経った。

昨日の出港の際には、フランカとマース、それに数日前、食堂に集まった農家の男たちも、見送りに来てくれた。

あんなことがあって、夢路としては皆に合わせる顔がなかったのだが、クロはしれっとした顔をしていた。

食堂での一件があった翌日、フランカとマースは宿まで詫びに来たらしい。事情も知らず、仲間がご無礼を致しましたと、丁寧に謝っていったそうだ。夢路はその時、床に伏せっていたので直接は聞いていない。

床から出られなかった原因は言うまでもなく、前の晩、クロに無茶苦茶に貪られたからである。本当に加減なく、朝まで抱き潰された。

それでいて、本人はピンピンしているのだから腹が立つ。

『お気をつけて。お帰りをお待ちしております』

マースと、それにフランカが言ったのは、クロと夢路の両方に対してだ。

フランカがクロを見る眼差しは、ほんのり切なげだったが、夢路は気づかないふりをした。彼女に対して申し訳なく思う気持ちがないわけではないけれど、同情など寄せたら相手も気を悪くする。

波止場にはフランカたちの他に、船出を見送る人々が大勢集まっていたが、その中にぽつんと、人目を忍ぶようにデザンの姿があるのに、夢路は気づいた。

クロも気づいてそちらを向いた。デザンは黙って一度だけ、けれど深く頭を下げた。

えらく殊勝な態度だった。ダヴィラの捕り物について、彼も聞いたのだろうか。

夢路がそう言ったらクロは、

『酒場で浴びせた、夢路様の酒と啖呵が効いたんですよ、きっと』

と、言っていた。本当のところはどうなのかわからない。今度、オロスで会ったら聞いてみようと思う。

羊毛の仕入れ先の目途もついて、やることは山積みだ。黒乃屋のみんなと相談して、すぐに動き出さなければならない。

羊毛の反物だけでなく、オロス製の毛織物を江戸に普及させる算段が、夢路の中でできていた。きっと流行るはずだ。江戸だけでなく、地方や上方でも人気が出るだろう。

(こんなに暖かいんだもの)

気に入りの赤い円套を身に着けて、夢路は胸の内でつぶやく。この格好で横浜の港を降りた

ら、幸路たちはびっくりするだろうか。

「お前は寒くないかい」

季節はすっかり春だというのに、海の上はまだ冷える。背後から自分を抱く相手の顔を見上

げると、クロは薄く笑って夢路の唇をついばんだ。

「こうして夢路様といれば、暖かいですよ」

クロは相変わらず、夢路を甘やかし、甲斐甲斐しく身の回りの世話をする。

二人の間にひと悶着あったといえばあったのだけど、以前と特段変わったことはない。

これからも夢路は、些細なことでひねたり、不安に思ったりするのだろう。

でももう、クロを諦めたりしない。別れると言われたって、齧りついてでも縋ってやる……などと覚悟はしているけれど、やっぱりそのうち、弱気になるかもしれない。

気分はあっちこっち揺れて定まらない。本気で惚れた相手と一緒にいる限り、きっと一生、そんな感じだ。

クロだって、同じような気持ちを抱えているだろう。

どちらかが不安や不満を覚えるたび、つまらない喧嘩をして、別れるんじゃないかと怯えて、またもとの鞘に収まる。

これが夫婦ってやつかもしれないと、夢路は密かに考えた。

「今度オロスに行ったら、また馬に乗せとくれよ。カシュで早駆けしたみたいにさ。あれは気持ちよかった」

江戸では馬に乗れないが、オロスに行けば自由に駆けることができる。またあんなふうに、屈託なく楽しませてやりたいと思った。

「ええ、乗りましょう。夢路様も、馬が気に入りましたか？　次にオロスに行った時には、乗馬の練習をしてみましょうか」

夢路の申し出が嬉しかったのか、パタパタと尻尾を振る音が聞こえた。

「うん、馬も気に入った。けどなんて言っても、馬に乗ってるお前さんの姿がいいからさ。また見てみたいな」

「夢路様……」

背中にくっついたクロの体温が上がるのを感じた。うなじに顔を押し付けるから「こら」と軽くたしなめた。

「早く家に帰りたいです」

拗ねた声で、クロはつぶやいた。

「次の日のことを考えず、あなたを思う存分、抱きたい」

その声に、夢路の身体も熱くなった。この船酔いさえなければ、船室に戻るのに。

「陸地はまだ見えないもんかねえ」

クロを背もたれ代わりにしながら、夢路はぼやく。そんな夢路を、クロは抱きしめた。

「もうすぐですよ」

江戸が、家族が、夢路とクロの帰りを待っている。

あとがき

こんにちは、初めまして。小中大豆と申します。

今回はお江戸ファンタジーとなりました。獣人もいるなんちゃって江戸、京の都も北にある架空の世界です。

時代物、そして年下攻は個人的にあまり書かない分野だったので、新鮮で楽しく書かせていただきました。

攻は異国から来た狼の獣人で、年の割に結構な苦労をしている人なのですが、受の前では尻尾ブンブンのただのワンコになってしまいました。

前編はそんなワンコ狼を、こじらせ三十路の遊び人が拾うところから始まります。

後編は舞台を大陸へ移して、草原を馬で駆けたり駆けなかったり。結果として、勧善懲悪モノになりました。

そんな異国獣人と江戸っ子の異色カップル、イラストは雑誌に引き続き、麻々原絵里依先生にご担当いただきました。

華やかで洒脱な二人の姿に、何度もうっとりしてしまいました。表紙がまた素敵で……。麻々原先生、本当にありがとうございました！

担当様には、今回もご迷惑とご苦労をおかけしました。手をかけていただいたおかげで、ようやくＢがＬになった気がします。

そして最後になりましたが、ここまでお付き合いくださいました読者の皆様、ありがとうございました。

あまりシリアスではなく、なんちゃって時代劇ということで、気軽に楽しんでいただけたら幸いです。

ちなみに、前編で夢路が身に付けているエッチな黒猫褌（ふんどし）は、現実では昭和期に入ってから出現したそうなのですが、ぜひ受に穿（は）いてほしいと思ったので作中に取り入れました。青姦にも便利！

はしたない締め括（くく）りで恐縮です。またどこかで、お会いできますように。

小中大豆

この本を読んでのご意見、ご感想を編集部までお寄せください。
《あて先》〒141－8202　東京都品川区上大崎3－1－1　徳間書店　キャラ編集部気付
「行き倒れの黒狼拾いました」係

【読者アンケートフォーム】
QRコードより作品の感想・アンケートをお送り頂けます。
Chara公式サイト http://www.chara-info.net/

■初出一覧

黒狼は徒花を恋慕う……小説Chara vol.44（2021年7月号増刊）

おおかみ国旅譚……書き下ろし

Chara

行き倒れの黒狼拾いました

……【キャラ文庫】

2022年6月30日　初刷

著者　小中大豆

発行者　松下俊也

発行所　株式会社徳間書店

〒141-8202　東京都品川区上大崎3-1-1

電話　049-293-5521（販売部）

03-5403-4348（編集部）

振替　00140-0-44392

印刷・製本　株式会社広済堂ネクスト

カバー・口絵

デザイン　おおの蛍（ムシカゴグラフィクス）

ISBN978-4-19-901068-2

小中大豆の本

好評発売中

[気難しい王子に捧げる寓話]

イラスト✦笠井あゆみ

「薔薇の聖痕」を持つ王子は、伝説の英雄王の生まれ変わり──。国中の期待を背負って甘やかされ、すっかり我儘で怠惰な暴君に育ったエセル。王宮内で孤立する彼の唯一の味方は、かつての小姓で、若き子爵のオズワルドだけ。宰相の地位を狙う野心家は、政務の傍ら日参しては甘い言葉を囁いてくれる。そんな睦言にしか耳を貸さないエセルの前に、ある日預言者のような謎めいた老人が現れて!?

小中大豆の本

好評発売中

［鏡よ鏡、毒リンゴを食べたのは誰？］

イラスト✦みずかねりょう

売れない元子役のアイドルが、一夜にしてトップモデルへ転身!?　クビ寸前の永利を抜擢したのは、完璧主義の天才写真家・紹惟。彼のモデルは代々『ミューズ』と呼ばれ、撮影中は一心に紹惟の寵愛を受ける。求めれば抱いてくれるけれど、冷静な態度は崩さず、想いには応えてくれない。深入りして、疎まれるのは嫌だ…。そんな思いを抱えたまま、十年――。恐れていた、新しいミューズが現われて…!?